Krukel de koningsgezel

Mistmantel-trilogie deel 2

M.I. McAllister

Krukel de koningsgezel

Mistmantel-trilogie deel 2

Van Goor

Voor Marilyn Watts en Alison Sage

NEDERLANDSE
KINDERJURY
2007

ISBN-10 90 00 03704 2
ISBN-13 978 90 00 03704 9
NUR 283
© 2006 Uitgeverij Van Goor
Unieboek BV, postbus 97, 3990 DB Houten

oorspronkelijke titel *Urchin and the Heartstone*
oorspronkelijke uitgave © 2006 Bloomsbury Publishing Plc

www.van-goor.nl
www.unieboek.nl

tekst M.I. McAllister
vertaling Jenny de Jonge
omslagillustratie Wouter Tulp
omslagtypografie Steef Liefting
zetwerk binnenwerk Mat-Zet, Soest

Groot Hart van mijn hart, wat er ook gebeurt,
leid mijn blik, Gij heerser van het al

Proloog

Op het eiland Blankevleugel kwamen drie dieren gedurende de nacht bij elkaar in een ondergronds vertrek. Het eerste dier was broeder Vlam, een lange, magere eekhoorn in een priestertuniek. Het tweede was Lariks, een kleine wijfjesegel met een ernstig, puntig snoetje. En het derde was Ceder, een eekhoorn met een vuurrode pels, die haastig naar binnen sprong.

'We zijn te laat,' zei ze. 'Ze zijn weg.'

'Dan vinden ze de eekhoorn en brengen hem hierheen,' zei Vlam ernstig. 'Zonder hem zullen ze niet terug durven te komen.'

'Hij verkeert in groot gevaar,' zei Lariks. 'Weet je inmiddels hoe hij heet?'

'Krukel,' zei Ceder. 'Krukel van Mistmantel.'

Ze sprak de naam van het eiland eerbiedig uit, alsof het iets kostbaars betrof. Ceder was nooit op Mistmantel geweest, maar ze had er haar hele leven van gedroomd.

I

De hele nacht hadden wilde zeeën en stormen de kust van Mistmantel geteisterd, en de eekhoorns hadden zich uit de heen en weer slingerende boomtoppen naar beneden gerept om tussen de wortels te schuilen. Maar tegen de morgen was de storm geluwd en lag het eiland er gewassen en glinsterend bij. De natte stenen van de Mistmanteltoren glansden zacht-roze en goud in de zomerzon. Eekhoorns sprongen uit vensters om boodschappen te doen en grabbelden met hun poten naar een houvast terwijl ze langs de muren naar beneden renden. Op de rotsen rond de toren stonden rijen mollen in de houding en brachten een saluut aan kapitein Bul die hen drilde, en in de toren zelf was het een drukte van belang. Het eiland maakte zich op voor de kroning van Krispijn, de eekhoorn.

Verrukkelijke kruidige en warme luchtjes stegen op uit de keuken waar mollen, eekhoorns en egels noten hakten, kleverige gouden cakes uit de oven haalden en bosjes munt in de ramen hingen om de vliegen weg te houden. Otters stapelden vaten wijn in de kelder. Dansers en zangkoren renden trappen op en af op zoek naar repetitieruimte, acrobaten trainden op de torens en spanden koorden die moeder Knuffen als waslijn gebruikte voor de koormantels. Jonge dieren kwamen haastig aanlopen met emmers in het rond spattend koud water van de Bronpoort voor de dorstige dieren. Egels droegen moeizaam mantels en wanddoeken de trappen af naar de enorme vergaderzaal, waar timmerlieden zaagden en hamerden om de laatste hand te leggen aan een nieuwe galerij.

De vergaderzaal was de indrukwekkendste zaal van het eiland, maar vandaag stond hij vol opgestapelde banken, er lagen overal mantels, en dieren waren druk bezig met de voorbereiding van de kroning, en nog meer dieren deden net of ze van alles te doen hadden, zodat ze mochten blijven om een handje toe te steken. Wanddoeken, de geborduurde, geweven en geschilderde taferelen die de geschiedenis van het eiland uitbeeldden, lagen over stoelen gedrapeerd tot iemand ze op kon hangen. Door deze wanorde probeerde Krukel, een jonge eekhoorn met een ongewoon lichte pels, zijn weg naar buiten te vinden.

Kapitein Padra, de otter, had hem een heel simpele opdracht geven: 'Wip snel even naar het strand, Krukel, en vraag Arran om boven te komen.' Maar dat was makkelijker gezegd dan gedaan. Krukel mocht dan Padra's schildknaap en een koningsgezel zijn, op dit moment voelde hij zich totaal niet gewichtig. Hij was niet meer dan een jonge eekhoorn die door de deur naar buiten probeerde te komen terwijl tientallen grote egels met ladders door diezelfde deur naar binnen wilden en iemand een stapel kussens in de deuropening had neergelegd omdat er ergens anders geen plek was. Het was makkelijker om het raam uit te springen en langs de torenmuur naar beneden te rennen.

De frisse, warme lucht voelde weldadig aan en de zon verwarmde Krukels pels. Hij bracht zijn boodschap over aan kapitein Arran, kapitein Padra's vrouw, die haar hoofdband vast-
klemde op haar ruwe pels vol pieken en om de toren heen
naar de vergaderzaal liep.

Krukel rustte even uit, koesterde zich in de zon en genoot
van de koele zeebries. Een paar otters waren op hun gemak
aan het roeien en vissen. Ze leerden hun jongen zwemmen in
de ondiepe gedeelten alsof ze geen weet hadden van de kroning of van de drukte in de toren. Het was volop zomer, een
te mooie dag om alleen binnen door te brengen. Hij keek uit
over de zee, en keek nog eens goed.

Rond Mistmantel hing een betoverde mist. Geen enkel van
het eiland afkomstig dier kon het eiland over water verlaten en
over water terugkeren. De mist verhinderde dat en slechts
een enkel schip bereikte het eiland. Maar nu bewoog daar iets.
Met de poot boven zijn ogen bleef Krukel kijken. Hij zag iets,
het verdween, en dan dook het weer op. Hier moest hij Padra
van op de hoogte brengen.

Hij rende om de toren heen en sprong omhoog naar het
raam van de vergaderzaal. Omdat zijn beste vriendin Prikkel
net bezig was om rode fluwelen kussens in de vensternis te
leggen, werd hij bijna weer naar beneden gegooid. Het lukte
hem om zijn evenwicht te bewaren en eroverheen te klauteren, maar Prikkel was buitengewoon stekelig en hij kon niet
verhinderen dat ze hem prikte. Hij wurmde zich door de menigte in de richting van Padra en ving een glimp van diens
grijnzende snuit op. Padra zag er altijd uit alsof hij lachte.

'Kapitein Arran is onderweg, kapitein,' zei hij, 'en volgens
mij komt er een schip aan. Er beweegt iets in de mist.'

'Vreemd,' was het commentaar van Padra. 'Bezoek voor de

kroning?' Prikkel keek de vergaderzaal rond alsof ze zich afvroeg waar dat bezoek dan zou moeten zitten.

'Ga met Prikkel naar beneden, en let goed op,' zei Padra. 'Laat weten als je me nodig hebt, maar ik kom zelf ook zo. Schep wat frisse lucht en geniet van de zon. En Krukel, let een beetje op een eekhoorn die Juniper heet.'

'Juniper?' herhaalde Krukel.

'Jonge eekhoorn, beetje jonger dan jullie, donkere pels,' zei Padra. 'Hij heeft een kreupele achterpoot, daarom is hij in het geheim grootgebracht, maar nu is hij vrij. Het wordt tijd dat hij een beetje onder de andere dieren komt. Hij heeft een afgezonderd leven geleid, meer tussen otters dan onder eekhoorns, wat hem natuurlijk geen kwaad heeft gedaan, maar hij moet nu nodig andere jonge eekhoorns ontmoeten. Ik heb jouw naam genoemd, en kennelijk heeft zijn pleegmoeder hem al verteld hoe jij Krispijn terug naar huis hebt gebracht. Hij wil je graag ontmoeten.'

'Kapitein, kapitein Padra!' riep iemand en Padra werd weggeroepen door een egel met een mantel in haar poten. Krukel rende weer langs de muur naar beneden en wachtte op het strand tot Prikkel, die over de rotsen rolde, hem had ingehaald. Nu was er niets meer te zien in de mist, misschien had het zonlicht hem parten gespeeld.

'Dat moet Juniper zijn,' zei Prikkel. Aan de waterkant stond een eekhoorn die iets jonger leek dan Krukel en magerder en donkerder was dan de meeste eekhoorns. Eén achterpoot was kleiner en naar binnen gekruld. Niet lang geleden had kapitein Bast geprobeerd om alle zwakke en beschadigde jonge dieren ter dood te brengen, daarom waren er veel in schuilplaatsen grootgebracht.

Juniper moest zijn naam hebben gehoord, want hij draaide

zich om. Krukel zag een spitse snuit die hen verlegen aankeek, alsof hij niet wist wat hij van hen kon verwachten, en Krukel wist hoe hij zich moest voelen. Hij was zelf altijd 'die bleke eekhoorn' geweest, de eekhoornwees, anders dan anderen. Hij sprong over het strand naar beneden en Junipers snuit vertrok in een zenuwachtige lach. Zijn ogen waren helder en donker als bessen.

'Ben jij Juniper?' vroeg Krukel. 'Ik ben Krukel.'

'De koningsgezel!' zei Juniper vol bewondering.

Krukel probeerde lachend het soort vlotte opmerking te maken waar kapitein Padra altijd zo goed in was, maar hij kon er helaas geen bedenken. 'Eh... ja,' zei hij, en hij knikte naar Prikkel. 'Prikkel is ook een koningsgezel. Waar kom jij vandaan?'

Juniper draaide zich om en wees naar het bos dat zich in westelijke richting tot in de heuvels uitstrekte. 'Ziet u, meneer, daar tussen de bomen, net achter die rij donkere sparren?' zei hij en zijn stem klonk zacht van verlegenheid. 'Daar voorbij, meneer, is een waterval.'

'Ik ben geen meneer,' zei Krukel. 'Heb jij boven de waterval gewoond?'

'Nee, m... nee,' zei Juniper, 'erachter, in de grotten halverwege. Kroosje de eekhoorn vond me toen ik een baby was en zij heeft voor me gezorgd. Ik ben nooit ergens anders geweest omdat ze me verborgen moest houden, maar nu zou ik wel in het bos willen wonen.' Hij draaide met zijn oren. 'Als ik maar in de buurt van Kroosje kan blijven. Zij heeft me grootgebracht en nu is ze oud. Ik wil niet dat ze alleen is.' Hij keek verlegen naar zijn poten. 'Wie zijn al die egels?'

Krukel en Prikkel draaiden zich om. Een groep grote mannetjesegels stond op een kluitje bij elkaar op de rotsen.

'Dat is een stel van de Egelploeg,' zei Prikkel. 'Dat was een van de ideeën van Bast. Toen hij aan de macht was, werden de sterkste mannetjesegels weggestuurd om in de mijnen en de steengroeven te werken, daarginds bij de Noordhoek, in de Ruwe Rotsen. Zelfs getrouwde egels met een gezin moesten de mijn in, zoals Dokker bijvoorbeeld, dat is de man van Rafel en de vader van Hoop. Nu zijn ze allemaal weer vrij, maar ze blijven zo'n beetje in elkanders buurt rondhangen en noemen zichzelf de Egelploeg. Een paar van hen worden misschien tot lid van de Kring benoemd, zoals Dokker, en... eh... die grote, die alle egelmeisjes zo leuk vinden, Gruwer. Gruwer de geweldige, tenminste, hij vindt zichzelf geweldig. Gruwer en Dokker werken in de toren.'

'Dat lijkt me heerlijk,' zei Juniper met ogen vol verlangen en Krukel begreep die blik. Juniper leek een beetje op hem, zoals hij een jaar geleden was, toen hij zo graag een torenekhoorn wilde zijn maar daar niet voor uit durfde te komen. Een kletsnatte otter kwam met een brede grijns over het strand op hen af gesprongen. Toen hij bij hen was kneep hij zijn ogen dicht en schudde zichzelf droog in een regen van druppels.

'Vinlit!' zei Prikkel. 'Dat deed je expres!'

'Er is niks lekkerders op zo'n warme dag,' zei Vinlit, Padra's jongere broer, met eenzelfde opgewekte snuit.

'Heb jij iets van een schip gezien, Vinlit?' vroeg Krukel. Er was op zee nog steeds niets te bekennen. Misschien voer het om het eiland heen in een poging om door de mist heen te komen.

'Nee,' zei Vinlit en hij keek even over zijn schouder. 'En nog steeds niet. Had ik er een moeten zien? Hé, hallo, Juniper. Jou zie ik hier niet vaak.'

'Jullie kennen elkaar?' zei Prikkel.

'De otters hebben me ook min of meer grootgebracht,' legde Juniper uit.

'Daar weet ik niks van, maar je kent ons,' zei Vinlit, 'waar water is, zijn altijd wel een paar otters. Niemand weet wie Junipers ouders zijn. Kroosje vond hem moederziel alleen en heeft hem verborgen gehouden omdat ze toen alles en iedereen vermoordden die ook maar een snorhaar miste. Dus hebben wij hem de belangrijkste dingen bijgebracht, zoals zwemmen en van watervallen af glijden.'

'Ik weet ook niet wie mijn ouders zijn,' zei Krukel tegen Juniper. 'Appel de eekhoorn heeft voor mij gezorgd.'

'Oh, maar van jóú wist ik het wel,' zei Juniper vol bewondering. 'Maar, omdat ik daar woonde, wist ik niet veel van wat er op het eiland gebeurde. Ik heb wel wat opgevangen, over kapitein Bast en zo, maar…'

'Oh, dat is ook gauw verteld,' onderbrak Vinlit. 'Koning Van Borstelen was koning, maar Bast had het voor het zeggen. Die was zo slim dat niemand in de gaten had hoe slecht hij eigenlijk was, hij en die vrouwe Espen van hem. Bast zorgde ervoor dat Krispijn werd verbannen, mijn broer Padra nam Krukel als schildknaap en heeft hem het vak geleerd, en Krukel is Krispijn gaan zoeken en die is nu koning. Hij is nog niet gekroond, maar hij is wel de koning. Dat is zo'n beetje alles. Iemand zin in steentjes keilen?'

Krukel begreep steeds beter waarom kapitein Padra zijn praatgrage, zorgeloze broer uit de buurt had gehouden toen Bast aan de macht was. Vinlit pakte twee platte kiezelsteentjes en gleed ermee naar het water. Prikkel schoof dichter naar Krukel, die zich naar haar toe draaide, zodat ze hem niet kon prikken.

'Geen schip,' zei ze. 'Als er al een was, heeft het moeten keren, denk ik. Zo gaat het meestal. Denk jij dat Juniper steentjes kan keilen? Met zijn slechte achterpoot, bedoel ik. Zou hij zich daarmee goed in evenwicht kunnen houden?'

'Ik zal hem niet in verlegenheid brengen,' fluisterde Krukel. Vinlit keilde een steentje over het water en het ketste tweemaal voor het zonk. Prikkel gooide niet goed en omdat Juniper een beetje treuzelde, ging Krukel. Hij kon het niet opbrengen om er helemaal niks van te maken, maar echt goed was het ook niet. Het steentje ketste eenmaal en zonk.

'Jouw beurt, Juniper,' zei hij.

Het steentje vloog uit Junipers poot. Het ketste een, twee, drie, vier, vijf keer op het water. Krukel gaf een kreet van bewondering.

'Wat goed!' riepen hij en Prikkel. Juniper draaide zich om en lachte verlegen alsof hij zich wilde verontschuldigen.

'Dat heb ik van de otters geleerd,' zei hij.

'Kun je mij dat ook leren?' vroeg Krukel. Even was hij bang dat hij iets verkeerds had gezegd – alsof hij Juniper vroeg zijn geheim te verklappen – maar toen begreep hij dat hij precies de goeie opmerking had gemaakt: hij had Juniper de leiding gegeven.

'Het… het zit hem in de pols,' zei Juniper, duidelijk verbaasd dat híj iets aan Krukel ging uitleggen. 'Je doet het zo.'

Ze bleven steentjes keilen, en Krukel verbeterde zijn manier van gooien en Juniper kreeg meer zelfvertrouwen. Tegen de tijd dat ze geen geschikte steentjes meer konden vinden had Krukel het gevoel dat hij Juniper al jaren kende. Ze waren vrienden geworden en Krukel wist dat ze dat zouden blijven. Zo simpel lag het gewoon.

'Er ligt een hele hoop stenen bij de aanlegsteiger,' zei Vinlit.

'De schepen gebruiken ze als ballast, maar er zitten er altijd wel een paar tussen om mee te keilen.'

'Wat is ballast?' vroeg Juniper.

'Troep die ze in schepen laden om ze het juiste gewicht te geven,' zei Vinlit. 'Maar niemand vindt het erg als we ermee keilen.' Hij draaide zich om en speurde naar een plat steentje, maar kwam plotseling overeind. 'Kijk! Kijk, zie je dat?'

Ze keken allen over het water. Langzaam, en nog steeds wazig en vaag, doemde er een schip op. Ze bleven kijken hoe het per minuut vorderde, met de mist er nog als een dunne nevel omheen, als slierten rook. De steentjes bleven onaangeroerd. Krukel riep twee jonge mollenzusjes en stuurde hen met het nieuws naar Padra en de koning.

Hij had klapperende zeilen en bijvoorbeeld vlaggen aan de mast verwacht, omdat ze Krispijns kroning kwamen vieren. Maar dit schip leek in de storm van afgelopen nacht het onderspit te hebben gedolven. De top van de mast was verbogen, de zeilen hingen aan flarden, en het sleepte zich naar het eiland als een stervend dier.

2

De vergaderzaal van de Mistmanteltoren was eindelijk opgeruimd en er liepen nog maar een paar dieren rond. De zaal leek groter dan ooit met alle ramen open vanwege de zomerhitte. Drie eekhoorns – Langpoot, de boodschapper, en Robin en Dop, die alle twee lid waren van de groep ouderen die de Kring heette – postten bij de deur voor het geval men hen nodig had.

Voor de grote, halfronde ramen stond een podium met een enkele troon in het midden en daarvóór, op een kussen van diepgroen satijn, lag een gouden band. Het was geen gewone kapiteinsband. Vergulde beuken- en eikenbladeren met eikeltjes waren om de band heen gevlochten en fonkelden in het zonlicht. Maar Krispijn de koning zat niet op zijn troon en raakte de kroon niet aan. Hij zat op de rand van het podium naast de eekhoornpriester, broeder Spar. In het midden van de zaal stonden Padra en Arran doodstil, terwijl egels de officiële zilveren en turquoise mantels rond hun schouders drapeerden, met elkaar fluisterden, de mantels goed trokken, en hier en daar een speld in staken. Rafel, een oudere torennaaister, een egel met een bochel en een misvormde snuit, knielde bij Padra neer op de vloer, spreidde de zoom van de mantel om hem heen en schuifelde achteruit om het effect te aanschouwen.

'Hij hangt net op de vloer, kapitein Padra, maar sleept er niet overheen,' zei ze.

'Dat is precies zoals ik hem wil, dank je wel, Rafel,' zei Padra. 'Krispijn, ik weet wat je van de kroon vindt, maar je moet hem passen voor de maat.'

'Helemaal niet,' zei Krispijn. 'Daar heb ik inderdaad een uitgesproken mening over. En ik wil ook niet "de koning" worden genoemd, of al dat "Uwe Majesteit"- gedoe. En ik weet dat we het daar al eerder over hebben gehad en dat ze me moeilijk "kapitein" of "meneer Dinges" kunnen noemen.'

'Ze hebben er behoefte aan te weten dat ze een echte koning hebben,' drong Padra aan. 'Ze willen weten dat ze een leider hebben. En voor de koningsgezellen zou het ook fijn zijn als ze wisten wiens gezel ze waren, Uwe Dinges.'

'Ja, ik weet het,' zei Krispijn. 'Maar ik zet de kroon niet op voor Spar hem op mijn hoofd zet bij de kroning. Dat is een plechtig moment en dat wordt het niet als ik hem al gedragen heb.'

'Dat wordt het ook niet als hij over je oren zakt,' zei Padra.

'De kroon is op maat gemaakt,' zei Krispijn. 'Ik weiger hem aan te raken voor ik gekroond ben. Het hoort niet. Het is zoiets als de Hartensteen vasthouden.'

'Dat is iets heel anders,' zei Padra. 'Au!'

'Excuses, kapitein Padra,' zei Rafel en ze ging op haar hielen zitten om de mantel te inspecteren. 'Nou, kapitein, weet u heel zeker dat u hem niet langer wilt?'

'Als hij langer wordt gaat er een mol op zitten,' zei Padra.

'En als je die man van je ziet, zeg hem dan dat de galerij ruimte genoeg heeft voor de hele Egelploeg.'

'Oh, Dokker en ik en wij allemaal zijn u daar heel dankbaar voor, kapitein,' zei Rafel en ze draaide zich onhandig om om zijn blik te volgen naar de zojuist afgebouwde galerij. 'Ze zijn met zo vreselijk veel, kapitein, als ze er maar in passen.'

'Je kunt egels niet te dicht op elkaar zetten,' merkte Arran op. 'Niet zonder ernstige gevolgen. Maar Gruwer en Hakker zijn persoonlijk komen kijken, en die waren tevreden.'

Rafel deed haar mond open om te zeggen dat Gruwer een kieskeurige egel was en dat, als hij de galerij goedkeurde, iedereen hem goed zou vinden, maar ze zei niets, want op dat moment marcheerde Gruwer de egel zelf de zaal binnen. Hij boog als een knipmes voor Krispijn en salueerde.

'Er is een delegatie jongeren die Uwe Majesteit en kapitein Padra wil spreken,' kondigde hij aan. Gruwer was een grote egel met bronskleurige puntjes aan zijn stekels, grote zwarte ogen, en een doelbewuste tred. Zijn knappe verschijning trok de aandacht van bijna alle ongetrouwde egelwijfjes op het eiland.

'Ik heb hun verteld dat Uwe Majesteit niet gestoord kon worden,' ging Gruwer door, 'maar ze zijn vreselijk opgewonden over iets en ze zeggen dat het belangrijk is en dat Krukel hen heeft gestuurd. Uw zoon Hoop is er ook bij, vrouw Rafel.'

'Zeg dat ze binnen kunnen komen, Gruwer,' zei Krispijn en Rafels ogen lichtten op. 'Stuur een eekhoorn naar beneden om wat aardbeien.'

Ze hoorden een gesmoord gegiechel voor Wip en Wap, de mollenzusjes, met Hoop de egel tussen hen in, de zaal in kwamen. 'Oh, mam!' riep Hoop, die zo snel als hij kon op zijn moeder af dribbelde voor hij zich realiseerde waar hij was, waarop hij zich omdraaide om voor de koning te buigen.

'Alstublieft, Majesteit...' begon hij.

'Dat is broeder Spar,' zei Rafel vriendelijk. Hoop was erg bijziend.

'Alstublieft, Majesteit,' herhaalde Hoop toen Padra hem de goeie richting op draaide. 'Koning Krispijn, Majesteit, kapitein Padra, er komt een schip aan en meneer Krukel zei dat u dat moest weten, dringend zegt dat het Krukel is, nee, Krukel zegt dat het dringend is, Uwe Majesteit, kapitein, kapitein Padra.'

'Krukel had het er al eerder over,' zei Padra. 'Zal ik er maar even naartoe gaan, Krispijn?'

'En als Uwe Majesteit me kan missen, ga ik van boven uit mijn toren een blik op dat schip werpen,' zei broeder Spar, die langzaam opstond en over zijn manke poot wreef. 'Hoop, ga jij met mij mee? Of zijn je poten te moe voor al die trappen? Volgens mij moeten we eerst nog een minuut of twee wachten op de aardbeien. Daar krijg je nieuwe energie van, weet je dat?'

Op het strand hadden allerlei dieren zich verzameld om naar het naderende, langzaam en moeizaam vorderende schip met de gescheurde zeilen te kijken. Otters zwommen in de ondiepten en renden over het strand heen en weer om het schip te helpen afmeren. Eekhoorns en egels stonden in groepjes op de rotsen en hielden een poot boven hun ogen tegen de zon. Het gebeurde niet vaak dat er een schip kwam, en al helemaal niet zo'n gehavend schip als dit. Het was een bezienswaardigheid, vooral voor de kleine dieren die genoeg hadden van het bessen oogsten. Af en toe dook er een mol op uit een tunnel, tuurde om zich heen, snoof, en omdat mollen niet om schepen gaven, verdween hij weer. Krukel, Prikkel en Juniper stonden in de branding en de golven klotsten over hun poten toen Appel, Krukels pleegmoeder, over het strand naar hen toe sprong. Appel was heel rond voor een eekhoorn en liet een spoor van forse pootafdrukken na in het zand. Lang voor ze bij hen was, had ze al een mening over het schip.

'Oh-oh-oh, moet je dat zien, ik zou eigenlijk moeten zeggen moet je hem zien,' zei ze en ze hield stil om diep adem te halen. 'Nou, het is niet wat je noemt een groot schip en het ziet er ook niet zo geweldig uit, het heeft zeker in de storm gezeten, je vraagt je af wie erop zit, arme stakkers.'

'Ik zie iemand aan dek,' zei Prikkel. Ze klauterde op een rots en ging op de puntjes van haar klauwen staan. 'Wacht eens... ja, daar loopt een egel.'

Krukel wipte naast haar en rekte zich ook uit. 'Er staat een eekhoorn aan het stuurwiel,' zei hij. 'Ik kan zijn oorpluimpjes zien.' Door een zachte plons vlakbij draaide Krukel zich van het schip naar het water en voor zijn neus dook Vinlit op met schitterende ogen en druipende snorharen. Hij vond het schitterend.

'Zullen we ernaartoe zwemmen en aanbieden om het binnen te slepen?' vroeg hij.

Krukel keek rond om te zien tegen wie Vinlit het had en besefte toen dat de otter het tegen hem had. Maar Krukel was geen kapitein, of lid van de Kring. Hij was nog maar een schildknaap, maar ook een koningsgezel, en de andere jonge dieren schenen te denken dat hij daarom wist wat er moest gebeuren. Op zulke momenten vroeg hij zich af wat Padra had gedaan.

'Ja, doe maar,' zei hij. Vinlit verzamelde nog een paar otters door hen nat te spatten, en kronkelend, draaiend en buitelend zwommen ze naar de boot.

'Uitslovers,' zei Prikkel. Krukel draaide zich om om naar Juniper te grinniken, maar bevroor toen hij diens snuit zag.

Juniper zag er gespannen en angstig uit.

'Alles goed met je?' vroeg Krukel. Juniper knikte, met zijn ogen op het schip gericht. Een eekhoorn en een egel leunden over de reling en tuurden naar het eiland. Er schitterde iets zo scherp in het zonlicht dat Krukel zijn ogen moest dichtknijpen. Een van de egels droeg zeker een zilveren sieraad. Of was het een zwaardgevest? Het schitterde weer toen een egel met een dieppaars hoofddeksel over de zijkant van het schip boog en zijn poten in de vorm van een trechter voor zijn snuit zette. Krukel zag de zwaar zilveren ketting om zijn hals. Hij was nog te ver weg om hem goed te kunnen verstaan, maar hij ving een paar woorden op.

'Wat zegt hij, ik versta er niks van, praat hij raar?' vroeg Appel dwingend.

'Iets over "vleugels' en een "berk",' zei Krukel. 'De rest verstond ik niet.'

'Wat zou dat nou betekenen?' vroeg Prikkel, die alle kanten op draaide om het zo goed mogelijk te kunnen zien. 'Ze zien er allemaal een beetje gehavend uit, vind je niet? De stekels van die egel moeten nodig worden bijgepunt en de eekhoorn ziet er helemaal een beetje... een beetje vaal uit.'

'Die heeft een nat pak gehaald, het is zonde,' zei Appel.

'Ja, dat lijkt op een kletsnatte eekhoorn,' zei Krukel, die zelf ooit in een storm op zee had gezeten en zich dat nog goed herinnerde. De otters hadden de touwen van het schip te pakken gekregen en sleepten het vaartuig breed grijnzend naar het strand. De egel met de fluwelen hoed boog zich voorover en zette zijn poten weer aan zijn snuit, en Krukel waadde de zee in om hem te verstaan.

'We komen van koning Zilverberk, van het eiland Blankevleugel,' schreeuwde de egel. 'We hebben hulp nodig en vragen u ons met spoed bij koning Krispijn te brengen.'

Krukel bedacht dat hij iets terug moest zeggen, hij wist alleen niet wat. 'Koning Zilverberks schip is welkom,' gilde hij, omdat het beleefd klonk en geen kwaad kon en hem tijd gaf om na te denken. Links van hem gleed iets met hoge snelheid door het water, en tot zijn grote opluchting zag hij een gouden band glimmen.

'Kapitein, kapitein Padra!' zei hij. 'Ze hebben net gezegd wie ze zijn. Ze komen van een eiland dat Blankevleugel heet, van koning Zilverberk.'

'En ze hebben onderweg flink schipbreuk geleden,' zei Padra die opdook en het water uit zijn oren schudde. 'Ik heb wel eens van Blankevleugel gehoord, in het verleden dreven we handel met de bewoners. Is dat Vinlit, met die touwen?' Hij sprong soepel het water uit en kwam naast Krukel staan. 'Vinlit, hou een rechte koers aan!'

'Het ziet er van dichtbij nog erger toegetakeld uit,' zei Prikkel.

'Erg genoeg zonder dat Vinlit het ook nog eens tegen de steiger ramt,' zei Padra. 'Hij kijkt nooit goed uit. Zullen we hen tegemoet gaan, Krukel? Ha, je hebt Juniper ontmoet.'

Hij wendde zich naar Juniper met een brede lach die meteen omsloeg in ongerustheid. 'Alles goed met je, Juniper?'

Ondanks de warme morgen rilde Juniper. Hij knipperde met zijn ogen, slikte moeilijk, en haalde adem alsof hem dat moeite kostte.

'Jawel, kapitein Padra,' zei hij, maar zijn stem klonk futloos en zwakjes. 'Ik denk dat ik een beetje last heb van de zon, neem me niet kwalijk, kapitein.'

'Zoek wat schaduw of een poel op,' zei Padra vriendelijk. 'Een verstandig dier blijft in het bos of in het water met zulk weer. Als het niet voor de kroning was, kwam ik ook niet aan land. Krukel ga je mee om ze te verwelkomen? En doe iets aan die staartpunt van je.'

Krukel keek over zijn schouder en zag een paar distels en wilde frambozen die kennelijk in zijn staart waren blijven hangen. Hij trok ze er met zijn tanden uit en liep toen naar de aanlegsteiger waar hij één stap achter Padra bleef staan.

'Moet het schip niet doorzocht worden, kapitein?' fluisterde hij.

'Dat heb ik al geregeld,' fluisterde Padra terug, en hij ging luider praten om de voorname egel op de voorplecht te begroeten.

'Kapitein Padra de otter begroet de afgezanten van koning Zilverberk in naam van Krispijn, koning van Mistmantel,' riep hij. 'Kom in vrede en wees welkom.'

Onder geknars en gebonk werd de loopplank neergelaten. De egel marcheerde met geheven kop naar beneden, zijn zilveren ketting schitterde in de zon. Achter hem aan kwamen, zij aan zij, nog een mannetjesegel, tamelijk klein met dichte korte stekels, en een streng uitziende wijfjeseekhoorn. Ze waren beiden iets ouder dan Krukel. Achteraan liep een kleine eekhoorn, ongeveer van Krukels leeftijd, die keek alsof ze dit allemaal helemaal niet leuk vond. Krukel dacht dat ze misschien zeeziek was. Ze droegen allemaal zilvergrijze rugzakken en lichtgele mantels met lelijke vlekken van het zeewater, en hun snuiten stonden gespannen en dodelijk vermoeid. Terwijl hij over de steiger liep keek de voornaamste egel naar Padra, maar sloeg toen snel een blik op Krukel, die zich daar ongemakkelijk onder voelde. Wat de jongere dieren van Blankevleugel betrof, die leken hun best te doen níét naar hem te kijken.

'U wilt naar koning Krispijn?' zei Padra.

'Met grote spoed,' zei de egel. Hij had een zware stem en straalde een voornaam gezag uit. 'Wij verkeren in grote nood.'

'Dan begeleid ik u persoonlijk naar de toren,' zei Padra en hij draaide zich om naar de jongere dieren die zich op het strand hadden verzameld. 'Knisper, Sepia, meteen naar de toren. Breng de koning op de hoogte, en ga daarna door naar de keuken. Onze bezoekers hebben zwaar weer gehad en moeten gastvrij worden onthaald. Laat kamers in gereedheid brengen.'

De eekhoorns stoven weg. Padra wendde zich weer tot de afgezanten.

'Excuseert u mij, maar uw schip moet worden doorzocht. Dat gebeurt onder leiding van kapitein Bul. Het spijt me, maar niet lang geleden kwamen er schepen met onwelkome bezoekers in Mistmantel, en nu inspecteren we alle vaartuigen. Prikkel neemt uw rugzakken, en misschien kunnen wij u met uw natte mantels helpen?'

Krukel kwam erachter wat hij bedoelde met 'helpen met uw mantels' toen Padra de vier natte, zilt-ruikende mantels aannam en aan hem doorgaf. Het waren lange, zware mantels, dus kostte het hem nogal moeite om ze zo hoog te houden dat ze niet door het zand sleepten, en dat hij er toch nog bovenuit kon kijken. Buls mollen en egels trippelden naar het schip om het te doorzoeken, maar van Juniper was geen spoor tot Appels onmiskenbare luide stem over het strand schalde.

'Geeft niks, knul, straks voel je je beter,' zei ze. Krukel zag dat ze zich over Juniper heen boog die overgaf in een rotspoel. 'Zo, jong, beter kwijt dan rijk, misschien heb je te veel zon en opwinding en zo gehad, dan krijg je dat.'

Krukel hoopte maar dat de bezoekers het niet hadden gezien.

3

Hoop had bijziend door elk raam dat hij tegenkwam naar beneden getuurd en snuffelde nu opgewekt door Spars torentje. De kleine, frisse kamer rook naar bessenwijn, verse frambozen, dennenappels, kruiden en kaarsen, en het lukte hem om die allemaal te vinden. Het was een eenvoudige kamer met een sfeer van een zachte bries, zee en gebed, en er stond weinig waar hij tegenaan kon botsen. Met een beetje moeite klom hij op een stoel onder een raam en rook aan de lavendel en de zonneroosjes die buiten in de bloembak onder zijn neus kietelden.

'Er liggen wat kiezelstenen bij het vuur,' zei Spar. 'Misschien wil je daarmee spelen.'

Hij boog zich stram voorover en pakte een mand die glom van gladde, door de zee gewassen steentjes, sommige wit met zilveren vlekjes, andere groen gemarmerd, en weer andere heel licht roze, of abrikoos- en perzikkleurig. Hoop snuffelde, drukte zijn snuit tegen de koele kiezels, stak zijn poten in de mand, gooide de steentjes om en wreef ze tegen zijn wang. Hij legde ze uit in patronen en probeerde er, zonder veel succes, bouwsels van te maken.

'We krijgen bezoek,' zei Spar die uit het raam keek. 'Hmm. Die hebben geen gemakkelijke overtocht gehad en de mist heeft ze waarschijnlijk ook parten gespeeld. Ze waren duidelijk op weg hiernaartoe en op de een of andere manier heeft de mist hen doorgelaten. Daar loopt Krukel met hun mantels, en die goeie Appel, en een erg zieke jonge eekhoorn. Hmm.' Hij trok een paar doorgeschoten tijmtakjes uit de plantenbak, bond ze om een bosje vers afgeknipte bloemen voor Hoops moeder en keek aandachtig toe hoe Hoop de steentjes neerlegde. Hoop leek wel de hele ochtend te willen blijven spelen, en Spar deed geen enkele poging om hem tot spoed aan te zetten.

'Meneer,' zei Hoop die al een tijdje niets had gezegd. 'Ik hoorde iemand praten over de halve steen van Mistmantel. Ik weet niet wat dat is, maar door de kiezelsteentjes moet ik er weer aan denken.'

Spar grinnikte zachtjes. 'De Hartensteen, Hoop,' zei hij. 'De Hartensteen van Mistmantel. Hij ziet eruit als een gewone kiezelsteen, maar heeft een bijzondere gave. Het is een geschenk van het Hart aan het eiland. De Hartensteen kan alleen worden vastgehouden door een rechtmatige koning of priester van Mistmantel. Niemand anders kan de steen vasthouden, tenzij hij in een tas of een doos zit natuurlijk. Die eigenschap maakt hem tot een belangrijk onderdeel van de kroningsceremonie. Bij de kroning van koning Krispijn leg ik de steen in zijn poot, en dan weet het hele eiland dat hij de ware koning is.'

Er werd aan de deur geklopt. 'Dat is Krukel,' zei Spar. 'Kom binnen, Krukel.'

Broeder Spar verwelkomde Krukel met een glimlach, maar Krukel vond dat hij er oud en moe uitzag. De broeder leek ouder en trager sinds zijn strijd met Bast, alsof die hem al zijn krachten had gekost.

'De koning verzoekt u naar de troonzaal te komen, broeder Spar,' zei Krukel met een buiging.

'Ruimen jullie dan de steentjes even op,' zei Spar. 'Gooi ze maar terug in de mand. Krukel, schenk jij wat water in die kom zodat Hoop zijn snuit kan wassen. Zet een jonge egel tussen de bessen en je bent verzekerd van een knoeiboel. Ik merk, Krukel,' hij keek Krukel even met opgetrokken wenkbrauwen aan, 'dat koning Krispijn zijn gasten binnenhoudt op zo'n mooie, heldere dag.'

'Ja, broeder Spar,' zei Krukel. Spar zag er dan misschien oud uit, maar er ontging hem anders nog niets. Hij wist dat als Krispijn zijn bezoekers binnenhield, dat geheimhouding betekende.

'Hmm. Juist, ja,' zei broeder Spar. 'Alles netjes aan de kant, Hoop?'

Gruwer van de Egelploeg stond buiten de troonzaal op wacht. Zijn stekels blonken en hij boog diep voor broeder Spar voor hij de deur opendeed. De troonzaal was eenvoudiger en ruimer dan gedurende de laatste dagen van koning Van Borstelen. Zonlicht stroomde naar binnen. Krispijn stond bij het raam, zijn pels glansde dieprood. Padra stond naast hem. Het zonlicht was zo fel dat Krukel zijn ogen half dicht moest knijpen en nauwelijks Krispijns snuit zag. De dieren van Blankevleugel kon hij beter onderscheiden en die zagen er nu een stuk verzorgder uit. Op een tafel stond eten en wijn voor hen klaar, maar ze keken nog steeds zo ernstig dat Krukel vanaf het moment dat hij naar binnen sprong het gevoel kreeg dat hij iets deed wat niet hoorde.

Prikkel stond met haar poten over elkaar plichtsgetrouw bij de lege haard, en de rugzakken lagen op een keurige stapel achter haar. Krukel boog naar de koning en keek even naar Padra voor een seintje, omdat hij niet wist wat er van hem werd verwacht.

'Broeder Spar, Krukel,' zei Padra en hij stak een poot naar hen uit, 'kom onze gasten begroeten. Dit is heer Boomtand van Blankevleugel.'

De voorname egel met de zilveren halsketting boog stijfjes naar Spar en knikte naar Krukel.

'Krukel, de koningsgezel?' vroeg hij ernstig.

Krukel boog. 'Ja, heer,' zei hij.

'Heer Boomtand is een vooraanstaand heer van Blankevleugel en een afgezant van koning Zilverberk,' ging Padra verder. 'Hij wordt op zijn gezantschap begeleid door zijn zeer trouwe dienaren, Brons...'

De gedrongen egel met korte stekels knikte kort naar Krukel met iets tussen een lach en een grijns in. Krukel kreeg de indruk dat hij in een gevecht zijn mannetje kon staan.

'... en Spoor,' zei Padra. De oudere wijfjeseekhoorn maakte een heel stijve kniebuiging met een rechte rug en haar kin omhoog. Krukel had het gevoel alsof ze hem inspecteerde op vuile klauwen.

'... en Snipper,' eindigde Padra. De kleinste eekhoorn slaagde erin een wankele kniebuiging te maken met een dappere poging tot een glimlach, en Krukel lachte meelevend terug. Snipper leek nog steeds zeeziek.

'Heer Boomtand,' zei Krispijn, 'uw verhaal gaat ons allen aan, maar vooral Krukel. Mag ik u vragen het nog een keer te vertellen? Neemt u allen plaats.'

De bezoekers gingen op krukken zitten en Krukel en Prikkel namen plaats op de vloer. Nu de rugleuning van de troon wat licht wegnam, kon Krukel Krispijns snuit beter zien. Die stond strenger en aandachtiger dan ooit. Met grote waardigheid rechtte heer Boomtand zijn rug, zette zijn lege kom op tafel, en begon.

'Blankevleugel is altijd een vreedzaam en welvarend eiland geweest. De glans van zilver fonkelt in zijn watervallen en glimt in zijn rivieren, en in zijn diepten liggen zilvermijnen verborgen. Zwanen verblijven op onze meren en oevers. De zeldzame keren dat onze schepen door de mist van Mistmantel heen kwamen, waren we verheugd handel met u te kunnen drijven. In het verleden zijn er huwelijken gesloten tussen dieren van Mistmantel en Blankevleugel.

Dit jaar kwam er in de lente plotseling een golf van nieuwkomers uit Mistmantel, die op Blankevleugel om onderdak vroeg. Ze vertelden over een oorlog op Mistmantel en dat ze hadden moeten vluchten voor hun leven, en wij namen hen op. Het spijt me te moeten zeggen dat we dit hebben betreurd. We heetten hen welkom en zorgden dat ze zich op ons eiland thuis konden voelen en dachten dat ze waren als alle andere Mistmanteldieren die we ooit hadden ontmoet: vriendelijk, behulpzaam, en opgewekt. Maar deze dieren leken in het geheel niet op de andere dieren van uw eiland. Ze waren luidruchtig en vol eigendunk, paradeerden over het eiland, trokken de aandacht en wilden niet werken, behalve als ze er zelf voordeel bij hadden. Ze waren onvriendelijk, klitten aan elkaar, bleven op zichzelf, en meden ons.'

Krukel voelde Snippers ogen op zich rusten alsof die wilden zeggen dat het zijn schuld was. Hij voelde zich heel ongemakkelijk.

'Dit was op zich al uiterst onaangenaam,' zei heer Boomtand. 'Toen enkelen betrapt werden bij het stelen van onze voedselvoorraden zetten we hen een tijd in de gevangenis, om hen te laten merken dat wij stelen niet dulden. Toen ze werden vrijgelaten, stookten ze hun maten op om uit wraak rellen te schoppen op ons eiland. Ze leven als bandieten en voeren strijd.' Hij draaide zich om en keek ernstig naar Krukel. In de daaropvolgende stilte leken ze eigenlijk allemaal naar hem te kijken.

'Wat spijt me dat voor u, heer,' zei Krukel en hij vroeg zich af wat hij ermee te maken had.

'Tegen die tijd,' zei heer Boomtand, 'beseften we dat deze dieren van Mistmantel waren verbannen als gevolg van de val van kapitein Bast. De bannelingen veroorzaakten geweld en onrust, maar brachten ons ook iets heel kostbaars: hoop. Ze brachten het voor ons allerbelangrijkste nieuws.'

Hij wachtte weer. Krukel zei niets.

'Op ons eiland leeft een voorspelling,' zei heer Boomtand, 'die zo oud is dat niemand weet wanneer hij is gedaan, maar hij is van generatie op generatie doorgegeven. Lang, heel lang geleden, is er gezegd dat er een tijd zou komen waarin de dieren van Blankevleugel in grote nood zouden verkeren. Een eekhoorn zou ons te hulp komen, en het eiland verlossen. Deze verlosser zou een...'

Hij wachtte opnieuw alsof hij er zeker van wilde zijn dat iedereen luisterde. Er trok een rilling door Krukels pels. Hij voelde wat er komen ging.

'...getekende eekhoorn zijn,' zei heer Boomtand. 'Daarmee wordt een zeldzaam soort eekhoorn bedoeld, die op deze eilanden bijna niet voorkomt.'

Krukel wist al wat heer Boomtand ging zeggen. Zijn snuit gloeide. 'Een eekhoorn met de kleur van honing,' ging heer

Boomtand verder, 'een eekhoorn zoals jij, Krukel. Toen de Mistmanteldieren ons vertelden dat zo'n dier op hun eiland leefde – een getekende eekhoorn die al een keer de zee was overgestoken om kapitein Krispijn terug te brengen – kregen we weer hoop. De bannelingen van Mistmantel hadden ons onrust gebracht, maar ze vertelden ons ook waar we verlossing konden vinden.'

Hij keek niet meer naar Krukel. Hij keek langs hem heen naar Krispijn, alsof dit een zaak was tussen koning en afgezant.

'En dat is de reden,' besloot heer Boomtand, en zijn diepe stem galmde door de troonzaal, 'dat koning Zilverberk koning Krispijn dringend om hulp vraagt. We weten dat u een achtenswaardige koning bent. We hebben gehoord van uw moed en edelmoedigheid. We smeken u om een kleine, geen grote, groep krijgers te zenden die ons te hulp kan komen. Maar we willen u ook vragen, daar onze nood zo hoog is en slechts één dier ons kan helpen, of de bewuste eekhoorn met hen mee mag. Koning Zilverberk heeft u eerbewijzen van zijn hoogachting meegezonden.'

Hij gebaarde met een poot naar Spoor en Brons, die de grijze tassen openmaakten. Ze haalden er paars en zilver gekleurde dozen uit en toen ze daar de deksels vanaf haalden blonk daaronder iets schitterends. Krukel hapte bijna naar adem bij de pracht van de geschenken. Er waren zilveren en gouden netten vol hazelnoten en kleine appeltjes, een groen zwaardkoppel met karmozijnrood borduursel, en armbanden, gevlochten van heel fijn gesponnen zilveren draden. Als laatste haalde heer Boomtand, uit een bed van karmozijnrode fluwelen plooien, een glanzend zwaard tevoorschijn, en tilde dat op beide voorpoten omhoog.

Krukels ogen werden groot. Het gevest van het zwaard was

zo fijn bewerkt dat het wel van gesponnen draad of grashalmen gemaakt leek te zijn, maar elke krul en elke lijn was van mat zilver. Heer Boomtand draaide zich om en tot Krukels stomme verbazing bood hij het hem aan.

'Een geschenk voor de getekende eekhoorn,' zei hij. 'Opdat je het mag gebruiken ten dienste van jouw en onze koning.'

Het was zo mooi dat Krukel zijn ogen er niet van af kon houden. Maar ook al wilde hij het nog zo graag, hij bracht het niet op om er een poot naar uit te steken. Dit kon onmogelijk voor hem zijn, dit was niet voor hem bestemd. Padra legde een poot op de zijne.

'Kapitein Padra, wilt u namens Krukel het zwaard aannemen?' zei Krispijn. 'Heer Boomtand, ik ben ervan overtuigd dat Krukel een zwaard nooit oneervol zal gebruiken.'

'Dank u, heer Boomtand,' zei Krukel en met veel moeite wendde hij zijn ogen van het zwaard af. Iets in Krispijns snuit waarschuwde hem om vooral niet meer te zeggen.

'De mollen zullen u naar uw vertrekken begeleiden,' zei Krispijn en daarmee gaf hij aan dat het gesprek voorbij was. 'U zult wel willen uitrusten van uw reis en dan verwacht ik u vanavond hier bij mij aan de maaltijd. Prikkel, mijn gezel, wil je alsjeblieft Gruwer binnenroepen?'

Gruwer kwam met zo'n ferme pas naar binnen gemarcheerd dat Prikkel opzij moest springen. Hij maakte een indrukwekkende buiging.

'Gruwer, zorg dat onze gasten niets tekort komen,' zei Krispijn. 'En stuur Dokker naar me toe.'

Met veel hoffelijkheid leidde Gruwer de bezoekers de zaal uit. De kleine eekhoorn, Snipper, zag er nog steeds niet best uit en Krukel voelde medelijden met haar.

Even later kwam Dokker binnen. Hij zag er een beetje slonzig uit, maar dat was normaal. Vrouw Rafel maakte prachtige dingen van allerlei soorten draad en stof, maar zelfs zíj kon haar echtgenoot geen verzorgd uiterlijk aanmeten.

'Neem alsjeblieft de wacht over, Dokker,' zei Padra. 'Er mag absoluut niemand worden toegelaten.'

'Begrepen, kapitein,' zei Dokker, en hij nam zijn plaats in voor de deur. Padra deed die achter hem dicht en leunde ertegenaan, terwijl hij door de zaal heen Krispijn aankeek.

'Ja, precies wat ik dacht,' zei Krispijn. 'Maar ik wil het van iedereen horen. Broeder Spar?'

4

Bij het water hingen de jongere dieren nog steeds bij het schip rond om te zien of de mollen iets opwindends zouden vinden. Ze verdreven de tijd door met kiezelstenen te spelen, ermee te keilen, van de steiger af te springen, of kroninkje te spelen waarbij ze om de beurt Krispijn waren. Af en toe klonken er kreten van: 'Zoek de koning, zoek de koningin, zoek de troonopvolger van Mistmantel', een oud Mistmantelspel waarbij drie dieren werden weggestuurd om zich te verstoppen, terwijl de anderen met hun poten hun snuit bedekten, tien keer de kreet herhaalden en vervolgens wegrenden om de drie te gaan zoeken. Omdat de dieren op wie werd gejaagd met veel enthousiasme de aandacht van zichzelf probeerden af te leiden, en de eekhoorns overal in klommen wat niet wegrende, werd er veel heen en weer gerend en gegild. Sepia, de eekhoorn die bij het lentefeest met haar mooie stem het hele eiland had weten te boeien, hield zich een beetje afzijdig. Soms keek ze naar de anderen en staarde dan weer langs hen heen.

De laatste paar maanden had het leven voor Sepia een verbazingwekkende wending genomen. Ze was opgegroeid in een berkenbos, als de jongste van een goed georganiseerd groot gezin waar iedereen altijd druk bezig was met noten te verzamelen, die keurig op te bergen, vruchtenwijn en medicijnen te maken, boodschappen rond te brengen – haar broer Langpoot was een van de snelste loopjongens op het eiland – en berichten over te brengen voor de koning. Sepia had zich altijd het kleinste en onbelangrijkste lid van de familie en van de hele gemeenschap gevoeld. Ze was niet zo goed in belangrijke dingen als verzamelen en opbergen en ze kon de andere eekhoorns nooit zo goed bijhouden. Iedereen had altijd zoveel te vertellen dat Sepia, die bovendien nogal rustig van aard was, eraan gewend raakte dat niemand echt naar haar luisterde. Daarom had ze een eigen wereld gemaakt door liedjes te bedenken in haar hoofd, te dansen als niemand keek, en, als ze alleen was, naar de grotten achter de waterval te rennen. Daar had ze een lievelingsplek, waar de vochtige muren glansden, haar stem een echo kreeg die met haar samen zong, en er niemand was die haar zei dat ze moest ophouden met zingen en iets nuttigs moest gaan doen.

Toen was, op een lentemorgen, Arran de otter bij haar gekomen. Sepia was aan otters gewend – bij de waterval waren er altijd wel een paar – maar Arran, een lid van de Kring en een heel belangrijke otter, had ze niet eerder ontmoet. Arran had haar een boodschap overgebracht van een otter die nog belangrijker was: kapitein Padra. De kapitein had haar horen zingen en wilde dat ze voor koning Van Borstelen zou zingen op het lentefeest.

Op het lentefeest was ze zo zenuwachtig geweest dat ze tegen de tijd dat ze moest zingen een droge keel had en als haar poten niet zo hadden getrild was ze misschien wel weggelopen. Maar toen het moment kwam dat ze naar voren moest stappen had Arran haar toegefluisterd: 'Het gaat goed. Zing gewoon zoals je altijd in de grotten zingt', en kapitein Padra zelf had haar zo geruststellend toegelachen dat ze alleen naar hem had gekeken en alleen voor hem had gezongen, omdat hij haar zelfvertrouwen gaf. Toen was ze in de strijd voor Mist-mantel betrokken geraakt, en had ze geholpen om Padra, Ar-ran, en het hele eiland te redden. Plotseling deed ze ertoe.

Net zo plotseling had ze nieuwe vrienden gekregen. Vinlit, Knisper de eekhoorn en Prikkel de egel waren allemaal vrien-den van haar geworden. Krukel ook, al keek ze een beetje te-gen hem op omdat hij de zee was overgestoken en Krispijn had teruggebracht. Maar de dieren die op die belangrijke dag hun steentje hadden bijgedragen bleven met elkaar omgaan. Het maakte niet uit dat Vinlit nooit iets serieus nam, dat Knis-per zo bang was niet aardig gevonden te worden dat ze met ie-dereen bevriend wilde zijn, of dat Prikkel bazig kon doen. Het waren haar vrienden. Als ze in een droomwereld wilde vluch-ten, of even rustig op zichzelf wilde zijn, nam geen van hen haar dat kwalijk. Maar nu ze elke dag op de toren was en leer-de een echte zangeres te worden, had ze veel minder behoef-te aan dromen.

Vinlit zwom rond de steiger en dook af en toe op om ver-stoppertje te spelen met een klein ottermeisje dat Skye heet-te en net leerde zwemmen. Maar toen kapitein Bul eindelijk met een troep mollen en egels achter zich aan het schip af kwam gemarcheerd, hielden de dieren meteen op met spelen en renden op hem af. Appel sprong met een vervaarlijk ge-kraak op de steiger. Skye maakte dat ze bij haar moeder kwam.

'Iets gevonden, kapitein Bul?' vroeg Appel.

'Spionnen en zwaarden?' vroeg Vinlit hoopvol. De kleintjes wilden weten of er iets spannends bij de lading zat, hoe het daarbinnen was, en of ze aan boord mochten om het stuurwiel uit te proberen.

'Geen sprake van!' zei Bul. 'Dit is een staatsieschip van een koning. Er zijn geen wapens en geen verborgen krijgers. De bemanning is niet gewapend en klein in aantal. Ik breng verslag uit aan de toren. Maar er is een scheepssloep,' ging hij door en hij knipoogde naar Sepia. 'Een kleine reddingssloep. Gek dat ze die niet nodig hebben gehad. De bemanning heeft toestemming om die neer te laten, voor het geval jullie jonkies erin willen spelen.'

Er ging een gejuich op en er klonken verrukte kreten. Even later werd de scheepssloep schoksgewijs neergelaten over de rand. Terwijl de kleintjes er met zijn allen in klauterden, plofte Appel neer.

'Wat valt me dat nou tegen,' verklaarde ze en ze zuchtte. 'Ik kon er niks aan doen dat ik dacht dat ze misschien een mooie, jonge prinses bij zich hadden. Of een paar prinsessen, om uit te kiezen. Nou ja, kijk, het hoeft niet per se een prinses te zijn, het is veel belangrijker dat ze een aardig...'

Vinlit, die de sloep had bewonderd, stak zijn kop boven water.

'U probeert Krispijn toch niet uit te huwelijken, wel?' zei hij.

'Nou, waarom niet, en het is kóning Krispijn voor jou,' zei Appel, in de verdediging gedrongen. 'Het is zwaar werk en heel eenzaam om koning te zijn, hij heeft iemand naast zich nodig, een betere eekhoorn dan Krispijn bestaat er niet, en het is trouwens doodzonde, zo'n aardige eekhoorn als hij en dan geen vrouw hebben. Er is vast wel iemand op het eiland, maar ik zou niet weten of hij al iemand op het oog heeft.' Ze schudde haar kop en zuchtte weer. 'Als ik jonger was, of hij ouder, zou ik er zelf werk van maken.'

Vinlit verdween onder water. Een stroom giechelbubbels rees naar de oppervlakte.

'Maar, vrouw Appel,' zei Sepia zachtaardig, 'het is nog niet zo lang geleden dat Fluister is gestorven. Hij heeft vast nog verdriet om haar.'

'Wie is Fluister?' vroeg een kleine egel.

Sepia tilde de egel voorzichtig op haar schoot. 'Wás, niet ís,' zei ze. 'Toen Krispijn verbannen werd, leefde hij op een eiland met zwanen en eekhoorns. Hij trouwde met een eekhoorn die Fluister heette. Krukel heeft haar ontmoet en hij zei dat ze aardig was en mooi om te zien en dat Krispijn haar aanbad. Maar ze stierf, en Krispijn wil vast nog niet met iemand anders trouwen.'

'Kan wel zijn, maar er moet een gezin komen,' zei Appel beslist. 'En hoe eerder hoe beter. Een echt gezin in de toren, met kleine eekhoorntjes die rondrennen en overal in klimmen, dat is wat wij willen.'

Vinlit dook op en probeerde antwoord te geven, maar hij stikte nog van de lach. Hij rolde om en sloeg met zijn staart tegen de steiger.

'Ik begrijp wat u bedoelt,' zei Sepia bedachtzaam. 'Otters zijn waterdieren, en ik weet zeker dat Padra geen koning wil zijn.'

'Onze Padra?' vroeg Vinlit en hij hield meteen op met lachen. 'Donder en bliksem, dan zou hij wel móéten denk ik.'

'Had je nog niet zover doorgedacht?' vroeg Appel. 'Als er geen opvolger is wordt de oudste kapitein koning of koningin, of wat dan ook. En ik weet zeker dat jouw Padra een goeie koning zou zijn, maar otters willen niet graag weg van het water. Net als mollen liever onder de grond blijven.'

'Ik zie Arran ook niet met een kroon,' zei Vinlit. 'Ze kan nog niet eens haar kapiteinsband ophouden.'

'Zie je nou wel, dat zei ik toch,' zei Appel. 'We moeten de koning aan een vrouw helpen, en ondertussen goed voor hem zorgen en uitkijken dat hij niet ziek wordt of gewond raakt, hij mag niks krijgen. Heb jij geen oudere zussen, Sepia?'

In de troonzaal keek Krukel naar de ernstige gezichten van Padra, Krispijn en Spar. Zijn poten tintelden. Hij was opgewonden omdat hij wist dat Krispijn vroeg of laat om zijn mening zou vragen. Nu maar hopen dat hij niks stoms zou zeggen. Padra en Spar waren al aan het woord geweest.

'Dus,' zei Krispijn, 'drie van ons zijn het ermee eens dat we Blankevleugel moeten helpen, omdat de dieren die wij in ballingschap hebben gestuurd de oorzaak vormen van hun probleem. Maar Krukel gevaar laten lopen is een andere zaak. Nu Krukel.'

Krukels oren draaiden zenuwachtig heen en weer. Krispijn lachte, boog zich nonchalant naar voren op zijn troon en sloeg zijn poten over elkaar alsof hij en Krukel een praatje maakten in het Anemonenbos en geen plechtige bijeenkomst hadden in de troonzaal.

'Ik heb je nog niet aan het woord gelaten,' zei hij, 'omdat ik er zo goed als zeker van was dat je zou zeggen: "Ja, Majesteit, stuur mij maar. Ik ga wel." Misschien zou je niet willen, je zou misschien liever bij ons willen blijven, je zou misschien doodsangsten uitstaan, maar je zóú gaan.'

'Ik wilde vragen of het kon wachten tot na de kroning,' gaf Krukel toe.

'Alles kan wachten tot na de kroning,' zei Krispijn beslist. 'Het is mogelijk dat jij de getekende eekhoorn bent die het eiland zal verlossen. Maar het is ook mogelijk dat je het niet bent – of nog niet.'

Krukel keek neer op zijn poten. Het zou een spannend gevoel moeten geven om de getekende eekhoorn uit een voorspelling te zijn. Maar hij wist niets van Blankevleugel, of hoe hij het zou moeten verlossen, hij wist zelfs niet waar het lag en of ze hem het zwaard zouden laten houden als hij niet meeging.

'Hoe weet ik of de voorspelling op mij slaat?' vroeg hij.

Krispijn draaide zich naar Spar. 'Hoe weet hij dat?'

'Dat kan hij niet weten,' zei Spar eenvoudig. 'Voorspellingen zijn op hun manier heel bruikbaar, maar je moet er voorzichtig mee omgaan. Ze kunnen aanleiding geven tot allerlei misverstanden.'

'Bestaat er zo'n voorspelling, broeder Spar?' vroeg Padra.

'Oh, ja. Hmm. Ja,' zei Spar. 'Een getekende eekhoorn zal Blankevleugel verlossen in hun tijd van nood. Eekhoorns van jouw kleur zijn heel zeldzaam, maar volgens mij is Blankevleugel een van de weinige plaatsen waar ze af en toe voorkomen. Dat wordt wel gezegd.'

'Echt waar?' vroeg Krukel. 'Echt?' Er ging een ongekende rilling van hoop en opwinding door hem heen. Spars woorden hadden iets geraakt wat zo diep vanbinnen zat, dat hij tot dat moment zelf niet had geweten dat het er was.

'Alstublieft, broeder Spar,' zei hij, en hij merkte dat hij stotterde, 'kunt u mij zeggen, als er eekhoorns zoals ik op Blankevleugel zijn, of ik daar dan misschien vandaan kom?'

'Af en toe, heb ik gezegd, Krukel,' zei Spar, en Krukels hoop nam af, 'heel af en toe komt er een eekhoorn zoals jij op Blankevleugel voor. Maar ze zijn heel zeldzaam. Ik denk dat je moeder van verder weg kwam. Je bent heel bijzonder, weet je dat, Krukel, waar je ook vandaan komt.'

'Dank u, broeder Spar,' zei Krukel vlug, en hij boog zijn kop om zijn teleurstelling te verbergen. Soms, als hij naar zijn spiegelbeeld keek, vroeg hij zich af hoe het zou zijn als de andere eekhoorn in het water of in het raam echt was, een eekhoorn zoals hij, zodat hij niet meer de enige met een lichtgekleurde pels zou zijn.

Over het algemeen merkte niemand het verschil meer. Hij vergat zelf ook vaak dat hij opviel in een menigte. Maar het had zo'n fijn gevoel gegeven om even te denken dat hij er misschien achter kon komen waar hij vandaan kwam en wie hij was. Toen hij even dacht dat hij misschien wel van Blankevleugel kwam, voelde hij dat hij erheen moest gaan. Hij slikte moeilijk en krulde zijn klauwen.

'Je hoeft niet,' zei Krispijn resoluut. 'Ze hebben je een zwaard aangeboden, maar Padra heeft dat aangenomen. Als jíj het had gedaan, was je zo goed als akkoord gegaan met het uitvechten van hun strijd.'

'Oh!' zei Krukel. 'Dat wist ik niet.'

'Precies,' zei Padra droog. 'Ik hoop dat ze je er niet in wilden luizen door je iets aan te bieden wat je zo moeilijk kon weigeren. Dat moet je goed bedenken, Krukel: ze hadden het eigenlijk niet aan mogen bieden.'

Krukel gaf een klein knikje, als teken dat hij het begreep. Hij had het kunnen weten van dat zwaard, het was te mooi om waar te zijn.

'Maar daarnet,' zei hij, en hij keek van Krispijn naar Padra en weer terug, 'toen ik even dacht dat het de plek was waar ik vandaan kom, wilde ik er graag heen. Voor mezelf. Dan moet ik eigenlijk ook voor hen willen gaan. Ik weet niet of ik de eekhoorn uit de voorspelling ben, en ik weet ook niet wat ze willen dat ik doe als ik daar ben, maar als ik niet ga, Majesteit, zal ik me altijd afvragen wat er gebeurd zou zijn als ik wel was gegaan. Dus wil ik wel gaan, als u dat nodig vindt – voor zover je iets kunt willen als je niet weet wat er van je verwacht wordt.'

'Heel juist, Krukel,' zei Padra, en het feit dat die onder de indruk was gaf Krukel een beter gevoel.

Krispijn knikte. 'Wil je even buiten wachten, Krukel, terwijl wij verder praten?' zei hij. 'En jij ook, Prikkel, tenzij je nog iets wilt zeggen?'

Prikkel was al die tijd stilletjes bij de haard blijven staan. Krukel keek naar de manier waarop haar scherpe stekels overeind stonden, en naar de wat norse blik.

'Het gaat mij niet aan,' zei ze bits, 'maar als u het mij vraagt, Majesteit, vind ik dat heer Boomtand nogal uit de hoogte doet, en die Spoor ook, en Brons ziet eruit als een klauwenschurk. Als ik Krukel was zou ik niet met hen mee willen, maar als hij moet, ga ik ook.'

'Dat is heel nobel van je, Prikkel,' zei Krispijn, 'maar als Krukel gaat, gaan er bewakers en krijgers mee om hem te beschermen. Hij mag geen gevaar lopen van Mistmantelbannelingen, of van huurlingen die voor Bast hebben gevochten.'

'Ja, Majesteit, maar ik vind toch dat ik erbij moet zijn,' zei Prikkel. Ze boog met een licht samengetrokken mondje, en liep naast Krukel de zaal uit. Ze vonden Dokker nog op wacht voor de deur, zijn stekels staken alle kanten op. De lege stenen gang was aangenaam koel in vergelijking met de troonzaal, en ze haastten zich naar het open raam. Drie egels zwoegden het strand op met een donkere houten zeemanskist. 'Dat moeten de spullen van heer Boomtand zijn,' merkte Dokker op die over hun schouder meekeek. 'Hij is zeker van plan lang te blijven. Zal wel vol kleren zitten.'

'Hij ziet eruit als iemand die zich graag opdirkt,' zei Prikkel en ze leunde verder naar buiten. 'Ik haal steeds de egels van de

Egelploeg door elkaar. Die grote is Hakker. Dat weet ik wel.'

'Niet slim, maar een harde werker,' zei Dokker. Hij had het nog niet gezegd of de grote egel stapte in een kuil waardoor de kist gevaarlijk scheef kwam te hangen. Krukel kon niet horen wat de andere egels zeiden, maar hij wist dat het niet netjes was.

'En die twee achteraan met die kwaaie snuiten, zijn Mepper en Blokker,' zei Dokker, wijzend naar twee egels die een vertrokken snuit hadden van de inspanning. 'Zo kijken ze altijd. Ze hebben tegenwoordig niks om chagrijnig over te zijn, maar ik denk dat ze niet anders meer kunnen. En hier,' zei hij, zich omdraaiend naar iemand in de gang, 'heb je Gruwer. Heb je de bezoekers allemaal ondergebracht?'

Gruwer, die zijn poten met iets inwreef, zag er nog piekfijner uit dan eerst. Krukel vermoedde dat hij indruk op de afgezanten wilde maken

'Heel wat beter werk dan dag in dag uit dat ondergrondse geploeter voor kapitein Bast,' zei Gruwer. 'Koning Van Borstelen had het nooit goed gevonden als hij, al was het maar voor de helft, had geweten wat er omging. Ik heb heer Boomtand in de oude zitkamer van vrouwe Espen gezet. Die was altijd al veel te mooi voor haar.' Hij beende weg met ferme pas en een vleugje geurige harsolie.

'Hij doet zelfs van dat stinkspul op zijn poten,' merkte Prikkel op.

'Gruwer denkt aan alles,' zei Dokker. 'Vandaag of morgen maken ze hem lid van de Kring. Iemand als hij komt er wel.'

Krukel zat met zijn gedachten nog aan de andere kant van de deur naar de troonzaal. Hij dacht dat het wel goed zou zijn om naar Blankevleugel te gaan, maar – nou, ja, hij was nog wel steeds in de leer om een hofeekhoorn te worden, en hij maakte nieuwe vrienden, zoals Juniper. Juniper leek op een jonger broertje en hij had altijd al een broer willen hebben. Aan de andere kant, als Juniper al misselijk werd bij het zien van een boot, was hij misschien wel het soort jongere broer dat op je zenuwen ging werken. Hij rechtte zijn rug toen de deur van de troonzaal openging.

'Kom binnen, Krukel,' riep Padra, en Krukel liep met kriebelende pels de troonzaal in. Padra lachte geruststellend, maar Padra lachte altijd.

'Krukel, we hebben een besluit genomen,' zei Krispijn. 'De afgezanten mogen blijven tot na de kroning. Daar zal heer Boomtand niet zo blij mee zijn – hij kan je niet snel genoeg van het eiland af krijgen – maar daar zal hij zich bij aan moeten passen. Na de kroning stuur ik een voorhoede mollen door de tunnel om die een eigen oordeel te laten vormen over de situatie. Als hun indruk overeenkomt met wat heer Boomtand ons heeft verteld, sturen we een kleine krijgsmacht om een paar Mistanteldieren betere manieren bij te brengen, en, als zíj dat raadzaam vinden, ga jij met hen mee, maar alleen als ik weet dat een vogel of een tunnel je veilig thuis kan brengen.'

'Lopen er echt mollentunnels onder de zee?' vroeg Krukel. Hij had het nooit geloofd.

'Wel degelijk,' zei Krispijn. 'De mollen praten er liever niet over, behalve dat ze zweren dat ze bestaan. Maar blijkbaar zijn ze duizenden jaren geleden gegraven toen de zeebedding geen zeebedding was, en het eiland geen eiland. Ik denk dat ze er, als het moet, wel een kleine eekhoorn doorheen kunnen leiden.'

Krukel hield niet van tunnels, maar als eentje hem weer thuis kon brengen, zou hij er zeker gebruik van maken. En misschien hoefde het niet, nu nog niet in elk geval. Tot na de kroning hoefde hij er niet aan te denken.

'En nu,' zei Krispijn, 'gaan we ons met onze gasten bezig-houden. Heer Boomtand eet hier samen met de kapiteins, Spar en mij, en in de kamer hiernaast komt een tafel voor jou en Prikkel en de jonge dienaren van Blankevleugel. Alles wat hier is besproken, is volstrekt geheim, Krukel. Geen woord, tegen niemand. Zelfs niet tegen Prikkel. Het enige wat ze hoeft te weten is dat ze aardig moet zijn tegen de afgezanten van Blankevleugel.'

'Ja, Majesteit,' zei Krukel die de twinkeling in Padra's ogen zag. Het enige wat hij nu hoefde te doen was Prikkel overha-len om aardig te doen tegen dieren die haar niet aanstonden. Een eiland redden was makkelijker.

5

Het kleine vertrek was heel mooi versierd voor de jonge dienaren van Blankevleugel. Bontgekleurde zomerboeketten van dieppaarse irissen, zachtgele rozen en dieprode pioenen sierden de vensterbanken en de tafels. Op de banken en de vloer lagen kussens. Alle ramen stonden open naar het late avondlicht en de glinsterende zee. De roomwitte gordijnen met bladerpatroon bewogen zachtjes in de zeebries.

Terwijl ze samen aten en verhalen uitwisselden, verliep de avond beter dan Krukel had verwacht. Brons, Spoor en Snipper waren nu veel toeschietelijker dan in de troonzaal. Snipper zag er beter uit, hoewel ze nog kwetsbaar en schuchter overkwam. Ze droeg een kleine krans van meidoornbessen om haar pols en bleef steeds dicht bij Spoor, die haar voortdurend vroeg wat ze wilde eten en of ze zich wel goed voelde.

Prikkel zette haar beste beentje voor, of ze het nou leuk vond of niet. Er was koele vruchtenwijn uit de kelder met bessen en drijvende bloemen, er waren hazelnootkoeken, kaas, kleine groentepasteitjes en luchtige, zoete niemendalletjes van fruit, room en honing. Krukel dacht niet meer aan naar Blankevleugel gaan, of hoe hij vandaar terug naar huis moest komen.

Brons leek aanvankelijk het soort egel waarmee je geen ruzie wilde krijgen, maar hij bleek aangenaam gezelschap. Toen Prikkel hem op koele beleefde toon naar zijn reis vroeg, begon hij vol vuur aan een verhaal over hoe heer Boomtand zich bij het begin van de storm had teruggetrokken in zijn hut met een kussen over zijn kop, en daar was gebleven ('Hij had een hele hut voor zich alleen!' zei Snipper) en toen hij terug aan dek kwam, was hij het kussen vergeten, dat zich aan zijn stekels had vastgeprikt en nog steeds op zijn kop zat, en toen het hun eindelijk lukte om het van hem af te krijgen kon je de achtbare heer bijna niet meer zien van de veren.

Snipper giechelde. Ze vroeg Krukel en Prikkel naar hun aandeel in de strijd om Mistmantel, en luisterde geboeid. Ze zoog op haar kleverig geworden klauwtjes. Brons vertelde nog een grappig verhaal, Prikkel en hij kregen de hik, en Spoor vertelde hoe heer Boomtand de held had willen uithangen toen hij meehielp om de zeilen te reven en zich uiteindelijk met alle vier zijn poten aan de mast had vastgeklampt, wachtend op redding.

Krukel lachte beleefd maar geleidelijk aan begon hij zich ongemakkelijk te voelen. Dit soort verhalen voelde niet goed. Zoals deze dieren over hun heer Boomtand spraken, zou hij nooit over Padra spreken. Aan de andere kant zou Padra ook nooit dat soort stomme dingen doen.

Prikkel verwijderde zich in de richting van het raam. Krukel kon zien dat ze genoeg kreeg van het gegiechel van Snipper en de verhalen van Brons, maar helaas volgde Brons haar naar het raam.

'Het gaat alweer vroeger schemeren,' zei hij. 'De zon begint onder te gaan.' Gouden stralen schoten door de blauwe avondlucht.

'Oh, denk je dat we dat vallende-sterrengedoe kunnen zien?' vroeg Snipper opgewonden. 'Wanneer de sterren langs de hemel dansen en zo? Dat gebeurt toch wel eens in Mistmantel? Wat zou ik dat graag zien.'

'Vanavond niet,' zei Prikkel en alsof ze het tegen een klein kind had, legde ze geduldig uit: 'Dan zou broeder Spar het hebben gezegd. Vallende sterren komen niet vaak voor en als ze wel voorkomen gaat er iets gebeuren. Iets goeds of iets slechts. Van het slechte hebben we op Mistmantel nu wel genoeg gehad.'

'Maar het wordt een mooie zonsondergang,' zei Spoor. 'Van de andere kant van de toren zouden we het beter kunnen zien. Zullen we naar Koningspijl bij zonsondergang gaan kijken?'

'Naar wát bij zonsondergang?' vroeg Prikkel.

'Zo heet ons schip,' zei Spoor. 'Koningspijl. Het is zo mooi bij dit licht. Zullen we daarheen gaan?'

'Moeten de anderen niet weten waar we zijn?' vroeg Snipper zenuwachtig en ze keek naar Prikkel om hulp. 'We moeten het eigenlijk aan heer Boomtand melden, maar we mogen hen niet storen in de troonzaal, dan wordt hij kwaad.'

'Ik zeg het wel,' zei Prikkel. Ze kon het niet laten eraan toe te voegen: 'Onze koning wordt niet kwaad. Ik haal jullie straks wel in.' Krukel wist bijna zeker dat ze zich niet zou haasten. Ze had kennelijk genoeg van het gezelschap en hij kon hen maar beter uit haar buurt houden voor ze vergat om beleefd te blijven. Hij haalde de mantels van de gasten en ze trippelden de trap af naar buiten. De buitenlucht voelde nog aangenaam warm, de zomeravond geurde naar tijm en kamille, en het schip lag na zijn woeste overtocht kalm afgemeerd met daar-

achter de vurig oplichtende lucht. De sloep lag er half verscholen dicht tegenaan als een verlegen kind achter zijn moeder.

'Die boot had weer aan dek moeten zijn,' zei Brons.

'Wat is het toch een schoonheid!' zei Krukel en hij keek met
bewondering naar de kleine reddingsboot. Die was mooi ge-
stroomlijnd, het zeil gestreken, en de overkapping aan stuur-
boordzijde neergelaten.

'Hij is klein, maar erop gebouwd om ons na een schipbreuk
te kunnen laten overleven, zelfs bij een lange overtocht,' zei
Spoor. 'Die overkapping dient als beschutting, en onder de
roeibanken en de banken in het achterschip zitten dozen met
bergruimte voor mantels en levensmiddelen. Wil je het zien?'

'Ik eerst!' riep Snipper en ze rende over de houten steiger,
licht wankelend op de houten latjes. 'Kan iemand me helpen?'

Brons zuchtte. 'Ik begrijp niet waarom zij mee moest,' zei
hij. 'Stom wicht. Kan niet eens in of uit een boot klimmen
zonder in het water te vallen. Wil jij haar even helpen, Krukel?'

Juniper stoof over het pad dat van de Watervalrotsen naar beneden slingerde en schoot de eerste de beste boom in die hij
tegenkwam. De snelste weg naar de baai was via de toppen
van de dennenbomen naar het Anemonenbos en zo verder,
dus sprong hij steeds sneller van boom naar boom terwijl de
toppen onder hem terugveerden. Hij moest bij de baai zien te
komen, al was dat de plek waar hem een van de ergste dingen
in zijn leven was overkomen.

Hij begreep niet wat hem had bezield toen het schip van
Blankevleugel dichterbij kwam. Hij wist alleen dat er iets grijs
en benauwends op hem drukte toen het aan kwam varen, als-

of er rook in zijn ogen en zijn keel was gedrongen. Zijn maag had zich met een gevoel van afgrijzen vol walging omgedraaid, zijn hart was op hol geslagen, hij had het warm en koud gekregen – en in die onaangename situatie had hij toen niet anders kunnen doen dan overgeven in een rotspoel.

Juniper had meer van die momenten beleefd. Ze waren zeldzaam en verschrikkelijk, maar nog nooit zo erg als deze keer. Hij herinnerde zich die angst, vrees en verschrikking van toen hij heel klein was, en van een keer toen er tijdens een zuivering een baby werd weggehaald. Het was alsof hij van tevoren wist dat er iets ergs ging gebeuren.

Het was zo'n fijne ochtend geweest, tot dat gehavende schip binnen was gevaren en hem met ontzetting had vervuld. Dat hij zo vreselijk had moeten overgeven was al erg genoeg, maar ook nog voor de ogen van zijn nieuwe vrienden. In aanwezigheid van Krukel van de vallende sterren, zijn held! Vandaag was die held zijn vriend geworden en hij had het meteen verpest door in een poel te staan overgeven terwijl Krukel voorname gasten naar de toren begeleidde. Hij kon er niets aan doen dat hij misselijk was geworden. De afschuw had hem overmand. En datzelfde angstgevoel voor het schip was precies de reden dat hij nu, met zijn oren plat tegen zijn kop, met gestrekte poten en zijn staart als een vlag achter zich aan, zich terug naar de baai haastte. Krukel had hem nodig. Het was alsof de duisternis rond hem was opgetrokken en zich over Krukel had neergevlijd, en hij had er alles, maar dan ook alles voor over om Krukel te redden.

In de troonzaal lag de tafel bezaaid met de resten van een maaltijd en de wijn gloeide in de glazen. Prikkel stond er beleefd bij met rechte rug, gladgestreken stekels en over elkaar gevouwen poten en beantwoordde geduldig de ene vraag na de andere van heer Boomtand. Ze was van plan geweest om haar boodschap af te geven en weer te vertrekken – ze wilde naar haar familie en misschien lag er op tafel nog iets wat ze mee kon nemen voor de kleine Schoffel – maar heer Boomtand moest zo nodig belang in haar stellen. Hij vroeg zoveel over haar familie en over de andere egels op Mistmantel, dat ze smekende blikken naar Krispijn wierp om haar te verlossen. Krispijn stond op.

'Prikkel, ga je vanavond naar je familie?' vroeg hij.

'Daar hoopte ik op, Majesteit,' zei ze. Hij schoof wat koeken van tafel in een mandje.

'Neem deze maar mee,' zei hij, 'en doe de groeten aan je ouders. Kapitein Bul, wilt u Prikkel naar huis begeleiden?'

'Dat is nergens voor nodig, Majesteit,' zei Prikkel. Ze voelde zich meteen een stuk beter en maakte een kniebuiging terwijl ze het mandje aanpakte. 'Zal ik…'

Ze zweeg. Buiten klonk een getrippel van poten, een hoge jammerende kreet en een harde, dringende roffel op de deur.

'Wat krijgen we nou dan?' zei Bul, met zijn poot aan zijn gevest.

'Binnen!' riep Krispijn. En toen de deur openzwaaide, werd het geluid van een snikkende eekhoorn hoorbaar.

Gruwer marcheerde met een verbeten snuit naar binnen. Snipper hield zijn poot vast en wreef de tranen uit haar ogen.

'U hoeft nergens bang voor te zijn, juffrouw Snipper,' zei Gruwer ernstig. 'Vertelt u maar aan de koning wat u mij hebt verteld.'

Snipper vocht tegen haar tranen en kon geen woord uitbrengen. Krispijn knielde bij haar neer. 'Diep ademhalen,' zei hij vriendelijk. 'Niet bang zijn.'

Snippers lippen beefden.

'Hij is weg, Majesteit,' stamelde ze.

'Wie, Snipper?' vroeg Krispijn.

Prikkel voelde zich klam worden. Haar poten werden slap en haar klauwen begonnen te krullen.

'Krukel,' fluisterde Snipper, en haar stem eindigde in gejammer. 'Hij stapte in de kleine boot...' En terwijl ze haar snuit tegen Gruwers schouder borg, snikte ze erbarmelijk.

Zwetend en buiten adem kwam Juniper in het afnemende daglicht bij het strand, snoof de avondlucht op en keek om zich heen. Niemand te zien.

Het schip lag afgemeerd, en Juniper dwong zichzelf er goed naar te kijken. Het zou geen macht over hem krijgen als hij stand hield. Met het zeil aan flarden zag het schip er hulpeloos en ongevaarlijk uit. Toen zag hij ver weg op het water een kleine boot die op de mist af voer.

'Padra, haal soldaten en ga achter hem aan,' beval Krispijn, 'maar niet voorbij de mist.' Padra rende de zaal uit. Prikkel zou hem achterna zijn gegaan, maar een blik van Krispijn beduidde haar dat ze moest blijven. 'Nou, Snipper,' vervolgde hij, 'vertel eens precies wat er is gebeurd.'

Snipper snakte nog steeds naar adem terwijl ze probeerde haar verhaal te doen. Krispijn pakte een poot vol zachte bloemblaadjes van tafel en gaf haar die om haar tranen te drogen, en eindelijk begon ze te vertellen.

'De scheepssloep lag nog in het water,' snufte ze. 'Die had daar niet moeten liggen, want als hij er niet had gelegen, zou hij nu niet weg zijn. Maar toen hij de sloep zag zei Krukel dat hij gewoon naar Blankevleugel zou gaan. Op eigen risico, zei hij, en dat, als hij alleen ging, hij niemand anders in gevaar zou brengen, en dan zou U... U... Uwe Majesteit het hem niet hoeven te bevelen. Alstublieft, Majesteit, we hebben allemaal geprobeerd om hem op andere gedachten te brengen, maar hij was zo vastbesloten, hij – hij kuste de grond, stak zijn poot op en legde een eed af – maar als hij echt alleen was gegaan, was hij verdwaald, daarom zijn Brons en Spoor met hem meegegaan, en hij... hij.... hij zei...'

Ze barstte opnieuw in huilen uit, en Gruwer sloeg zijn poten stevig om haar heen.

'Hij zei dat Uwe Majesteit het wel zou begrijpen,' zei ze snikkend. 'Hij zei dat, als hij de getekende eekhoorn was – díé getekende eekhoorn – hij die taak moest volbrengen.' Ze borg haar snuit weer tegen Gruwers schouder.

'Oh, Majesteit,' zei heer Boomtand ernstig. 'Wat moet ik zeggen? We hebben uw gezel niet doelbewust in gevaar willen brengen.'

Prikkels stekels gingen overeind staan terwijl ze naar de snuit van heer Boomtand gluurde. Hij keek bezorgd en bedroefd maar volgens Prikkel zou dat wel eens nep kunnen zijn. Ze liet haar poot in die van Arran glippen, niet uit behoefte aan troost, maar om zichzelf te beletten heer Boomtand met uitgestoken klauwen aan te vliegen.

Hij liegt, Majesteit. In gedachten seinde ze de woorden luid en duidelijk naar Krispijn en ze wilde dat hij haar gedachten kon lezen. Ze liegen alle twee. Het kwam allemaal net iets te goed uit dat Krukel dit deed nu Blankevleugel hem zo hard nodig had.

'Ze zullen goed op hem passen,' snufte Snipper.

'Oh, Spoor en Brons zullen zeker goed op hem passen,' zei heer Boomtand. 'Dat zijn onze beste krachten. Dapper, bekwaam, en uitstekende zeilers. Bij hen is hij veilig.'

Er volgde een stilte, een gespannen, kille stilte. Prikkel was nooit bang geweest voor Krispijn, maar nu was ze alleen al bang om hem aan te kijken. Koning Krispijn weet het, dacht ze. Hij weet dat ze liegen.

'Laat een troep bewakers aanrukken, Gruwer,' beval Krispijn kortaf. 'Arran, roep zo veel mogelijk otters bij elkaar om Padra te helpen zoeken tot waar de mist begint, maar niet verder.'

Arran glipte de zaal uit, en Gruwer blafte bevelen vanuit de deuropening. Rennende poten klonken in de gang en terwijl een patrouille mollen en egels zich voor hem opstelde, draaide Krispijn zich met een strakke snuit naar heer Boomtand.

'Deze dieren zullen u en Snipper naar uw vertrekken begeleiden,' zei hij. 'Kapitein Bul, u gaat met hen mee. Morgen spreken we hier verder over. Broeder Spar, Prikkel, jullie komen met mij mee.'

Buiten was de lucht frisser geworden. Krispijn, Spar en Prikkel voelden de bries aan hun pels trekken toen ze op het koude, natte zand stonden. Er scheen geen enkel licht op het water. Het leek oneindig lang te duren voor Padra's glanzende, natte kop uit de ondiepten opdook en hij het strand op klauterde.

Was ik maar met hen meegegaan naar het strand. Had ik mijn boodschap maar afgeleverd bij de koning en was ik toen maar meteen naar beneden en naar hen toe gegaan. Ik was dat stel van Blankevleugel meer dan zat en ik was blij dat ik weg kon. Ik had bij ze moeten blijven. Kon ik de tijd maar terugdraaien en het anders aanpakken. Kon ik het maar overdoen.

'Padra, je hebt gedaan wat je kon,' zei Krispijn. 'Kom mee naar de troonzaal, dan vertel ik je wat Snipper zei.'

Prikkel voelde zich ellendig en ze schoof dichter naar Krispijn toe.

'Majesteit,' zei ze, 'Krukel is Padra's schildknaap en uw gezel; hij zou nooit weggaan zonder uw toestemming.' Ze sprak snel om het maar gezegd te hebben. 'Alstublieft, koning Krispijn, het spijt me zo. Het is mijn schuld. Als ik bij hem was gebleven zou hij nu nog hier zijn.'

Krispijn nam haar poten in de zijne. 'Natuurlijk is het jouw schuld niet, Prikkel,' zei hij, maar dat hielp niet. Ze keek waar broeder Spar was en wat hij uitvoerde en zag hem in zijn eentje op de punt van de steiger staan, terwijl de wind aan zijn lichtgekleurde tuniek rukte, met één poot uitgestrekt naar de lege duisternis onder de sterren.

6

'Ik geloof er geen snars van,' gromde Bul. 'Hij is niet uit zichzelf gegaan, ze hebben hem gedwongen.'

De kapiteins waren in de troonzaal bij elkaar gekomen.
Prikkel was hen gevolgd en niemand zei dat ze weg moest
gaan, dus bleef ze.

'Prikkel, hebben de andere dieren van Blankevleugel geprobeerd hem over te halen om te gaan?' vroeg Krispijn.

'Niet waar ík bij was,' zei ze. 'We hebben gewoon zitten
kletsen en lol gemaakt, en iemand stelde voor om naar de steiger te lopen om de zon te zien ondergaan. Ik weet niet meer
wiens idee dat was, maar Snipper vond dat iemand u moest
zeggen waar we waren. Ik was die uitsloverij van Brons en dat
stomme gegiechel van Snipper meer dan zat, en Krukel vond
het best om bij hen te blijven, dus dacht ik dat ik net zo
goed... net zo goed... het aan hem kon overlaten. Het spijt
me. Bul heeft gelijk. Hij zou nooit zonder uw toestemming
zijn vertrokken.'

'Prikkel,' zei Krispijn, en hij knielde bij haar neer, 'niets is
jouw schuld. Weet je nog waarom je zo lang in de troonzaal

bleef? Omdat heer Boomtand je aan de praat hield.'

'Dat was een truc,' zei Bul. 'Hadden ze tijd om onze Krukel weg te krijgen. Onze Krukel is meegenomen. Als jij bij hem was gebleven, Prikkel, hadden ze jou ook meegenomen.'

Krispijn ging een stukje verderop tegen een vensterbank staan met zijn snuit naar hen toe.

'We moeten er het beste van hopen en rekening houden met het ergste,' zei hij beslist. 'We kunnen heer Boomtand en Snipper niet vertrouwen, maar misschien zijn ze onschuldig en het blijven onze gasten. Ze moeten onder bewaking in hun vertrekken blijven tot Krukel weer thuis is. En de scheepsbemanning moet ook worden bewaakt.'

'Toch is het vreemd,' zei Padra. 'Heer Boomtand is een heel belangrijk dier. Als dit een complot was om Krukel te ontvoeren, waarom hebben ze hém dan achtergelaten?'

'Om ons last te bezorgen,' zei Bul.

'Daar krijgt hij geen kans voor,' zei Krispijn. 'Gruwer wordt verantwoordelijk voor zijn bewaking. Omdat we niet over het water weg kunnen én terugkomen, is een achtervolging per boot niet mogelijk. Bul, wat weet jij van de tunnels?'

'We kunnen zo bij Blankevleugel komen, Majesteit,' zei Bul. 'Ben er zelf eens geweest. Niet helemaal naar Blankevleugel, maar mijn vader heeft ze me laten zien en me verteld hoe de tunnels lopen. Wordt wel een lange reis.'

'Hoe lang?' vroeg Krispijn.

'Zes dagen en zes nachten. Misschien wel zeven of acht. Hangt van de mollen en de route af, Majesteit. Er zijn er twee.'

'Volgens mij is het maar drie of vier dagen met de boot,' zei Padra, 'en dat wil zeggen dat Krukel en zijn ontvoerders er eerder zullen zijn.'

'Dan moet je meteen mollen sturen, Bul,' zei Krispijn. 'Trouwe en betrouwbare mollen, zes via elke route.'

'Met alle respect, Majesteit,' zei Bul, 'maar ik kan Blankevleugel moeilijk met twaalf mollen aanvallen.'

'Je moet het ook niet aanvallen,' zei Krispijn. 'Ik heb een kleine, geheime troepenmacht nodig om te kijken wat er aan de hand is, en om verslag uit te brengen. En als Krukel gered moet worden, wat ik denk dat het geval zal zijn, doe dat dan snel en breng hem in veiligheid. Pak uit het wapenmagazijn wat je nodig denkt te hebben, maar maak je bepakking niet te zwaar. En, Bul, zeg dat ik me niet tot koning laat kronen voor ze terug zijn, dus ze lopen niets mis.'

'Dan gaan we ervan uit dat Krukel door de tunnels terug kan komen,' zei Padra.

'Dat zal hier en daar een beetje krap worden, maar we hebben het hier niet over een volwassen eekhoorn,' zei Bul. 'En we kunnen ze een beetje wijder maken als dat nodig is. Dat zal tijd kosten, maar we krijgen hem er wel door. Hebben we uw toestemming, Majesteit? Zullen we hem ophalen voor hij groter groeit?'

'Ga maar, Bul,' zei Krispijn. Bul boog als een knipmes en draafde weg. Krispijn richtte zich op. 'Voor er nog iemand vertrekt,' zei hij, 'moet ik even een plechtige gelofte afleggen waar ik getuigen bij nodig heb.' Met een kil geluid van metaal op metaal trok hij zijn zwaard en legde het voor zich op de vloer. Arran stond op en vouwde haar poten over elkaar. Prikkel volgde haar voorbeeld.

'Ik zweer voor jullie allen,' zei Krispijn, 'bij alles wat me lief is en op mijn erewoord van koning, dat ik weiger me te laten kronen tot Krukel van de vallende sterren levend en wel terug is. Als dat niet gebeurt, blijf ik tot mijn dood ongekroond.'

Er volgde een plechtige stilte die verbroken werd door Spar. 'In dat geval, denk ik wel dat hij levend terugkomt,' zei hij. 'Maar je zou toch niet gekroond kunnen worden, Krispijn, althans niet volledig en niet zoals het hoort. Er is zojuist iets ongelooflijks aan het licht gekomen: de Hartensteen is niet de echte Hartensteen. Hij is vals.'

Duisternis bonkte in Krukels kop. Om hem heen en binnen in hem kolkte en schudde alles woest heen en weer. Zijn ogen weigerden open te gaan. Zijn bek voelde droog aan met een zure, vieze smaak.

Waar hij ook was, hij was niet waar hij hoorde te zijn. Hij was nat, door en door koud, en lag op iets hards.

Hij had in een droog nest op zijn kamer bij de Bronpoort moeten liggen – hij probeerde om hulp te roepen, maar het lukte niet. Zelfs zijn ogen opendoen kostte hem te veel moeite.

'Je hebt hem te veel gegeven,' zei een wijfjesstem. 'Je hebt misschien blijvende schade aangericht.'

'Dat zal nog wel erger worden als koning Zilverberk hem in zijn poten krijgt,' gromde iemand anders.

Het schudden hield aan. Krukel dwong zijn ogen open, maar zag nog steeds niets. Terwijl hij zijn verkilde, stijve klauwen strekte, greep hij naar zijn zwaard.

Hij had geen zwaard gedragen, hij greep op een lege plek.

'Hij beweegt,' zei het wijfje. Haar stem riep een vaag beeld op in Krukels duizelige kop. Hij herinnerde zich Spoor en Brons – dit waren hun stemmen. Waar was Prikkel? En die kleine eekhoorn – hij herinnerde zich dat hij haar had geholpen om in de boot te stappen, en dat Brons hem toen vastgreep en een vloeistof door zijn tanden naar binnen had gegoten...

Een scharnier kraakte en deed pijn aan zijn kop.

'Wat doe je nou?' gromde Brons.

'Ik zoek een deken voor hem,' zei Spoor. 'Hij mag niet ziek worden, we moeten hem levend afleveren.'

'Geef mij er dan ook maar een,' zei Brons. 'Ik bevries in die mist.'

De mist! Krukel hees zich overeind en vocht tegen de poten die hem vastgrepen. Hij probeerde zijn evenwicht te bewaren, maar kon het niet. Hoe hij ook vocht, zijn poten deden het niet, er zat iets straks omheen; hij kon zijn staart niet gebruiken om in evenwicht te blijven, en naarmate hij beter kon zien en zijn duizeligheid wegtrok, besefte hij met een ellendig gevoel hoe de vork in de steel zat. Zijn achterpoten en staart waren vastgebonden, zijn voorpoten zaten vast aan ringen die aan weerszijden van de boot waren bevestigd, en ze bevonden zich diep in de mist.

Als hij nu weg kon komen, zou hij misschien nog terug kunnen zwemmen. Er zat wat speling in de touwen rond zijn voorpoten. Met alle kracht die hij in zich had bracht hij zijn geboeide achterpoten omhoog en worstelde en schopte naar Spoor.

'Gemeen klein monster!' grauwde ze. 'Brons, help!'

Grommend en vloekend stond Brons op van de roeibank. Krukel zag het silhouet van een zwaard aan zijn zij.

'Liggen, jij,' snauwde Brons en hij gaf hem een duw waardoor Krukel achterover viel – maar de val bracht hem in de buurt van het zwaard. Hij stak er vliegensvlug zijn poot naar uit, maar die was stijf geworden, en nog voor hij bij het gevest kon komen had Spoor het zwaard uit de schede gewipt. Met de platte kant gaf ze hem een mep op zijn poot die tot in Krukels schouder door tintelde. Naar adem happend van pijn voelde hij de koude zwaardpunt op zijn keel.

'Het is nog een lange reis naar Blankevleugel en er is hier niemand om je te helpen,' zei ze. 'Dus je kunt maar beter meewerken.' Ze liet het zwaard voor Brons' voeten vallen. 'Dat had je moeten zien aankomen. Maar goed dat ik het zag.'

Krukel hield zich heel stil. Spoor had gelijk. Hij verdroeg dat ze een deken over hem heen legde alsof hij een baby was. Brons was weer op de bank gaan zitten om te roeien, en elke knars en haal brachten Krukel verder bij Mistmantel vandaan.

'Het zit zo,' zei Brons. 'Jij bent een hofeekhoorn en je staat onder bevel van de koning en van die otter, je voert hun orders uit, waar of niet? Nou, wij zijn ook hofdieren en wij staan weer onder bevel van koning Zilverberk en heer Boomtand, en als zij zeggen dat we die rare eekhoorn moeten kidnappen en naar Blankevleugel moeten brengen, dan doen wij dat. Moet je toch snappen?'

Krukels bek voelde droog en gezwollen aan toen hij antwoord gaf: 'Míjn kapitein en míjn koning zouden me nooit opdragen een ander dier met een list te vangen en te ontvoeren.'

'Ach, hou toch je kop, raar beest,' zei Brons. 'Je bent er toch in getrapt, of niet soms?'

Ik ben erin getrapt. Die wetenschap hielp niet echt. Krukel vroeg zich af of ze hem al gemist hadden, en in al zijn ellende vormde dat een klein lichtpuntje.

'Ze zullen me zoeken,' zei hij. 'Ze zullen weten dat ik weg ben.'

'Nee, hoor,' zei Spoor zelfverzekerd. 'Waarom denk je dat Snipper niet hier is? Ze is daar gebleven om te vertellen dat je het zelf wilde, en dat kan ze heel goed brengen. Het enige waar ze goed in is. Dus ze sturen helemaal niemand om je te zoeken, begrijp je wel, niet door de mist. Ze nemen het risico niet dat ze niet meer terug kunnen.'

Krukel gaf geen antwoord. Spoor wist niet waar ze het over had. Ze kende Krispijn niet. De gedachte dat Krispijn niets zou ondernemen was te erg om over na te denken. Als Krispijn niets zou doen, en hij niet kon ontsnappen – en de kans op ontsnapping was te verwaarlozen – zou hij wel eens nooit meer thuis kunnen komen.

Misschien zou koning Zilverberk hem gewoon vertellen wat ze van hem verwachtten en als hij dat zou uitvoeren, kon hij weer naar huis. Maar daar leek het niet erg op. Dat hele verhaal over die getekende eekhoorn leek verzonnen. Ze behandelden hem helemaal niet als eregast en verlosser, en wat Brons over de koning zei gaf hem zo'n onaangenaam gevoel dat hij hoopte dat hij het allemaal gedroomd had.

Hij bedacht dat hij een keer eerder het eiland over water had verlaten en terug was gekomen, en dat hij toen door de storm heen en weer was geslingerd en bijna schipbreuk had geleden en niet wist hoe het af zou lopen. Het Hart dat voor Mistmantel zorgde had toen ook voor hem gezorgd. Hij zocht een stil plekje in zijn hart, en vanaf dat plekje zond hij een stille kreet om hulp.

Edel Hart van Mistmantel, bescherm me, zoals u me eerder hebt beschermd, ook voorbij de mist. Breng me weer naar huis. Breng me terug naar Mistmantel.

Hij wrong zich andersom om over het grijze water achter zich te kijken. Was dat een dier, dat achter de boot aan gleed? Maar dat kon niet. Toch schoof er een schaduw door de golven. Toen hij weer keek, was het weg.

In de drukkende stilte van de vergaderzaal in de Mistmanteltoren stond Prikkel met een ovaal kistje in haar poten. Het was een mooie kist van zachtglanzende roze steen, bezaaid met glinsterende zilveren en gouden spikkels. Ze was naar de toren van Spar gestuurd om hem op te halen, en hij was zo belangrijk dat Dop en Robin, eekhoorns van de Kring, haar moesten begeleiden.

'Dank je wel, Prikkel,' zei broeder Spar, en hij haalde het deksel eraf.

De steen lag in een bed van stro en neteldoek. Hij was niet groter dan een kiezel, glad, bijna hartvormig, en van dezelfde kleur als de doos, met middenin een glimp van goud. Prikkel keek hoe Spar hem uit de kist tilde.

Het moest de Hartensteen zijn. Dat moest. Broeder Spar had vast ongelijk toen hij zei dat de Hartensteen vals was, de steen was te heilig om ermee te knoeien.

'Hij ziet er wel uit als de Hartensteen,' zei Krispijn, 'maar ik heb hem maar één keer gezien, toen koning Van Borstelen werd gekroond.'

'Hmm!' zei Spar en hij gooide de steen naar Padra.

Padra ving hem automatisch op.

'Geef hem aan Prikkel,' zei Spar.

Prikkel wilde nee zeggen — ze zou de Hartensteen niet durven aanraken — maar Padra gaf hem al aan haar door met zo'n ernstige snuit dat ze niet durfde tegenspreken. Voorzichtig pakte ze de steen met beide poten aan en ze voelde de blikken van Spar, Arran, Padra en de koning erop rusten terwijl ze hem vasthield. Ze werd er een beetje zenuwachtig van en haar poten begonnen te trillen, maar de steen bleef rustig liggen.

'Dat is de Hartensteen niet,' zei Spar. 'Je zou het wel denken, een tijdlang heb ik het ook gedacht, en ik ben het enig overgebleven dier dat de echte steen ooit heeft vastgehouden. Maar deze voelde niet goed in mijn poot. Het gewicht, de balans, en er is iets van een... een... hoe zal ik het noemen? Van de echte Hartensteen gaat iets uit, alsof hij leeft. Om er helemaal zeker van te zijn heb ik deze vandaag in een mandje met kiezels gestopt waar dat ontzettend leuke egeltje mee heeft gespeeld. Hij nam deze steen in zijn poten, in zijn bek, hij heeft ermee geknutseld, mee op de vloer getekend, en hij heeft hem niet één keer laten vallen. De echte Hartensteen was al halverwege de kamer geweest als dat egeltje hem had aangeraakt.'

'Wat is er dan met de echte Hartensteen gebeurd?' vroeg Arran.

'Je kunt er zeker van zijn dat Bast hierachter zit, wat hij er ook mee gedaan heeft,' zei Padra.

'Zeker, zeker,' zei Spar en hij krabde aan zijn oor. 'Bast wilde tot koning worden gekroond, maar hij wist dat hij niet de rechtmatige koning was en dus ook niet in staat om tijdens de plechtigheid de echte Hartensteen vast te houden. Dat kon hij natuurlijk niet laten gebeuren: al die dieren opeengepakt in de vergaderzaal, allemaal op het puntje van hun achterpoten om het goed te kunnen zien, en de Hartensteen die dan als een kikvors uit de hand van een kersverse koning zou springen. Hm? Dus liet hij een kopie maken, en heeft de echte laten verdwijnen.'

'Hoe?' vroeg Krispijn. 'En kunnen we hem terugvinden?'

'Ik wou dat ik het wist,' zei Spar. 'Ik ken geen kracht die de Hartensteen kan vernietigen, dus moet hij nog ergens zijn. Ik hoop alleen dat hij ons helpt om hem te vinden, want wie weet waar hij is. Je bent evengoed koning, Krispijn. Volgens de wetten van het eiland ben je dat al sinds de dood van koning Van Borstelen, je bent op diezelfde dag als koning erkend. Je bent het, of je nou wel of niet gekroond bent met de Hartensteen.

'Maar het zou wel met de steen moeten,' zei Krispijn. 'Het is de enig juiste manier. We moeten hem vinden.'

'Betekent dat dat we allemaal naar een steentje moeten gaan zoeken dat overal kan liggen?' vroeg Arran.

Krispijns snorharen trilden. 'En naar degene die deze heeft gemaakt,' zei hij. Spars ogen twinkelden.

'Ik hoopte dat je daaraan zou denken,' zei hij. 'Er was heel wat vakmanschap voor nodig om zo'n perfecte kopie te maken.'

Ondanks de ernst van de situatie voelde Prikkel zich ineens een stuk beter. Nu kon ze tenminste iets doen, iets wat de moeite waard was en wat haar gedachten van haar zorgen om Krukel af zou leiden. In haar hart legde ze een gelofte af.

Ik beloof dat ik naar de Hartensteen zal zoeken, en daarmee door zal gaan tot ik hem vind.

Ze moest een plan maken. Ze moest andere dieren vragen mee te helpen. Het werd tijd om iets te organiseren.

7

In een klein kamertje boven in de toren, rekte Snipper de eekhoorn zich op haar achterpoten om uit het raam naar beneden
te kijken. Niemand had haar verteld hoe mooi Mistmantel
was. Hoe had ze dit ooit kunnen bedenken, die verschillende
kleuren groen van de bossen, het blauw van de grasklokjes, de
trossen bessen die als juwelen aan de bessenstruiken zaten, het
bleekgouden strand? Wat jammer dat ze er nooit van zou kunnen genieten.

Als dit een gevangeniscel was, dan was het wel een mooie.
Ze had verwacht dat ze in een donker hol onder de grond zou
worden geworpen, maar ze hadden haar opgesloten in een
kleine zonnige kamer met een bed, een stoel, en met water en
crackers op een tafel. Als ze naar beneden keek kon ze de dieren met elkaar zien kletsen terwijl ze manden vol zomerfruit
verzamelden, of water van de bron haalden. Heer Boomtand
zat in de kamer naast haar. Ze had hem daarover horen klagen
tegen de bewakers. Hij had het ook over haar gehad.

'Snipper is ontbeerlijk,' had hij gezegd. 'Ontbeerlijk.' Ze
wist niet wat dat betekende, maar ze nam aan dat het iets

goeds was. Koning Krispijn had haar leugens doorzien – ze had geweten dat dit kon gebeuren, maar ze had haar rol tot het einde toe volgehouden. Als hij haar ter dood zou laten brengen, zou ze sterven voor Blankevleugel. Dus moest 'ontbeerlijk' wel iets goeds betekenen. Het klonk als 'begeerlijk'. Het zou niet zo erg zijn om te worden gedood als ze voor haar eiland 'ontbeerlijk' en 'begeerlijk' was. Ze was niet erg op de koning van Blankevleugel gesteld, maar het bleef de koning.

Iemand klopte hard op de deur. Ze sprong op, koud en met opgezette stekels van angst. Oh, daar waren ze al! Zou ze door boogschutters worden gedood? Of met een dolk? Ze hoopte dat het snel zou gaan. Buiten de deur klonk een strenge, vrouwelijke stem.

'Snipper van Blankevleugel,' zei de stem, 'ik ben vrouw Taj de otter, de geschiedkundige en juriste van Mistmantel.'

Ze werd onderbroken door een mollenstem. 'U kunt niet met de gevangene spreken, vrouw Taj,' zei de mol.

'Dat kan ik wel, dat mag ik en dat doe ik ook,' antwoordde Taj. 'Je kunt me verbieden haar cel binnen te gaan, maar aangezien ik de deskundige ben op het gebied van onze wetten, heb ik de plicht haar op haar rechten te wijzen.'

'Niet zonder toestemming van de koning,' zei de mol. 'Die moet u aan hem vragen.'

'Dat ben ik ook van plan,' zei de otter ferm. 'Snipper van Blankevleugel, u bent beschuldigd…'

Snipper drukte haar poten stevig tegen de deur. 'Oh, alstublieft,' riep ze, 'kunt u me alstublieft vertellen wanneer ze me ter dood zullen brengen, en hoe?'

Voor Snipper leek de stilte oneindig te duren. Toen kwam het antwoord van de otter en het klonk licht verbaasd.

'Ter dood brengen? Dit is Mistmantel, wij kennen geen

doodvonnis. U bent beschuldigd van misleiding van de koning en van hulpverlening aan de ontvoering van Krukel, de koningsgezel. De koning heeft bevolen u voedsel, water en onderdak te geven, maar u blijft onder bewaking, hangende de beslissing van Zijne Majesteit in uw zaak volgens de veertiende bepaling van de Kring en het hof van koning Beeken en het derde en vierde dienstvoorschrift van de torenwacht. Maar we brengen onze gevangenen zeer zeker niet ter dood. Ik ga nu naar de koning om toestemming te vragen deze kamer binnen te gaan.'

Geen doodvonnis! Het leven was geweldig! En Mistmantel ook!

Toen de nacht kwam, viel Snipper in slaap. In het holst van de nacht lichtte heer Boomtand in de aangrenzende kamer zachtjes het deksel van zijn zeekist.

'Kom er maar uit, Kruiper,' fluisterde hij. 'Weldra hebben we iemand om ons te helpen.'

Krukel werd doodziek van die saaie, rijzende en dalende zee. Zelfs als hij zijn ogen dichtdeed, zag hij hem nog. Hij staarde naar de horizon in de hoop iets van land te zien, of, nog beter, een schip dat hem zou kunnen redden.

Hij wist niet eens waar ze hem op Blankevleugel voor nodig hadden en of ze wel wilden dat hij hun eiland redde. In elk geval zou er meer duidelijk worden als hij daar was, dus toen het eerste vage streepje land in zicht kwam, wist hij niet of hij opgelucht of doodsbenauwd moest zijn.

Hij ging rechtop zitten, speurde de horizon af en draaide met zijn oren. Eenmaal aan land, kon hij plannen maken om te ontsnappen. Als hij geluk had zat het hof vol egels, en hij kon sneller rennen en klimmen dan welke egel ook. Maar waar moest hij naartoe op een onbekend eiland?

'Hart, bescherm mij,' bad hij. Er was niemand anders die hem kon helpen.

Brons kieperde poten vol uitgedroogde bessen in brede bladeren. 'Dat is voor hem,' zei hij, naar Krukel knikkend die net genoeg bewegingsvrijheid had om zelf te eten. 'Wie heeft er nou weer aan het drinkwater gezeten?'

Spoor, die zich voorover had gebogen om Krukel zijn eten aan te reiken, kwam overeind. 'Wat wil je daar eigenlijk precies mee zeggen?' vroeg ze ijzig.

'Daar wil ik niks mee zeggen,' zei Brons. 'Ik zeg dat er minder drinkwater is dan er zou moeten zijn. Ik ga over de voorraad, dus ik kan het weten.'

'Dan doe je het dus niet goed,' zei Spoor.

'Nou, als ík het had gepakt, zou ik er niks over zeggen,' gromde Brons. 'Alleen jij, ik en hij zijn hier, en hij kan nergens bij. Er is ook een appel weg, en wat van dat Mistmantelbrood, en ik heb het niet opgegeten.'

Krukel keek met gespannen aandacht toe en zei niets. Als ze ruzie gingen maken, zouden ze vergeten op hem te letten. Hij schoof heen en weer, rekte en strekte zijn poten, maar hield daar meteen weer mee op toen Spoor met een kwaaie snuit naar hem keek.

'Zit jij hier de boel te jatten?' beet ze Krukel toe.

'Hoe kan dat nou, idioot?' snauwde Brons.

'Hoe, weet ik niet, maar híj was het,' hield ze vol. 'Je houdt hem niet goed genoeg in de gaten als je de wacht hebt. Ik moet hier ook alles zelf doen.'

'En het roeien dan? Doe jij dat soms ook?' grauwde Brons. Toen Spoor zich naar hem omdraaide, stond ze tussen hem en Krukel in.

Krukel kon zijn poot ver genoeg naar zijn snuit brengen om te eten. Zou hij zijn boeien door kunnen bijten? Spoor stond nu weer ergens anders en Brons keek over zijn schouder terwijl hij doorging met ruzie maken. Krukel knaagde aan het touw om zijn pols.

'Zeg jij dat ik hem niet goed bewaak?' eiste Brons.

Spoor ging rechtop staan. 'Nu in elk geval niet!' zei ze triomfantelijk, en ze draaide zich naar Krukel. Hij deed snel zijn pols omlaag, maar het was te laat.

'Wat voer jij in je schild?' vroeg ze en ze klom over de roeibank op hem af. 'Wat is er hier aan de hand? Luizengedrocht! Je zit aan de touwen te knagen!'

'Leuk geprobeerd,' zei Brons en hij boog zich over de roeispanen in Krukels richting. 'Moet jij eens goed naar me luisteren, halfbakken albino van een idioteneiland, als jij je gedraagt gebeurt je niks. Jij moet de verlosser zijn, ook al zou je dat op dit moment niet zeggen. Je kunt jezelf niet eens verlossen. Laat hem met rust, Spoor.'

Krukel staarde naar het land dat maar niet dichterbij leek te komen en dacht bij zichzelf dat hij het nooit had moeten proberen. Ontsnappen was onmogelijk. Hij had met Brons en Spoor moeten praten, minstens een van hen zover moeten zien te krijgen dat ze vriendelijk werden en over Blankevleugel vertelden en over zichzelf. Misschien had hij hen ervan kunnen overtuigen dat ze een aangenamer leven zouden krijgen als ze hem terugbrachten naar Mistmantel en daar zouden blijven. Zoiets had Krispijn gedaan, die had van zijn vijanden zijn vrienden gemaakt. Wat zou Krispijn hebben gezegd van Krukels zielige poging om zichzelf te bevrijden.

Hij wist precies wat Krispijn zou zeggen, en Padra ook. Geeft niet, Krukel, je bent weer een ervaring rijker.

In zijn hart legde hij een gelofte af. Ik kom terug. Ik kom terug naar Mistmantel, naar mijn vrienden en mijn koning. De kust van Blankevleugel doemde op. Krukel zag rotsen en een enkele boom. Toen hij omlaag keek vanwege de zon in zijn ogen, zag hij een eekhoornpoot op de rand van de boot.

Hij sloot zijn ogen en keek nog een keer. Duidelijk een poot.

'Wat zie je?' vroeg Spoor.

'Een vis of zo,' zei Krukel. Zijn instinct zei hem dat ze beter niets van die poot konden weten. Toen hij weer keek, was die verdwenen.

In de tunnels onder Blankevleugel renden mollen heen en weer die elkaar iets toefluisterden, de een tegen de ander, en die tegen de volgende, en die weer tegen de daaropvolgende. Ondergronds werd er haastig een boodschap doorgegeven tot bij de ronde kamer waar broeder Vlam net klaar was met zijn ochtendgebed.

'Excuseer, broeder Vlam,' zei een mol op zachte dringende toon. 'Boot in zicht. Kleintje. Bijna hier. Moeten ze zijn.'

8

Langpoot vloog samen met de snelste eekhoorns van de ene boom naar de andere. Sparrentoppen bogen door en dennenappels schudden heen en weer. In hun poot, dan weer tussen hun tanden, hielden ze de bladeren met de pootafdruk van koning Krispijn. Otters wervelden door het water. Gefluisterde boodschappen bereikten via tunnels en burchten eekhoornsnesten in toppen van bomen. In de ramen van de toren lieten in het zonlicht blinkende trompetten een doordringende, schelle oproep horen. Dieren hoorden het bericht en gaven het snel aan elkaar door tot het hele eiland wist dat Krukel was meegenomen, de echte Hartensteen werd vermist, en dat Krispijn zich niet zou laten kronen tot ze beiden terug waren.

Dieren huilden, gingen tekeer, renden naar de toren om meer te weten te komen over wat er was gebeurd, en riepen het Hart aan. Golven van woede en verontwaardiging verspreidden zich door de bossen, over de heuvels en langs de stranden. Eekhoorns klauterden tot in de hoogste bomen om naar de mist te staren. Hij is ONZE Krukel, hoe durven ze! Hart behoede hem, waar brengen ze hem naartoe? Wie heeft het gewaagd om met de Hartensteen te knoeien? Wat er ook mee was gebeurd, je kon er zeker van zijn dat Bast hierachter zat. Maar hoeveel ze ook om de heilige steen gaven, ze gaven nog meer om Krukel en maakten zich zorgen. Iedereen vroeg waar Appel was, en wie het haar moest vertellen.

Op bevel van Krispijn was Appel als een van de eersten ingelicht. Langpoot was de bossen door gestormd om haar te zoeken en hij vond haar bij een groep eekhoorns die hun dans voor het kroningsfeest instudeerden. Appel had, zichzelf koelte toezwaaiend, net een aardige jonge eekhoorn op het oog die ze onder Krispijns aandacht wilde brengen, toen Langpoot haar het bericht bracht. Ze stond op, plantte haar poten in haar zij, en ging met Langpoot op weg naar de toren om er alles over te weten te komen.

Het werd later. Gouden avondlicht scheen op het water, waar kleine bootjes dicht bij de mist dobberden en waar nu en dan een gladde ronde kop boven het wateroppervlak uitstak. Op bevel van Krispijn patrouilleerden de otters in en op het water, terwijl de leden van de Kring vanuit de Mistmanteltoren de boel in de gaten hielden. Prikkel zat, met de kleine Schoffel doezelend in haar armen, in diepe ellende tegen de steiger te schoppen met haar poten. Sepia zat naast haar en zweeg omdat er niets te zeggen viel. Vinlit zwom lusteloos rond de steigers. Telkens als Prikkel tegen de steiger schopte, opende Schoffel zijn ogen en piepte, tot Sepia, die altijd al een jonger broertje of zusje had willen hebben om voor te zorgen, hem uit haar poten overnam en wiegeliedjes voor hem begon te zingen.

'Ik moet steeds aan de Hartensteen denken,' zei Prikkel. Schoffels ogen gingen open en weer dicht, en Vinlit stak naast

hen zijn kop boven water om te zien of er iets interessants gebeurde. 'Ik weet hoe hij eruitziet, ik heb de kopie gezien. Ik
kan hem beschrijven, zodat we weten waar we naar moeten
zoeken. Het punt is dat hij overal op het eiland kan zijn.'

'Wie zijn "wij"?' vroeg Vinlit.

'Zou hij niet in een kist verpakt zitten of zoiets?' vroeg Sepia.

'Misschien niet,' zei Prikkel, die tegen de steiger aan bleef
schoppen. 'Als iemand een steen in een kist vindt, weet hij dat
het iets bijzonders is. Bast heeft een kist of een tas nodig gehad
om de steen te vervoeren, maar daarna kon hij hem eruit kie-
pen. Als hij wilde dat de steen nooit meer werd gevonden,
heeft hij hem misschien op het strand laten gooien, waar hij
niet opvalt tussen alle andere kiezels. Of hem ergens neerge-
gooid waar niemand hem nog kan vinden.'

'Moeilijk, op dit eiland,' zei Vinlit. 'Ik denk dat hij hem in zee
heeft gegooid, zodat hij weggespoeld zou worden.' Hij maakte een salto in het water. 'Maar dan zou hij weer kunnen aan-
spoelen.'

'Zou hij niet naar de bodem zinken?' vroeg Sepia zachtjes
om Schoffel niet te storen.

'Of door een waterslang opgeslokt worden?' zei Vinlit opgewekt. 'Zal ik er eentje voor je doodmaken om te kijken of hij
de Hartensteen heeft opgegeten? Oh, maar als die hem heeft
doorgeslikt, heeft hij hem niet binnen kunnen houden, dus ik
denk dat die arme waterslang...'

'Vinlit, alsjeblieft!' zei Sepia.

'We moeten beginnen met strandjutten,' zei Prikkel, omdat
de anderen de zaak niet ernstig genoeg namen. 'Iedereen
neemt een stuk strand, alle dieren die mee willen helpen.
Knisper wil wel. En al jouw muziekvrienden, Sepia, die kun jij

overhalen. Vinlit, jij moet voor een paar otters zorgen.'

'Waarvoor? Om waterslangen dood te maken?' vroeg hij.

'Nee, om te gaan strandjutten,' zei Prikkel geïrriteerd, en ze keek naar een eekhoorn die de toren uit kwam rennen. 'Daar loopt Sprokkel!'

'Oh, vraag of ze ook meedoet,' zei Vinlit, op zijn rug in het water spartelend.

'Geen sprake van!' zei Prikkel. 'Ze is niet te vertrouwen. Ze was de dienstmeid van vrouwe Espen.'

'Nou en?' zei Vinlit.

'Ze had een moord gedaan voor Espen, en Espen was net zo slecht als Bast,' zei Prikkel. 'En ze was altijd al een gemene kleine kronkelpels.'

'Tegenwoordig valt ze wel mee,' zei Sepia. 'Ze is Krispijn heel dankbaar dat hij haar niet heeft verbannen of voor jaren in een kerker heeft opgesloten. We zouden het haar kunnen vragen.'

'Nee, dat kunnen we niet,' zei Prikkel. 'Maar ik wou dat ik wist waar ze naartoe ging. Ze is echt niet te vertrouwen. Ik zal strandpatrouilles organiseren en met Spar praten.'

'Volgens mij vind jij het leuk om dingen te organiseren,' zei Vinlit.

'Ik zal eens in mijn zanggrot rondkijken,' zei Sepia nadenkend. 'Daar liggen ook kiezelstenen. Er zijn heel mooie bij. Misschien ligt hij daartussen.'

'Hoe moet die daar gekomen zijn?' vroeg Prikkel.

'Uitgespuwd door een waterslang?' zei Vinlit.

'Ik hoef niet te weten hoe die daar gekomen is,' zei Sepia zachtzinnig. 'Ik hoef hem alleen maar te vinden.' Ze klonk dromerig alsof ze het tegen zichzelf had, ondertussen de slapende baby-egel in haar poten wiegend en aaiend. 'Het is een goede

plek om te zingen. Je loopt bij de Watervalrotsen naar beneden en dan aan de zijkant, waar het het droogst is, is een kleine opening waar je je doorheen moet wurmen, en dan kom je
in een grot achter de waterval. De waterval maakt lawaai,
maar als je verder loopt kom je in een prachtige hoge ruimte
waar licht naar binnen valt, en het is er… oh, zo mooi als daar
is het nergens. De wanden hebben allerlei kleuren en er is een
kleine rotspoel en een bron en dan…'

'Ja?' vroeg Vinlit.

'…en dan kun je daar zingen,' besloot ze eenvoudig.

'Je bedoelt dat jíj daar zingt,' zei Prikkel.

'En het klinkt daar zo goed omdat de echo het allemaal te-
rugkaatst,' zei Sepia ernstig. 'Het heeft iets… iets heiligs, en
de muziek is overal om je heen…'

Ze zweeg. Het was te dierbaar, te bijzonder, om hun te vertellen dat ze dan het gevoel had alsof ze 's nachts tussen de
sterren vloog. Het was precies de soort plek waar zoiets ma-
gisch en geweldigs als de Hartensteen zou kunnen liggen. De
gedachte aan haar zanggrot deed haar wensen dat ze daar was.

'Zoek wat eekhoorns bij elkaar,' zei Prikkel, en ze bracht Sepia weer terug op aarde. 'Vinlit, jij kunt…'

'Een waterslang vinden en van kant maken?' vroeg hij hoopvol.

'De otters regelen,' zei ze. 'Ik ga Spar vertellen wat we van
plan zijn.' Ze nam Schoffel uit Sepia's poten over en haastte
zich ervandoor terwijl Schoffel slaperig boven haar schouder
uit piepte. Vinlit schudde zijn hoofd.

'Zou niemand haar dat ooit hebben verteld?' vroeg hij. 'Je
kunt otters niet regelen.'

'Sst!' zei Sepia. 'Iemand roept.'

'Vinlit! Vinlit!' Het was een oude stem, een kreet vol angst en wanhoop. Sepia sprong op en rende de oudere eekhoorn tegemoet die op hen af kwam strompelen.

'Vrouw Kroosje!' riep ze. 'Wat is er?'

'Heb jij Juniper gezien?' vroeg Kroosje. 'Vinlit, heb jij Juniper gezien? Omdat jullie vrienden zijn dacht ik dat jij misschien wist waar hij was. De kwestie is dat hij gisteravond niet is thuisgekomen, en ik heb hem ook deze hele dag niet gezien, niemand heeft hem gezien! Jij ook niet, Vinlit? Heb jij hem ergens gezien?' Kroosje hield krampachtig Sepia's poot vast en keek haar wanhopig aan. 'Sepia, heb jij Juniper gezien?'

9

Met een schurend geluid liep de boot aan de grond op de kust van Blankevleugel. Schildwachten hadden hen al opgemerkt hoewel het nog nauwelijks licht was, en gewapende egels en eekhoorns stonden in rijen op het strand. Verder was er niemand, behalve twee zwanen die op het water dobberden en verdiept waren in hun eigen spiegelbeeld. Ze droegen iets wat op zilveren halsbanden leek, maar op deze afstand was Krukel daar niet zeker van.

Spoor en Brons hesen hem op zijn achterpoten. Hij rekte zich uit en wreef over zijn polsen toen Spoor de boeien doorsneed, maar Brons hield hem stevig vast.

'Waag het niet,' snauwde Brons, maar Krukel had zijn kansen op ontsnapping al overwogen en er geen mogelijkheid toe gezien. Onder de schildwachten waren boogschutters, dus ver zou hij niet komen. Terwijl hij door de plassen naar het strand werd gesleept, strekte hij zijn hals uit om rond te kijken. Ken je omgeving, zou Padra hebben gezegd. En toen Spoor en Brons hem onder de hoede van drie schildwachten achterlieten, twee die zijn poten vasthielden en een andere die hem het zwaard op de keel zette, bedacht hij dat hij net zo goed even uitgebreid om zich heen kon kijken.

Het strandzand had een saaie, grijze kleur, bijna wit. Voor hem rezen grijswitte rotsen op, zo steil dat hij zijn kop achterover moest kantelen en zijn ogen tot spleetjes moest knijpen om ze te zien. Hier en daar klemde een verwilderde struik zich vast aan de rotswand, en over de rotsen liepen enkele lange, glanzende kronkelingen naar beneden. Krukel dacht en hoopte dat het zoetwaterbeekjes waren, maar zag toen dat het glinsterende zilveraderen waren. Verspreid over de wand gaapten spelonken die op ingangen leken, misschien moest hij die maar eens onthouden. Hij probeerde een pad door de rotsen te ontwaren toen hij een ritmisch metalen gekletter hoorde dat hem op de een of andere manier herinnerde aan Buls soldaten die in Mistmantel op exercitie gingen. Maar dit was geen oefening. Soldaten kwamen aangemarcheerd, hun stappen klonken dreigend doelgericht en verrieden waar het pad door de rotsen moest lopen en toen zag hij het zonlicht weerkaatsen op hun wapens.

'Boei de klauwen van de gevangene,' beval Spoor. 'Daar komt de maarschalk om hem naar de koning te brengen.'

'Mijn boeien zijn er net af!' protesteerde Krukel, maar niemand luisterde naar hem. IJzeren boeien werden rond zijn polsen geklonken en aan de polsen van de bewaker vastgemaakt. Over het strand werd hij naar de voet van de rotsen gevoerd. Hij probeerde bij te houden hoeveel dieren er wapens droegen – te veel, naar zijn mening – maar toen er van een andere kant nog een colonne verscheen, gaf hij het op. Hoeveel waren er nodig om één jonge eekhoorn in bedwang te houden? Wie dachten ze wel dat hij was?

Geboeid, ongewapend en omringd door vijandige dieren, verbaasde het Krukel dat hij niet bang was. Het was allemaal zo vreemd dat het iemand anders leek te gebeuren, en trouwens, hij kreeg geen tijd om bang te zijn. De dieren die op hem af kwamen droegen metalen borstplaten, en verschillende hadden helmen op, sommige ronde, sommige ovaal, sommige zonder en andere met versiering. Maar het raadselachtige was dat alles aan deze dieren – hun pels, hun uitrusting en hun wapens – er stoffig uitzag. Ze waren bedekt met een dun asachtig laagje.

Krukel stak zijn kin vooruit en liep met vastgebonden poten en zijn kop omhoog het strand over, zodat als Krispijn en Padra hem hadden kunnen zien, ze trots op hem zouden zijn geweest. Aan de voet van het pad tussen de rotsen werd hij met zo'n hevige ruk tot stilstand gedwongen dat hij er maar net in slaagde om overeind te blijven, toen de wacht salueerde.

'Geef acht op de plaats voor de heer maarschalk!' blafte een egel.

Over het pad kwam een breedgeschouderde eekhoorn met een kortharige pels aangemarcheerd, zijn snuit ging schuil onder een enorme metalen helm die hem veel groter deed lijken dan een eekhoorn. Het is maar een helm, dacht Krukel, maar met de wrede spleet in het mondstuk en de gekartelde, klauwachtige tanden rond de bovenkant was hij bedoeld om schrik aan te jagen. De grote poot die op het zwaardgevest rustte, zag er hard en krachtig uit. Eén achterpoot leek beschadigd, zag Krukel, maar dat was zijn enige teken van zwakte.

'Heer maarschalk,' begon Brons, 'ik breng u de…'

'Ik kan zien wie hij is,' grauwde de maarschalk, en met een woeste ruk trok hij zijn helm af.

Krukels maag kromp ineen. Ondanks de plotselinge slapte in zijn poten dwong hij zichzelf rechtop te blijven staan. Hij moest niet de angst tonen die hem overmande toen hij omhoogkeek in een grijnzende snuit die hij had gehoopt nooit meer te zien. Dit was de eekhoorn die aan Basts rechterzij had gestaan, een wrede, barse bullebak met klauwen van ijzer.

'Goedemorgen, Graniet,' zei Krukel. Hart, sta me bij, dacht hij.

In het vroege ochtendlicht van Mistmantel zocht Prikkel tussen natte schelpen en trossen bruin zeewier haar weg naar de waterkant. Het was te veel gevraagd om te hopen dat Krukel terug zou komen, maar voordat ze met Krispijn ging praten over het geplande bezoek aan Sepia's zanggrot kon ze het niet laten om toch te gaan kijken, want je wist maar nooit. De boten die op de uitkijk lagen waren niet van hun plek geweest en hun lichten gloeiden nog. Ze waren uitgerust met signaalvlaggen om naar de toren te seinen bij Krukels terugkeer, maar elke vlag hing slap.

Iets in de toren trok Prikkels aandacht. Door een raam scheen een licht, het verdween en even later verscheen het in het volgende raam, alsof iemand met een lamp door de gang liep. Het kon de lamp van iedereen zijn, maar Tajs kamer lag op die verdieping, en de geleerde otter liep niet zo vaak vroeg rond. Taj had in het verleden Bast gesteund en sinds die tijd had Prikkel haar nooit meer vertrouwd.

Het natte zeewier achter haar werd met ferme pas verpletterd. Nog voor ze zich omdraaide wist ze dat het Gruwer moest zijn, die liep altijd zo. Achter hem kwam Hakker, die over een plak nat zeewier uitgleed en zwaar op zijn achterwerk terechtkwam.

'Jij bent vroeg buiten, Prikkel!' zei Gruwer. 'Zoek je Krukel?'

'Die is hier niet,' gromde Hakker die moeizaam overeind kwam. Hakker maakte nooit erg slimme opmerkingen, maar

Gruwer zei dat hij heel trouw was en in elk geval groot en sterk genoeg om van nut te zijn bij een crisis. Haar vader zei dat Hakker in de strijd tegen de troepen van Bast heldhaftig had gevochten.

'Hakker en ik zijn aan de beurt om de gevangenen van Blankevleugel te bewaken,' zei Gruwer. 'Mepper en Blokker hadden nachtdienst. Het zijn natuurlijk geen echte gevangenen, Prikkel, ze hebben huisarrest in luxe torenkamers. Je vraagt je af wat koning Van Borstelen daarvan zou hebben gevonden.' Hij hield zijn kop achterover en snoof diep de koele, zoute lucht op. 'Weet je, Prikkel – de andere dieren begrijpen dat niet, maar jij bent een egel, net als ik – de troonzaal is een plek voor pennen, niet voor rooie krulstaarten. Begrijp me niet verkeerd, koning Krispijn is een uitstekende koning en ik ben er trots op dat ik hem mag dienen. Een betere kapitein dan Krispijn hebben we nooit gehad. Maar als koning? Er zitten aspecten aan het koningschap die alleen een egel kan waarderen. Krispijn doet zijn best, maar het koningschap vraagt om stekels.'

'Krispijn is een goede koning, en ik ben zijn gezel,' herinnerde Prikkel hem streng. Haar oog viel op een glanzende kiezelsteen en ze griste hem op, maar hij lag bewegingloos in haar poot en teleurgesteld gooide ze hem weer weg. 'Ik moet nu gaan; ik moet de koning verslag uitbrengen.'

Terwijl Gruwer en Hakker naar de toren beenden en twee leuke jonge egelwijfjes naar Gruwer wezen en verlegen giechelden, haastte Prikkel zich naar de troonzaal waar Dokker op wacht stond. Hij zag er helemaal niet uit als een schildwacht. Zijn stekels zaten verfomfaaid zoals gewoonlijk en hij stond voorovergebogen naar Hoop te luisteren, die op zijn achterpoten op en neer wipte van opwinding.

'Mag ik mee, pap, heel alsjeblieft?' zei Hoop. 'Mama zegt dat ik mag als het van jou mag.'

'Wil je naar de waterval?' vroeg Dokker. 'Jij weet niets van watervallen.'

'Maar wel als ik er geweest ben,' smeekte Hoop. 'Alsjeblieft, Vinlit komt ook en die is bijna helemaal volwassen en de broer van kapitein Padra, en Vinlit weet alles van watervallen, hij was er vroeger een, ik bedoel, hij heeft er in een gewoond, dat heeft hij me verteld en er is daar een boot en die gaat hij roeien en we gaan allemaal naar de Hartensteen zoeken, alsjeblieft?'

'Ik wist niet dat jij ook meeging, Hoop,' zei Prikkel, een beetje uit haar humeur. Dit was een serieuze poging om de Hartensteen te vinden en ze had gedacht dat alleen zij en Sepia zouden gaan. Vinlit had zichzelf en Hoop zeker uitgenodigd, echt iets voor hem. Hoop was lief, maar een jong waarvoor gezorgd moest worden, en Vinlit zou alleen in het water liggen rollebollen en vergeten waarom ze daar waren.

'Ga jij, Prikkel?' vroeg Dokker.

'Jazeker, met Sepia,' zei ze. 'Maar het kan zijn dat we langer dan een dag wegblijven, en de meeste tijd zullen we in spelonken zitten. Het kan koud worden en hij is wel heel erg jong.'

'Oh, Prikkel, maar als jij gaat, zit het wel goed,' zei Dokker. 'Bij jou is hij in veilige poten.'

'Ik ga het mama zeggen!' riep Hoop opgetogen en hij stoof ervandoor in de verkeerde richting, gevaarlijk dicht langs een steile trap. Prikkel schoot achter hem aan, net op tijd om een opgerolde egelbal de trap af te zien rollen, en onderaan stil te zien liggen.

'Ik kom eraan!' gilde ze, maar nog voor ze in beweging kon komen, ontrolden de stekels zich. Hoops neus kwam als eerste trillend tevoorschijn.

'Oeps,' zei hij.

'Alles goed met je?' hijgde Prikkel.

'Ja, hoor,' zei Hoop en hij begon aan de moeizame klim terug naar boven. 'Ik vergat welke kant ik op moest.'

'Meestal lukt het hem wel,' zei Dokker, en Prikkel hoopte dat hij gelijk had. Nadat ze er zichzelf van had overtuigd dat Hoop de val zonder schade had overleefd, vroeg Prikkel de koning te spreken en ze ging buigend de troonzaal binnen.

Toen ze weer recht stond, begreep ze dat er gewichtige zaken aan de orde waren. Padra, Arran en Spar waren bij de koning, en iets van de plechtige sfeer in de zaal gaf haar het gevoel dat ze maar beter kon voortmaken.

'Neem me niet kwalijk dat ik u onderbreek, maar ik zal snel zijn,' kwebbelde ze. Buiten adem ratelde ze haar plannen af en Krispijn stond op en stak beide poten naar haar uit. Spar, Arran en Padra gingen ook staan, omdat het niet beleefd was om te blijven zitten als de koning stond.

'Blijf niet langer dan een nacht weg,' zei Krispijn terwijl hij haar poten omvatte. 'Als je dat wel doet, stuur ik opsporingspatrouilles. Ik wil niet nog iemand verliezen. Neem warme capes mee en proviand uit de keuken.' Hij pakte een beukenblad van de stapel bij zijn rechterpoot en drukte er zijn poot op. 'Hier is mijn afdruk.'

'Dank u wel, Majesteit, en tussen haakjes Taj was erg vroeg op vanmorgen,' zei Prikkel vlug. 'Tenminste, ik dacht dat het Taj was. Er bewoog een licht in haar gang.'

'Dank je wel, Prikkel,' zei Krispijn. 'Daar weet ik van. Je mag gaan.'

Ze wachtten tot de deur achter haar dichtviel. Door haar komst was de ernst geweken, maar die daalde nu weer neer.

'Broeder Spar,' zei Krispijn, 'vertelt u verder alstublieft.'

'Het is allemaal makkelijk en eenvoudig te begrijpen,' zei Spar terwijl hij zijn poten over elkaar sloeg. 'Priesters blijven over het algemeen lang goed, maar niet voor eeuwig. Dat reinigen van die kerker, weet je nog, dat moest grondig gebeuren, en dat heeft me nogal uitgeput. Het wordt echt tijd dat ik een nieuwe priester opleid. Ik zou het al eerder hebben gedaan, maar...' zijn schouders gingen omhoog en omlaag in een hartgrondige zucht, 'alle jonge dieren die ik als priester in gedachten had zijn weg of doen andere dingen – worden kapitein of koning of dat soort onzin. Dus, ook al hebben we behoefte aan een nieuwe priester, ik ben bang dat ik niet de flauwste notie heb wie dat moet worden. We hebben ook een nieuwe jurist en historicus nodig, voor als onze arme Taj versleten is, maar daar weet ik iemand voor, als Uwe Majesteit daaraan zijn goedkeuring verleent.'

'Wie is het?' vroeg Krispijn.

'Een eekhoorn, Knibbel,' zei Spar. 'Die kent alle verhalen al van binnen en van buiten en hij heeft een wetsknobbel.'

'Knibbel?' zei Arran. 'Die is zo verstrooid als een zandvlo. Hij zou zijn staart nog in een boom laten hangen als die niet aan hem vastzat.'

'Oh, ongetwijfeld,' zei Spar. 'Maar ik zal hem wel helpen zijn gedachten in goede banen te leiden. Hij denkt na, dat is het belangrijkste.' Hij wreef over zijn rechteroorpluimpje. 'Wat hebben we verder nog?'

Krispijn bracht verslag uit over de gevangenen van Blankevleugel. Taj had het in haar kop gezet om hen te bezoeken en hij ging meestal met haar mee. Eerder die ochtend was hij nog in hun vertrekken geweest. Heer Boomtand weigerde met wie dan ook te spreken, behalve om hun beledigingen toe te schreeuwen en over het voedsel te klagen. Veel van het meubilair was uit zijn kamer weggehaald om hem de moeite te besparen het tegen de deur te gooien. 'Hij heeft een vreselijke bende gemaakt van Espens vroegere kamer,' zei Krispijn, 'maar Snipper kijkt naar onze bezoekjes uit. Ik denk dat ze eenzaam is.'

'Ik denk dat ze een sluwe tante is,' zei Arran.

'Misschien alle twee,' zei Padra.

Vervolgens gingen ze over op het benoemen van nieuwe Kringleden. Gruwer of Dokker, of beiden, werden binnenkort benoemd, misschien met het vooruitzicht ooit kapitein te worden. De zoektocht naar Juniper verliep niet naar wens. Robin en Dop, de eekhoornbroeders van de Kring, hadden de leiding, maar nergens op het eiland was ook maar een spoor van hem te bekennen.

'Appel zou kunnen helpen,' zei Krispijn. 'Dan stopt ze misschien met haar pogingen mij uit te huwelijken.'

'Weinig kans,' zei Padra.

'Waarom haalt ze niet gewoon alle geschikte wijfjes bij elkaar en laat ze langsparaderen?' vroeg Arran.

'Dat is precies waar ze mee bezig is,' zei Krispijn. 'Padra, Arran, ga iets nuttigs doen en hou op met lachen. En vergeet niet,' zijn snuit lichtte op van vuur en opwinding, 'dat de mollen die we naar Blankevleugel hebben gestuurd om Krukel te redden vast al halverwege zijn! Ik wou dat hij wist dat ze eraan kwamen.'

'Dat merkt hij gauw genoeg,' zei Padra.

Graniet nam Krukel langzaam van boven tot onder op, van de pluimpjes in zijn oren tot aan zijn achterpoten. De koele zeewind woei door Krukels natte pels, maar hij spande al zijn spieren en dwong zichzelf om niet te bibberen, niet terwijl Graniet hem inspecteerde alsof hij hem in stukken wilde snijden en bij zichzelf overlegde waar hij zou beginnen. Krukel liet zich niet kennen.

'Waarom noemen ze jou maarschalk, Graniet?' vroeg hij.

'Waarom ben jij nog steeds maar een schildknaap, klein schriel gedrocht?' grauwde Graniet. 'We gaan te voet naar het fort. Het is een lange weg, gedrocht, dus we zetten er flink de pas in. Dat zal je goed doen. Bij wijze van grote gunst raad ik je aan na te denken over hoe je koning Zilverberk straks aanspreekt.' Hij gaf een ruk aan de boeien zodat Krukel wankelde. 'En,' voegde hij eraan toe terwijl ze op pad gingen, 'kijk uit voor Rookkringel. Dat is wat je noemt een eekhoorn om bang voor te zijn. Maar als je met Rookkringel te maken krijgt, hoef je niets meer te vrezen. Voor lange tijd niet!' Met een wrede lach en weer een ruk aan de boeien voerde hij de groep de steile rotstreden op.

Na al die dagen en nachten in de boot kreeg Krukel door deze plotselinge lichaamsbeweging pijn in zijn poten en Graniet hield een straf tempo aan. In elk geval zou hij, als ze boven op de rots waren, het hele eiland kunnen overzien. Ken je omgeving. Het zoeken naar om het even wat dat hem kon helpen ontsnappen, zou zijn aandacht van gewapende dieren, kettingen en zere poten afleiden. Toen hij eindelijk met het zweet op zijn pels boven aankwam, zag hij Blankevleugel eigenlijk voor het eerst.

Kilometers ver leek het bijna helemaal plat. Nog verder waren bergen, maar nergens anders werd het landschap onderbroken of was er een plek om je te verbergen. De bossen leken uit dunne, tere boompjes met kleine blaadjes te bestaan, voornamelijk berken, pijnbomen en lariksen, maar die zagen er niet gezond uit, alsof ze niet genoeg voedsel kregen. Ze hadden dunne, papierachtige blaadjes en slappe naalden, en over alles leek een laagje grijs stof te liggen. Krukel wist niet zeker wat het was, maar het stof en de stakerige bomen gaven het landschap eerder een winters dan een zomers aanzicht. Hij zag magere polletjes paarse hei, donkere lage bosbes en brem, waar hij het mee zou moeten doen als hij een schuilplaats zocht. Ver weg stegen langzaam grijze rookzuilen omhoog.

Voor deze sombere plek was hij uit Mistmantel weggesleept.

Richting binnenland werd het landschap groener, maar het was nog steeds platter en grijzer dan hij zich ooit had kunnen voorstellen. Niemand was aan het oogsten, maar er viel ook niet veel te oogsten. De schildwachten waren nors en zeiden weinig, ook niet tegen elkaar, dus via hen kwam hij niet veel te weten. Zenuwachtige dieren dribbelden langs, hielden nu en dan stil om te kijken, naar hem te wijzen en te fluisteren, maar trokken na een kwaaie blik van Graniet hun kop in en liepen haastig door.

'Wij doen hier niet aan die Mistmantelnonsens,' zei Graniet. 'Hou ze aan het werk en hou ze bang. Zal ik vertellen wat we doen als ze zich niet goed gedragen?'

Krukel reageerde niet. Graniet praatte door: 'We hebben hier goede boogschutters. De beste.' Krukel kon de wrede lach in zijn stem horen. 'Dodelijke schutters.' Hij wendde zich plotseling tot een egel tussen de schildwachten, en Krukel zag dat het dier bijna in tranen uitbarstte. 'Waar of niet?' Graniets stem was tot een grauw geworden. Zijn lippen raakten bijna het oor van de egel. 'Dodelijke schutters of niet?'

'Ja, heer maarschalk,' bracht de egel bibberend uit.

Graniet rechtte zijn rug en snoof voldaan. 'Heb gisteren zijn broer doodgeschoten,' zei hij. 'Het brutale kleine onderkruipsel zei dat hij niet in staat was om te werken, waar of niet?'

'Ja, heer,' fluisterde de egel ellendig.

'Ja, en toevallig was ik het deze keer met hem eens,' zei Graniet. 'Dus heb ik hem doodgeschoten. Wat er van hem over was heb ik aan Rookkringel gegeven. Zo lossen we die dingen hier op, hè?'

'Ja, heer,' zei de egel, en hij beet op zijn lip om zijn tranen terug te dringen. Krukel kookte van woede.

Ik wou dat ik echt de verlosser van dit eiland was. Het kan wel een verlosser gebruiken.

'Doorlopen, gedrocht,' zei Graniet en hij gaf hem een ruwe zet.

Toen ze zo lang hadden gelopen dat Krukel bijna op zijn poten sliep, hielden ze halt en gaven flessen door met water dat niet vers was en naar ijzer smaakte.

Weer marcheren, nog meer stof, nog meer zere poten.

Soms kwamen ze dieren tegen, van wie enkelen kruiwagens duwden en nieuwsgierig een blik op hem wierpen en wegstoven als ze Graniet zagen. De bergen leken steeds verder weg en Krukel had honger. Ver naar links lag een hooggelegen lariksbos dat als schuilplaats zou kunnen dienen, maar al snel merkte hij dat ze ernaartoe marcheerden. Daarbinnen moest de vesting liggen. Hoewel hij bijna te moe was om nog ergens om te geven, probeerde hij te bedenken wat hij tegen koning Zilverberk ging zeggen.

Een eekhoorn sjouwde voorbij en sleepte iets achter zich aan op een baar van gevlochten takken. Krukel strekte zijn hals om te zien wat erop lag.

'Doorlopen, gedrocht!' blafte Graniet, maar Krukel had al gezien wat er op de baar lag. Het was een dode mus, zijn snavel open in verstarring en zijn vleugels half gespreid alsof hij geprobeerd had weg te vliegen. Op de vleugels zat donker, geronnen bloed.

'Nieuwsgierig?' vroeg Graniet. 'Die is voor Rookkringel.

Voor zijn vak heeft hij lijken nodig. Het is ongelooflijk wat hij daarmee kan doen, vraag maar eens aan die egel. Van priesters moeten we hier niks hebben, bij ons strompelt geen bibberige oude eekhoorn rond die gebeden zegt. Wij hebben een tovenaar. Zijn toverkunst houdt de koning machtig, het eiland veilig, en helpt ons zilver te vinden. Hoe meer hij tovert in dat kleine kamertje van hem, hoe sterker we worden. Maar daar is het fort.'

Krukel keek tussen de dunne boomstammetjes door. Daarachter lagen donkere muren, kantelen en iets wat schitterde in het zonlicht.

'Daar ligt het,' zei Brons trots, 'het fort. Beter dan die showtoren op Mistmantel. Dit is een echte vesting.'

Ze marcheerden naar boven door de ene cirkel van bomen na de andere, en terwijl het gekletter van schildwachten die hun wapens presenteerden steeds luider werd, naderden ze het fort. Krukel keek zijn ogen uit. Op de heuvel lag een hoog, vierkant gebouw, opgetrokken uit lichtgekleurd berkenhout en lagen donkergrijze steen, dooraderd met witte en zilveren strepen. Dunne zilveren draden kronkelden rond boomstammen en vlochten zich tot figuren in het grijze, leistenen dak. Zilver vormde een netwerk voor de ramen en wond zich naar boven rond draagbalken boven de deuren die egels voor hen opengooiden. Die deuren waren dik en stevig. De egels deden een stap achteruit, salueerden voor Graniet en staarden Krukel aan.

'Zeg maar dag tegen het zonlicht, gedrocht,' mompelde Graniet, en hij voerde Krukel een gang door die zo grijs en donker was dat Krukel zich door de duisternis opgeslokt voelde. Toen zijn ogen eraan gewend raakten was hij verbaasd te zien hoeveel dieren er in de gang waren, tot hij besefte dat hij spiegelbeelden zag. Over de hele lengte van de gang waren spiegels aangebracht, zodat er in het lugubere licht, waar hij ook maar keek, nóg meer schildwachten waren, nóg meer Graniets, nóg meer Sporen en nóg meer Bronzen.

Krukel wou dat hij een zwaard had, al was het alleen maar om een houvast te hebben. Hij moest dapper zijn, of dapper lijken, zolang hij dat kon opbrengen. In de spiegels zag hij Brons staan met vierkante schouders en een idiote grijns op zijn snuit, alsof hij Graniet nadeed. Nu hij erover nadacht, was die Graniet de hele tijd als een schaduw gevolgd.

'Beter dan Mistmantel,' grauwde Graniet. 'Als je geluk hebt, gedrocht, heeft de koning een goeie dag. Als hij woedend is, kun je maar beter duiken. Natuurlijk wil ik niet dat de koning boos op jou is.' Hij zette een zacht, poeslief stemmetje op waar de egels om moesten grinniken. 'Waarom zou ik willen dat die stoute grote koning boos is op dat arme lieve kleine gedrochtje? Nou?' vervolgde hij, toen Krukel geen antwoord gaf. 'Waarom zou ik, gedrocht?'

'Geen idee waarom je dat zou willen,' zei Krukel.

'O, nee, gedrocht?' Graniet kneep Krukel in de pels van zijn nek. 'Omdat ik wil dat hij je aan Rookkringel geeft!'

Ze waren bij een houten deur gekomen die zo glansde dat hij blonk. Hij was bezet met blauwe stenen. Over de hele voorkant liepen ronde en in elkaar gedraaide figuren, en de zilveren handgrepen blonken. Hij werd bewaakt door eekhoorns in tuniek met helmen op, en Graniet knikte hun toe toen hij met het gevest van zijn zwaard op de deur roffelde. De deur knarste van binnenuit op een kier open, en Krukel ving een glimp op van een glanzende vloer.

'Krukel, het gedrocht, voor Zijne Doorluchtigheid Koning Zilverberk,' kondigde Graniet aan, en hij gaf Krukel zo'n por in zijn rug dat hij de hoge zaal van koning Zilverberk binnen struikelde.

10

Toen Krukel was weggevoerd en het strand er verlaten bij lag, kroop een halfverdronken eekhoorn uit het water.

De wereld draaide om hem heen en de golven dreunden in zijn pijnlijke kop, maar hij zag een grot. Verstijfd van de kou kroop Juniper moeizaam over het strand.

Was het drie dagen geweest? Hoe lang hij in het water had gelegen wist hij niet precies. Hij had hard geprobeerd om zijn held te redden, zijn vriend. Hij was van plan geweest om in de boot te klimmen en het zwaard van Brons te grijpen of om Krukels boeien door te knagen, maar tegen de tijd dat hij hen had ingehaald was hij te koud en te uitgeput geweest om iets anders te kunnen doen dan zich aan de achtersteven vastklemmen en te proberen die niet meer los te laten. Hij had meerdere keren de boot in willen klimmen, maar bij iedere poging viel hij terug in het water en moest hij zwemmen om hen weer in te halen. Ziedaar zijn reddingsactie. Meer dan af en toe met een vrije poot naar een hap brood of naar de waterfles graaien als ze niet keken, was hem niet gelukt.

Het deed er niet meer toe. Hij had geen idee meer waar hij

was, of waarom. Hij wist dat hij Juniper heette. Kroosje was een vage herinnering en hij wist dat ze te ver weg was om hem te helpen. Ademhalen deed pijn, alles deed pijn. Hij had het te koud om te bibberen. Poot voor poot kroop hij het donker van de grot in en zakte in elkaar.

Poten kwamen zo zachtjes naderbij dat hij ze nauwelijks hoorde tot er iemand naast hem stond.

Het had geen zin meer, het was te laat om weg te rennen, als hij dat nog zou kunnen.

Hij voelde een zachte poot op zijn kop. En een zachte stem van een wijfjesegel fluisterde dringend.

'Wie is dit? Hij is doornat en steenkoud! Vlam! We moeten een vuur aanleggen!' Iemand hielp hem overeind en vroeg naar zijn naam. Door halfgesloten oogleden zag hij een lange magere eekhoorn in een priestertuniek op hem af rennen, toen trok de priester zijn tuniek uit, wikkelde Juniper erin, en droeg hem weg in looppas. Of droomde hij dat? Het was net zo vreemd als een droom, en net zo verwarrend.

Hij hoorde weinig van wat ze zeiden terwijl ze dieper en verder de tunnel in renden, maar hij ving 'gevaarlijk' op en 'de snelste weg'. Plotseling hielden ze halt. De priester die hem droeg, drong zijn rug tegen de wand en schuifelde langzaam in doodse stilte vooruit. De egel was zo stil geworden dat Juniper niet eens zeker wist of ze er nog wel was. Hij keek om zich heen in een poging te zien wat er zo gevaarlijk was. Toen beet hij zijn tanden op elkaar.

Dezelfde donkere en afschuwelijke verschrikking die hij had gevoeld toen het schip bij Mistmantel aankwam, spoelde weer over hem heen. Er moest een kwaad op de loer liggen. Hij moest het zien en weten wat het was.

Tegenover hen leidde een korte doorgang vanuit de tunnel

naar een donkere oranje gloed die uit een halfopen deur scheen. In absolute stilte slopen ze erlangs, maar in de warme vuurgloed kon Juniper dingen zien die achter die deur aan de wand hingen.

Dode dingen: een eekhoorn, een egel. En messen. Netten vol klauwen, tanden en oren, maar dat zag hij natuurlijk niet goed... Toen klonk er een onmelodieus gezang van een schorre, raspende stem, en een krassende lach als van staal op steen. Juniper werd bevangen door een ander soort kou, een die zijn haren overeind deed staan. Hij wilde zijn ogen sluiten, maar dat ging niet. Hij slikte moeizaam. Langzaam schuifelden ze verder voorbij de kwade gloed en het vreselijke gezang, tot hij niets meer zag of hoorde en de walging hem verliet. Toen renden ze weer gangen en tunnels in en uit, en plotseling waren ze in een rond vertrek dat vrede en veiligheid ademde. De egel gaf Juniper iets te drinken dat hem door en door verwarmde en wikkelde hem in een deken.

'Ik ben Lariks,' zei ze terwijl ze zijn schouders met de deken wreef. Haar ogen stonden vriendelijk en bezorgd. 'Voel je je nu een beetje beter?'

Juniper knikte. Nu hij niet meer zo verkleumd was, zou het hem misschien weldra lukken om iets te zeggen, maar hij was nog steeds verbijsterd dat deze warmte en vriendelijkheid zo dicht bij die vreselijke kerker, of wat het ook was, kon bestaan. Lariks zei wat tegen de priester.

'Jammer dat we voorbij Rookkringels hol moesten, maar we konden geen tijd verloren laten gaan. Waar is Ceder?' Ze wendde zich weer tot Juniper. 'Was jij bij de getekende eekhoorn?'

'G... g... getekende...' hakkelde Juniper.

'Krukel,' zei ze dringend. 'Was je bij Krukel?'

Hij wist niet in hoeverre hij deze dieren kon vertrouwen, maar hij moest wel. 'Hij hoort hier niet,' stamelde hij met verkleumde lippen.

'Ik weet het,' zei Lariks. 'We zullen voor hem doen wat we kunnen, en voor jou ook.'

Een eekhoorn met een vuurrode pels verscheen in de deuropening.

'Daar heb je Ceder,' zei Lariks.

Krukel had verschillende uitdagende toespraken in zijn kop uitgeprobeerd, maar door de moeite die het hem kostte om zijn evenwicht te herstellen vergat hij ze, en bij het zien van het vertrek vergat hij al het andere. Onder zijn poten blonk de vloer zo fel dat hij niet begreep waarom hij niet glad was, en van onder zijn voeten staarde zijn verbaasde spiegelbeeld hem aan. Aan drie kanten zaten ramen met daartussen spiegels, en alles was versierd met zilver: guirlandes van zilver, gedraaid zilver, bewerkt zilver, zilver dat van bokalen en schalen blonk. Eekhoorns en egels droegen zilveren helmen en gepoetste zwaarden. En op een verhoging, trots en met een rechte rug op zijn hoge, zilveren troon, zat koning Zilverberk.

Hij was een lange, magere egel, en zijn snuit stond streng onder de zilveren kroon van berkenbladeren. Op de armleuningen van de troon rustten lange, vlijmscherpe klauwen als haken, zilver gelakt. Een cape met een hoge kraag van zilveren stof was aan de hals gesloten met een gebogen gesp. Zijn blik was doordringend en zijn stem, toen hij tegen Krukel sprak, klonk hoog als van een gespannen snaar.

'Dichterbij,' beval hij.

Krukel stapte naar voren, de boeien aan zijn polsen rinkelden toen zijn bewakers met hem mee naar voren stapten. Hij zou proberen zich te gedragen alsof Padra hem kon zien, maar een flits van zonlicht in een spiegel verblindde hem zo, dat hij een poot boven zijn ogen moest houden.

De snuit van de koning lichtte op met een wilde verrukking, die vreselijk was om aan te zien. Toen begon hij luid te lachen.

'Ik verblind hem!' schaterde hij, en hij sprong met uitgestrekte poten van de verhoging. 'Welkom, getekende eekhoorn van Mistmantel! Heer maarschalk, waarom hebt u hem geboeid? Wat is dat nu voor een welkom?' Hij lachte wild en nam Krukels poten in de zijne. 'Haal die boeien eraf! Heeft hij gegeten? Heeft hij iets te drinken gehad?' Hij wenkte een jonge eekhoorn. 'Laat hem uit mijn beker drinken! Breng brood, breng amandelen, breng bessen en appels! Laat zijn kamer gereedmaken!'

Krukel was te verbaasd voor woorden, maar hij hoefde niets te zeggen. De koning stapte achteruit, hield hem bij zijn schouders op pootlengte van zich af en bekeek hem van onder tot boven terwijl bedienden met sleutels toeschoten en hem, tot zijn grote opluchting, van zijn boeien bevrijdden.

'Een getekende eekhoorn!' riep de koning opgetogen, en hij draaide Krukel rond alsof hij met hem wilde pronken. 'Nou! Kijk naar hem, jullie allemaal! Kijk eens naar die kleur! Welkom, Krukel van Mistmantel!'

Krukel had razernij of afschuw verwacht, en dit welkom vertrouwde hij allerminst. De woeste opwinding van de koning was verontrustend.

'Graniet, wat heb je gedaan?' vroeg de koning op hoge toon, en Krukel zag de grijns op de snuit van Brons. 'Hij is onze eerbare gast! Mijn beste Krukel, het spijt me vreselijk! Geef hem een stoel! Nee, niet die! Breng kussens!'

Krukel wreef over zijn polsen. De koning was gek of hij

speelde een spelletje, of misschien was hij zelf wel gek geworden en was dit allemaal niet echt. Er werd een rieten stoel gebracht vol met kussens, en de koning gaf hem een beker in zijn poot. Hoewel Krukel dorstig was, wilde hij liever niets eten of drinken wat ze hem aanboden – hij was al een keer eerder bedwelmd – maar hij had niet veel keus. Hij nipte voorzichtig van de wijn, vond die heel scherp, en probeerde zijn snuit in de plooi te houden.

'Heb je een goede reis gehad?' vroeg de koning bezorgd, terwijl hij weer op de troon ging zitten. 'Je zult wel moe zijn.'

Alsof Padra toekijkt, dacht Krukel. 'Uwe Majesteit,' zei hij. 'Uw afgezanten vertelden koning Krispijn dat dieren van Mistmantel uw eiland terroriseerden en dat u om hulp vroeg. U heeft met name naar mij gevraagd. Ik ben tegen mijn wil hiernaartoe gebracht en geboeid over het eiland gevoerd. Als ik u ergens mee van dienst kan zijn, moet u het mij zeggen, en als ik het kan uitvoeren zonder Mistmantel of andere onschuldige dieren schade te berokkenen, zal ik het doen. Daarna verzoek ik u mij terug te sturen.'

De koning staarde hem stomverbaasd aan en kreeg toen zo'n gillende lachbui dat Krukel huiverde.

'Ja, dat weet ik,' zei hij. 'Ja, er zijn hier heel wat van je oude vrienden uit Mistmantel, maar de meesten zijn echt ontzettend behulpzaam. Ik zou zelfs niet weten wat we zonder hen hadden moeten beginnen. Daar heb je bijvoorbeeld onze uitstekende heer maarschalk. En anderen kwamen onze beste Rookkringel juist weer heel goed van pas.' Hij fronste zijn voorhoofd, en wriemelde met zijn poten. 'Hij had hier moeten zijn om je te begroeten, maar hij kreeg vandaag een kleine buit, een egel, en hij is er niet van los te branden. Het zit namelijk zo, mijn beste Krukel, dat je ons zó dierbaar bent, dat we je koste wat kost hier wilden hebben. Alles wat ze je hebben verteld over een bezetting van stoute Mistmanteldieren was wel een goed verhaal, vind je niet? Heer Boomtand moest dat zeggen. Het is niet waar, maar we dachten wel dat Krispijn erin zou trappen. De twee dieren die jou hierheen hebben gebracht, hebben fantastisch werk verricht, ik bevorder hen tot de binnenwacht. Vind je het niet geweldig?'

'Dank u wel, Majesteit!' zeiden Spoor en Brons.

Het idee dat hij als trofee diende, werd Krukel te veel. 'Bedoelt u,' riep hij uit, 'dat uw afgezanten hebben gelogen tegen koning Krispijn om mij hier te krijgen, of ik nou wilde of niet? Waar hebt u me eigenlijk voor nodig?'

De zilveren cape bolde op. De koning stortte zich op Krukel, greep hem bij zijn hals en dwong zijn kop achterover. Een verschrikkelijk moment lang voelde Krukel de sterke, scherpe klauwen, hij keek op in de wild staande ogen en hoorde de grauw diep in de keel van de koning. Toen lachte de koning weer.

'Arm klein beestje!' Hij liet zo plotseling los dat Krukel op zijn poten wankelde. 'Je begrijpt het niet. Maar dat komt wel.' Hij wendde zich tot Graniet.

'Hij begrijpt meer dan u denkt, oh, Zilveren Pracht,' zei Graniet. 'Hij is niet zo stom als hij eruitziet.'

'Leg het hem eens uit, heer maarschalk Graniet,' zei de koning.

'Met genoegen,' zei Graniet. Hij stampte onhandig op zijn beschadigde poot naar voren. De lange mars had er zeker geen goed aan gedaan. 'Luister, gedrocht.'

'Gedrocht!' riep de koning verrukt, maar Graniet ging door.

'Zijne Majesteit koning Zilverberk is de Schitterende Majesteit van de Zilveren Pracht,' gromde Graniet. 'Hij is niet een van die tweederangs heertjes die jij van Mistmantel gewend bent. Dit is een echte koning, en als je ook maar een beetje manieren had, zou je buigen.'

Bij de gedachte om voor deze koning te moeten buigen werd Krukel bijna misselijk, maar hij wist dat het gevaarlijk kon zijn om het niet te doen. Stijfjes maakte hij een lichte buiging en haatte zichzelf.

'Hij is een luisterrijke koning, het soort koning dat kapitein Bast zou zijn geweest,' zei Graniet. 'En een grote koning krijgt altijd zijn zin. Dus als hij weet dat een getekende eekhoorn het eiland zal verlossen en als hij vindt dat het eiland verlost moet worden en er is een getekende eekhoorn op Mistmantel, dan halen we die voor hem, snap je? Majesteit, zal ik het gedrocht voor u in zijn cel zetten?'

'Eigenlijk zou ik hem aan iedereen moeten laten zien,' zei de koning nadenkend. 'De vraag is hoe we hem het beste kunnen gebruiken om te krijgen wat we willen. Ik zal daar advies over inwinnen. Ik zou willen weten wat onze beste commandant daarvan vindt, ze weet zoveel over van alles. Ja, breng hem maar naar zijn kamer.'

'Met het grootste genoegen, Majesteit,' gromde Graniet. Spoor, Brons, Graniet en twee egels marcheerden naar voren en voerden Krukel terug door de gang met spiegels en toen een wenteltrap op.

'Je zult alles vinden wat je nodig hebt,' zei Spoor. 'Probeer niet te ontsnappen, er zijn overal boogschutters.'

'Ik zou maar even van je nieuwe huis genieten,' zei Graniet. 'Ik geef je drie dagen, vier als je geluk hebt.'

Krukel werd de torenkamer binnen geduwd, hoorde achter zich het gerammel van grendels en sloten en daarna het geslof van poten. Er moesten minstens twee wachten voor de deur staan.

Hij sloot zijn ogen en deed ze weer open voor het geval hij droomde. Toen nam hij zijn kamer eens goed op. Zijn gevangeniscel was weelderiger gemeubileerd dan de koninklijke vertrekken op Mistmantel. Er lag een zacht hoogpolig tapijt, er hingen gedrapeerde gordijnen, er stond een royaal gedekte tafel met eten en drinken en er lagen goedgevulde, kleurige kussens.

Ze hadden hem nog steeds niet verteld wat hij moest gaan doen, maar hij wilde het niet afwachten. Er moest een uitweg zijn. Diepblauwe brokaten gordijnen met kwastjes hingen voor het enige raam, maar toen Krukel het verder onderzocht bleek het potdicht te zitten en er zaten ijzeren tralies voor, verankerd in steen. Het bed was met dekens opgemaakt, en hij dook eronder om aan de vloer te krabben. Die bestond uit kleine houten plankjes. Hij zou er misschien eentje kunnen oplichten en ontsnappen, vooropgesteld dat hij wist wat zich onder de vloer bevond – in een wachtruimte terechtkomen zou niet helpen. Er was ook een haardplaats, maar zonder vuur, en met energie gevende hoop sprong hij via de haard de schoorsteen in.

Daarbinnen werd het algauw heel krap, toen nog krapper, en ook al trok Krukel zijn schouders in en maakte hij zich zo klein mogelijk, de schoorsteen was te smal voor hem. Woedend van teleurstelling wriemelde hij weer naar beneden, sloeg grofweg het roet van zijn pels, en stortte zich op het onderzoeken van elke vierkante centimeter cel. Hij onderzocht de haard, keek onder het tapijt, rende tegen de muur op, krabde met zijn nagels aan het plafond, liet zich ten langen leste weer op de grond vallen en gaf een schop tegen de kussens.

Hij was ver van huis, zat opgesloten en was woedend over de onrechtvaardigheid van dit alles.

'Maar ik kom eruit,' zei hij hardop. 'Zo waarlijk helpe mij het Hart. Dat verzeker ik u, koning Krispijn. Dat verzeker ik u, kapitein Padra.' Hij gaf nog een schop tegen de kussens, en keek jaloers uit het raam naar beneden, naar de eekhoorns die daarbuiten van hun vrijheid genoten.

Maar waren ze vrij? Net als de dieren die hij tijdens de mars had gezien, waren ze weliswaar buiten, maar leken ze helemaal niet vrij. Ze zagen er bang en angstig uit, stopten nauwelijks om een praatje te maken, en keken schichtig over hun kromgebogen schouders. Rond deze tijd van het jaar hadden ze voedsel moeten verzamelen, maar in hun kruiwagens lagen hout en stenen opgestapeld, en hij begreep nu ook waarom alles onder een grijze laag stof zat. Het kwam uit de mijn. Toen de nacht viel, zei hij een gebed voor zijn vrienden op Mistmantel, schurkte zich in de kussens, en deed niet eens een poging om te slapen.

Maar uiteindelijk sliep hij wel, zij het licht, en werd wakker in het donker. Er was iemand in zijn kamer. Hij voelde een aanwezigheid en hoorde een ademhaling. Onder zijn pels trok er een rilling door zijn vel. Er hing een zure, muffe geur, als van verbrande pels en azijn. Die kwam dichterbij.

Krukel verroerde zich niet, hield zijn ogen dicht, en luisterde. Blijf stil liggen, dan gaan ze eerder weg. Iemand fluisterde, en hij herkende de stem van koning Zilverberk.

'Is het geen schatje? We hebben hem heelhuids te pakken gekregen en nu moeten we zoveel mogelijk van hem profiteren.'

De eekhoornstem die antwoordde klonk traag en zo schor dat hij raspte als een zwaard op een steen. Krukels haren gingen overeind staan en zijn klauwen krulden.

'Als dit de bewuste eekhoorn is,' fluisterde de stem, 'moeten we hem meteen doden.'

'Kom, kom, Rookkringel,' zei de koning, 'je krijgt hem nog niet. Ik heb hem net. Als hij de verlosser is, moeten we hem tijd geven om ons te verlossen.'

'Dit eiland heeft de verlossing die hij kan geven niet nodig,' raspte Rookkringel, 'behalve die door zijn dood. Daar zal ik veel toverkracht uit kunnen putten.'

'Hij moet ons eerst van de armoe verlossen,' sprak de koning tegen. 'Ja, ja, ik weet wel dat we niet arm zijn. Maar ik wil zo veel zilver dat we het ook nooit meer zullen worden, en ik weet zeker dat hij de gave bezit om het te vinden. Dat is de verlossing die hij ons brengt. Hij zal prachtig zilver voor ons vinden en ons rijk en machtig maken.'

Er klonk een hese grom van Rookkringel. 'Mijn toverkracht heeft u zilver opgeleverd,' mopperde hij. 'En die kan nog veel meer. Alles wat u wilt. Alles, Majesteit. Ik kan u datgene geven wat u het meest van de wereld begeert, maar daarvoor heb ik het lichaam van de getekende eekhoorn nodig.'

'Ja, dat weet ik,' zei de koning, en hij klonk begerig. 'Mijn hartenwens kan in vervulling gaan. Maar eerst wil ik nog van hem profiteren.'

'Hebt u eraan gedacht dat hij het eiland wel eens van ú zou kunnen verlossen?' vroeg Rookkringel.

De koning giechelde schril maar smoorde dat meteen. 'Oh, gekke Rookkringel! Waarom zou het eiland van míj verlost moeten worden? Ik ben met de zilvermijnen begonnen. Iedereen houdt van mij.'

'En die ándere voorspelling?' vroeg Rookkringel.

'Oh, die,' zei de koning kregelig. 'Je bedoelt die…'

'Hij zal een groot heerser ten val brengen,' zei Rookkringel. 'Kijkt u eens goed naar hem. Ziet u die kleur? Het zou heel goed kunnen dat hij het is.'

'En het is ook goed mogelijk van niet,' zei de koning. 'Er zijn overal eilanden. Sommige zitten misschien vol getekende eek-hoorns, dus waarom zou het déze getekende eekhoorn zijn? Ik denk dat die ene dood is. Trouwens, als deze het is, heeft hij al een groot heerser ten val gebracht: heer Bast. Dus ben ik vei-lig. En zou het niet grappig zijn als hij, zonder het te willen, koning Krispijn ook ten val zou brengen!'

Krukel beet hard op zijn lip en draaide in gedachten koning Zilverberks nek om. De koning giechelde weer.

'Je mag hem hebben, Rookkringel, maar pas als ik met hem klaar ben,' zei hij.

'Oh, wat ik allemaal niet kan doen met het lichaam van een getekende eekhoorn!' fluisterde Rookkringel. 'De kracht van zwarte kunst! Die oren, die staart! Die pels! En...' hij sprak de woorden op hongerige fluistertoon uit, 'wat ik met zijn hart kan doen! Geef hem aan mij om te doden.'

'Nog niet,' zei de koning geïrriteerd. 'Ja, ja, je krijgt hem, maar nu nog niet.'

'Wanneer dan?'

'De volgende zomer.'

'Dat duurt te lang,' siste Rookkringel.

'Voorjaar dan,' zei de koning.

'De volgende maan,' zei Rookkringel.

'Oh, als de eerste sneeuw valt dan,' zei de koning beslist. 'Je krijgt hem als de eerste sneeuw valt. Vind je dat geen goede tijd om te doden? Nou, vooruit, als hij niet goed is in het vin-den van zilver, mag je hem eerder hebben. Maar ik beloof je dat je hem zeker krijgt bij de eerste sneeuw. Is hij niet lief als hij slaapt?'

In een vleug muffe geur van verbranding en azijn glipten ze de deur uit. Krukel ging overeind zitten, woedend dat er over hem werd onderhandeld. De koning was gestoord. En Rookkringel waarschijnlijk ook. Hij kon niet meer in slaap komen, en inspecteerde zijn cel nog een keer op een mogelijke uitgang.

Tegen de morgen viel er een gestage motregen. Krukel probeerde nog steeds de tralies los te krabben – zonder resultaat wist hij, maar het verdreef de tijd – toen Spoor, Brons en de schildwachten binnenkwamen om hem naar het hoge vertrek te voeren. Spoor en Brons waren in een norse stemming. Spoor hield trots vol dat zij de leiding had en Brons weigerde daarin mee te gaan. Twee egels droegen een mand met houtblokken Krukels cel in en mompelden zenuwachtig iets over een bevel van de een of ander. Ze keken over hun schouder toen een wijfjeseekhoorn met een helm op kordaat de gang door kwam lopen. Ze liep met geheven kop, en haar stem klonk kortaf en gebiedend.

'Breng de gevangene naar de koning,' beval ze en ze keerde zich naar Spoor en Brons. 'Waag het niet de koning te laten wachten! Looppas!'

In de hoge zaal stond Graniet achter de troon, en hoewel hij zijn lugubere helm ophad, kon Krukel de grijns op zijn snuit voelen. De eekhoorn met de helm was hen gevolgd en nam haar plaats in naast de verhoging. Achterover leunend op zijn troon, strekte en kromde koning Zilverberk zijn glimmende klauwen.

'Die beste Rookkringel is steeds maar bezig iets te ontleden,' teemde hij. 'Nou, gedrocht, vertel me eens alles over jezelf. Wie ben je precies? Nee, ik weet dat je Krukel van Mistmantel bent, maar wie ben je eigenlijk? Wie zijn je ouders? Je komt toch niet echt van Mistmantel?

'Hij is gevonden, Majesteit,' zei Brons. 'Ze zeiden…'

'Bek dicht, soldaat,' grauwde Graniet, en Spoor grijnsde van plezier. 'Ja, Majesteit, dat kan ik bevestigen. Gevonden.'

'Gevonden?' vroeg de koning, geïnteresseerd voorover leunend.

'Ik werd in het water gevonden toen ik net geboren was,' zei Krukel. Hij wilde niet behulpzaam zijn, maar dit kon hij veilig vertellen. 'Niemand weet iets over mij.'

'Dus je bent niet van Mistmantel?' knorde de koning.

'Met alle respect, Majesteit,' zei de eekhoorn met de helm, 'we verspillen tijd. Het doet er niet toe waar hij vandaan komt, zolang hij zilver voor u kan vinden. En dat kan hij.'

'Dank u wel, commandant!' zei de koning en hij wuifde haar met een poot toe. 'Dat wilde ik even weten. Dus je bezit de gave om zilver te vinden, gedrocht?'

Krukel wilde het liever niet bevestigen. Hij had geen idee hoe je zilver moest vinden, maar het was misschien veiliger om te doen alsof hij dat wel kon.

'Het is mogelijk, Majesteit,' zei hij.

'Het ís zo, Majesteit,' zei de eekhoorncommandant.

'Hoe ga je dat doen?' vroeg de koning. Hij vlocht zijn klauwen ineen en zijn oogjes begonnen te glimmen. 'Vertel eens. Wat heb je ervoor nodig? Toverkunst? Kabels? Poeders? We kunnen iets voor je doden als je wilt.'

Hij werd gered door de commandant, ze scheen heel wat meer van het onderwerp af te weten dan hij.

'De besten hebben er een instinct voor, Majesteit,' zei ze. 'Ze weten zelf niet hoe. Maar hij zal naar buiten moeten om een indruk van het eiland te krijgen.' Krukel spitste hoopvol zijn oren.

'Is dat zo, gedrocht?' vroeg de koning.

'Jazeker, Majesteit,' zei Krukel ernstig.

'Er komt een storm aan,' merkte Graniet op. 'Maar het geeft niet als het gedrocht nat wordt.'

'Dat doet er natuurlijk wel toe!' sprak de koning hem tegen. Brons grinnikte en Graniet wierp hem een kwaaie blik toe. 'We zullen een rondleiding voor je verzorgen, gedrocht. In de tussentijd zal Brons je weer naar je kamer brengen.'

Hij werd teruggevoerd en zijn kamer binnen geduwd door Brons. De deur sloeg dicht. Krukel stond op het punt weer aan de tralies te beginnen toen er iets bewoog.

Hij draaide zich pijlsnel om. De houtblokken in de mand bewogen. Krukel sprong achteruit, greep naar zijn zwaard, bedacht dat hij er geen had, liep zo ver mogelijk bij de mand vandaan en bleef kijken.

'Krukel!' zei iemand van onder de houtblokken, en zijn hart sprong op bij het horen van zijn naam. Het hout viel uit de mand. Er blonk een donkerrode pels en Krukel wist niet wat hij zag.

'Juniper?' fluisterde hij.

Junipers kop dook uit de mand op. Hij schudde het zaagsel uit zijn oren. 'Ik heb je gevonden!' zei hij terwijl hij uit de mand klom.

Sprakeloos sprong Krukel naar voren en greep Juniper bij zijn schouders, verbaasd over de opgetogen lach en de stralende, bijna te stralende ogen. Maar Juniper beefde onder zijn aanraking, en na de eerste grote vreugde bij het zien van een Mistmantelsnuit, werd Krukel door grote droefheid overvallen. Nu zat ook Juniper vast in dit ellendige oord.

'Hoe ben jij hier terechtgekomen?' vroeg Krukel. Hij praatte op fluistertoon en keek behoedzaam even naar de deur.

'Ik ben je gevolgd,' zei Juniper.

'Maar het was…'

'Ja, dat weet ik,' zei Juniper, 'maar, ik voel me thuis in het water, ik ben met otters opgegroeid. Ik wilde je redden, en het spijt me dat het me niet is gelukt. Maar ik wilde je niet in de steek laten.' Krukel probeerde iets te zeggen, wist niet wat, en omhelsde zijn vriend toen. Juniper kuchte, nog steeds bevend.

'Je bent ziek,' zei Krukel. Door de schok van de verrassing beefde hij bijna even hard als Juniper. 'Je had wel dood kunnen zijn.' Er stond nog wijn en brood op tafel. Hij duwde Juniper een glas in zijn bevende poot, vouwde diens klauwen eromheen, en trok een deken van het bed om die om Junipers schouders te slaan; hij zag dat zijn poten nog steeds rimpelig waren van het water. 'Juniper, weet je wel wat je gedaan hebt? We zijn voorbij de mist!'

'Ja, dat weet ik.' Juniper nam een slokje wijn. 'Ik wist dat ik het moest doen. Ik had terug kunnen zwemmen, maar jij had verder niemand.' Hij keek naar Krukel op. 'Je bent Krukel van de vallende sterren en je bent mijn vriend. Ik wilde je niet in de steek laten.'

Krukels hart trok zich samen. Mistmantel had hem opgenomen, Appel had hem grootgebracht en hem aangemoedigd, maar nog nooit van zijn leven had iemand zoiets voor hem gedaan. Een paar dagen geleden had hij aan Juniper gedacht als aan een jonger broertje, misschien wel een broertje dat verzorgd en gered moest worden. Daar schaamde hij zich nu voor. Hij vroeg zich af of een van de helden op de wanddoeken van Mistmantel ooit zoiets geweldigs had gedaan.

'Voel je je wel goed, Krukel?' vroeg Juniper.

Krukel kneep in zijn schouders. 'Jawel. Ik ben alleen verbaasd. Ik zal ervoor zorgen dat je op de een of andere manier weer naar huis kunt.'

'Dat had ik voor jou willen doen,' zei Juniper. 'Ik ben al achter een heleboel dingen gekomen. Er zijn hier ook goede dieren, die je willen helpen. Ons alle twee willen helpen. Zij hebben me gevonden en voor me gezorgd toen ik doornat was en in hun ogen een vreemdeling. Ze weten van jou. Zij hebben me hier binnengesmokkeld.'

Krukel keek angstig in Junipers koortsachtig glinsterende ogen. Hij gaf hem wat gedroogd fruit van de tafel, maar Juniper moest hoesten terwijl hij at en toen keken ze beiden zenuwachtig naar de deur. Juniper liet zijn stem tot fluistertoon zakken.

'Luister,' zei hij. 'Luister je? Dit is belangrijk. Ze hebben me alles over het eiland verteld en jij moet dat ook weten. Koning Zilverberk is helemaal niet de rechtmatige koning. Hij was de echtgenoot van de laatste koningin, en toen die stierf kon alleen haar nichtje Lariks koningin worden. Lariks was nog maar een kind, daarom werd Zilverberk regent. Hij mocht alleen maar voor het eiland zorgen tot zij volwassen was, maar geleidelijk aan heeft hij de macht naar zich toe getrokken. Hij heeft gevaarlijke aanvallen van krankzinnigheid en die worden steeds erger. Hij is zo bezeten van zilver dat het eiland doorzeefd is met mijnen en het stof maakt de dieren ziek. Toen Zilverberk pas aan de macht was, deed hij nog redelijk normaal, er waren nog verstandige dieren om hem heen die hem onder controle hielden. Maar soms krijgt hij ineens een hekel aan iemand. Heel veel eilanders zijn van Blankevleugel vertrokken. Sommigen verdwenen plotseling en niemand weet zeker of ze van het eiland zijn gevlucht of dat hij ze heeft laten vermoorden.'

'Heeft hij Lariks ook laten vermoorden?' vroeg Krukel.

'Nee,' zei Juniper en zijn snuit vertrok tot een glimlach. 'Iedereen denkt dat ze het eiland in het geheim heeft verlaten, maar ze is er nog. Ooit zal ze weer de rechtmatige koningin zijn, op het moment dat haar aanhang sterk genoeg is om de koning ten val te brengen.' Hij keek weer even naar de deur en fluisterde toen nog zachter: 'Lariks heeft me gevonden. Haar aanhangers zijn de Lariksen. Ik denk dat alle eilanders haar wel zouden willen steunen, maar ze zijn doodsbang voor de boogschutters van de koning en voor een tovenaar die Rookkringel heet.'

'Die Rookkringel ken ik,' zei Krukel. 'Was er geen goede priester op het eiland?'

'Er was er een,' zei Juniper, 'een fantastische jonge priester, broeder Kaars, maar hij werd dood aangetroffen aan de voet van een klif, hoewel hij toen al een andere priester had opgeleid: broeder Vlam. Alsof Kaars wist dat Zilverberk hem zou laten doden. Daarna verdween broeder Vlam ook. Iedereen die zich tegen Zilverberk en Rookkringel verzette, verdween of werd van een vreselijke misdaad beschuldigd en door de boogschutters doodgeschoten. Maar broeder Vlam overleefde het. Hij is ondergedoken bij Lariks.' Juniper onderdrukte een hoestbui, nam een slokje wijn en zwaaide op zijn poten.

Krukel ving hem op. 'Je bent echt ziek!' fluisterde hij.

'In dat geval vertel ik je nu het allerbelangrijkste,' zei Juniper. 'Doe net of je zilver kunt vinden. Als de koning denkt dat je dat kunt, zal hij je niet door Rookkringel laten doden. En probeer niet te ontsnappen. Ceder is iets voor je aan het regelen.'

'Wie is Ceder?'

Junipers ogen vielen half dicht, maar hij keek verbaasd. 'Maar die heb je toch gezien!' zei hij. 'Zij is de...' En stil zakte hij in elkaar op de vloer.

11

'Ooh...ooh...ooh!' zei Prikkel en ze bleef met open mond op haar achterpoten staan, niet in staat om een woord uit te brengen.

Ze stonden in Sepia's zanggrot, een hoge gewelfde ruimte, glanzend van dunne straaltjes water en glinsterende stenen die oplichtten in de wanden. Een opening in de heuvel daarboven liet wat daglicht binnen en de stralen van een late namiddagzon veroorzaakten gouden flikkeringen.

Ze hadden alle andere grotten doorzocht, dichter bij de kust en bij de waterval, en Vinlit had ontelbare platte steentjes gevonden om mee te keilen. Er waren een paar prachtige doorzichtige kiezels bij die Sepia heel mooi vond, en Hoop had de mooiste in een tas gedaan om mee naar huis te nemen. Als Prikkel hen eraan probeerde te herinneren dat ze hier waren voor de Hartensteen, zei Vinlit opgewekt: 'Ja, straks', en Sepia merkte dan kalm op: 'Maak je geen zorgen, Prikkel, ik zoek naar de Hartensteen.' Prikkel was een beetje verbaasd dat ze nog geen ruzie hadden gekregen, maar Vinlit en Sepia waren niet het soort dieren waarmee je ruzie kreeg. Vinlit was te gemakkelijk in de omgang, Sepia bleef te kalm, en je kon moeilijk in het bijzijn van Hoop ruzie gaan maken.

Prikkel wilde dat Krukel erbij was. Zij en Krukel waren altijd een goed team geweest. Vinlit was licht teleurgesteld dat de roeiboot er niet lag omdat hij hen over de baai had willen roeien, en Prikkel had iets gemompeld van dat hij dan maar iets anders moest zien te vinden om mee op te scheppen en wenste vervolgens dat ze het niet had gezegd, maar Vinlit had alleen maar gelachen en salto's gemaakt in het water. Hoop probeerde heel ijverig de Hartensteen te zoeken, maar omdat hij bijziend was leverde dat niet veel op.

'Ik heb een heleboel stenen gevonden die op de Hartensteen lijken, maar als ik beter kijk zijn ze het nooit.' Prikkel ging vermoeid zitten. 'Ze blijven in mijn poot liggen. Ik denk niet dat we hem hier vinden.'

'Er zitten stenen in de muur,' zei Sepia. Prikkel sprong weer overeind.

'Dat zou kunnen!' riep ze. 'Klim tegen de muur op, Sepia!' Achter haar klonk een plons. 'Vinlit, wat heb jij gevonden?'

'Water, natuurlijk!' zei Vinlit. 'Een glijbaan!'

Dicht bij de ingang van de grot was een bron die over een schuin gedeelte van de wand naar beneden gutste en een waterval vormde, die in een watergeul terechtkwam en onder de grond verdween. Vinlit gleed er pardoes in, verdween en dook weer op.

'Daaronder loopt een rivier!' zei hij stralend. 'In het begin kronkelt hij, dan stort hij naar beneden en daar is een meer. Dat moet het meer zijn dat uitkomt op de tunnels.'

'Mag ik ook mee?' piepte Hoop.

'Geen sprake van,' zei Prikkel snel.

'Voor iemand als jij is het misschien een beetje te gevaarlijk,' gaf Vinlit toe. 'Ik ben een zwemmer van nature, ik val altijd in rivieren.'

'Ik val ook altijd overal in,' zei Hoop.

'Ja, maar voor egels ligt dat toch anders,' zei Vinlit, en hij klonk voor de verandering bijna volwassen. 'We willen niet dat je de diepte in glijdt. Je mag van de glijbaan en dan blijf ik hier om je op te vangen zodat je niet onder de grond verdwijnt.'

Hij ging uitgestrekt in de geul liggen terwijl Hoop tegen de rots op klom, de lucht opsnoof en zichzelf op zijn rug over de glijbaan naar beneden stortte met alle vier zijn poten in de lucht. Met een 'oef!' kwam hij tussen Vinlits poten terecht, klauterde overeind en repte zich naar boven voor nog een keer.

'Moet je ook doen, Prikkel!' riep hij. 'Sepia! Moet je ook proberen!'

Prikkel besloot dat de Hartensteen kon wachten. Er klonk heel wat geplons en gegil voor zij en Sepia zich droog schudden en elkaar eraan herinnerden dat ze moesten zoeken.

'Nog eventjes?' zei Hoop.

'Vooruit dan,' zei Vinlit. 'Geef maar een gil als je zover bent, dan vang ik je op.'

Er was even niets anders te horen dan het gekrabbel van poten over kiezelstenen en af en toe de kreet 'Klaar, Vinlit?' gevolgd door een plons en gegiechel. Buiten pakten wolken zich samen en begon het te schemeren, maar Prikkel had vuursteentjes en lantaarns meegebracht en ze zochten verder tot Sepia naar beneden klom, zich uitrekte, en in haar ogen wreef van vermoeidheid. Ze haalde diep adem en begon te zingen.

De muziek danste rond, weerkaatste van de wanden en bleef in de lucht hangen. Sepia's lied deed Prikkel aan het voorjaar en aan de geur van sleutelbloemen denken, en Vinlit dacht aan betoverde koninkrijken op de bodem van de zee denken, en Hoop...

...niemand wist wat Hoop dacht. Of hij nou vergat om Vinlit te roepen of dat Vinlit hem niet hoorde, werd nooit duidelijk. Er klonk ineens een plons en toen ze omkeken, was hij er niet meer.

'Oeps!' zei Vinlit en hij dook onder water. Er klonk een gesmoorde kreet en daarna niets meer.

Prikkel en Sepia sprongen naar beneden om met doornatte pelzen en snorren in het donker te turen. Gespannen probeerden ze door het geruis van het water heen iets op te vangen. Ze hoorden een paar kreetjes van Hoop, en daarna Vinlits stem – 'ik heb je... hou vast... niet zo vast...' – daarna stierf zijn stem weg tot ze alleen nog het geluid van de waterval konden horen. Ze gingen zitten en keken elkaar aan, ineens beseffend hoe donker het was geworden.

'Het zal toch wel goed gaan?' vroeg Sepia angstig. 'Ik bedoel, Vinlit had Hoop toch vast toen we hem voor het laatst hoorden?'

'Vinlit leek er vrij zeker van dat het meer uitkomt op de tunnels,' zei Prikkel. 'Oh, jee, Hoop kan helemaal niet goed zwemmen.'

'Hij kan op Vinlits schouders zitten. Alle otters laten de kleintjes op hun schouders zitten,' zei Sepia.

'Dan zal Vinlit hem waarschijnlijk naar een tunnel brengen, en de dichtstbijzijnde uitgang zoeken,' zei Prikkel. 'Dat is makkelijker dan tegen een waterval op klimmen met een egel op je nek.'

'Ja,' zei Sepia, maar het zat haar toch niet lekker.

'Nee,' zei Prikkel. 'Ik ben er ook niet zo blij mee. Maar ik neem aan dat we ons geen zorgen hoeven te maken.' Ze rolde zich op. Het werd kouder. 'Waar zouden de tunnels naartoe leidden? Denk je dat ze hier terug kunnen komen?'

'Ik heb geen idee,' zei Sepia. 'Ik kom niet zoveel in tunnels, maar ik denk dat ze in verbinding staan met de grotten.'

'Ik dacht dat jij deze grotten kende,' zei Prikkel en ze probeerde niet te mopperig te klinken.

'Niet die onder water,' zei Sepia verwijtend. 'Maar ze kunnen niet ver van vaste grond zijn, en als ze een tunnel vinden, komen ze vast wel iemand tegen. Er lopen daar altijd mollen rond. Zullen we nog eens schreeuwen?'

Ze brachten hun snuit zo dicht mogelijk bij de opening, en riepen Vinlits en Hoops naam in het donker.

'Au!' zei Prikkel. 'Je schreeuwde recht in mijn oor.'

'Sorry,' zei Sepia. 'Ik zal proberen het niet te doen.'

Hun geroep echode duidelijk en luid door de grot. Er kwam geen antwoord.

'Ze maken het vast goed,' zei Prikkel. 'Maar ik vind dat ik naar de toren moet gaan. Ik moet ze daar vertellen wat er aan de hand is.'

'Ik ga wel,' zei Sepia. 'Ik ben sneller.'

'Nee, ik ga omdat ik langzamer ben,' zei Prikkel. 'Ze komen zo goed als zeker snel weer terug, en dan kun jij rennen en me inhalen om dat te vertellen, als je wilt. Ik weet de kortste weg. Als ik snel iemand tegenkom, zal ik vragen of ze een otter en een kleine egel hebben gezien. Dan zullen ze zeker naar hen uitkijken.'

'En als er iemand bij de grotten komt, zal ik ze laten zoeken,' zei Sepia. 'Het komt vast allemaal in orde. Er zijn altijd dieren die hier rondspartelen en op onderzoek uitgaan en ze komen altijd heelhuids terug.'

'Red jij het hier alleen?' vroeg Prikkel.

'Oh, ja,' zei Sepia. 'Ik heb hier uren alleen gezeten.'

Ze zei er niet bij niet dat ze er nooit 's nachts alleen was geweest. Zonder Prikkel vond ze het moeilijker. Ze zocht verder naar de Hartensteen maar niet van harte, ze verwachtte niet dat ze hem zou vinden, en de lamp brandde laag. Af en toe riep ze naar Vinlit en Hoop, maar er kwam geen antwoord. Ze wilde dat ze had aangedrongen om zelf naar de toren te gaan in plaats van Prikkel. Ze zei tegen zichzelf dat ze niet moest piekeren en deed dat toch. In de toenemende duisternis begon ze te zingen om de tijd te verdrijven en de moed erin te houden, en toen de lamp flauw sputterde en uitging, maakte ze voor zichzelf een nest van haar cape. Als Hoop maar een cape had. Op het laatst zei ze een gebed voor hen en Krukel, en legde zich neer om te slapen.

Ze probeerde heel hard om in slaap te vallen. Als ze wakker lag zou ze zich de ergste dingen inbeelden die met Vinlit en Hoop konden gebeuren, en Hoop was zo klein, maar nadat ze een hele tijd in het nest had liggen woelen gaf ze het op. Haar moeder had altijd gezegd dat ze op zulke momenten aan 'iets fijns moest denken', niet omdat ze daar misschien van in slaap viel, maar omdat het haar iets gaf wat de moeite waard was om wakker voor te blijven. Dus wat zou het fijnste zijn dat er kon gebeuren? Ze verbeeldde zich dat koning Krispijn werd gekroond in de vergaderzaal met alle dieren om zich heen, en dat broeder Spar in een keurige nieuwe tuniek naar de troon hinkte om hem de Hartensteen aan te bieden en de kroon op zijn hoofd te zetten. Krukel zou er zijn, keurig netjes met een zwaard aan zijn zij en in een dieprode mantel die bij de kleur van zijn oren en het puntje van zijn staart paste, en Vinlit en Hoop zouden erbij zijn. Hoop zou vooraan zitten om alles goed te kunnen zien. Haar ouders zouden er zijn en haar horen zingen en spelen met de muzikanten, en er zou feest zijn. Ze zou misschien zelfs met de koning dansen. Een feestbanket... nieuwe wanddoeken... misschien, misschien zelfs een nacht met vallende sterren... ze gleed weg in een droom. Sterren boven haar, rondom haar, sterren aan haar poten, sterren om op te dansen, ze danste met de sterren in de mist...

Iets had haar wakker gemaakt. Er bewoog iets. Ze deed haar ogen open en zat trillend rechtop. Ze sloeg haar cape om zich heen en probeerde te vragen wie daar was, maar ze was te bang om meer dan gepiep uit te brengen. Tegen de tijd dat ze een paar woorden kon stamelen, was alles weer stil. Ze zat klaarwakker overeind en zei tegen zichzelf dat ze niet zo dom moest doen. Ze had toch gehoopt dat Vinlit en Hoop terug zouden komen, hun natte pels uit zouden schudden en snaterend over hun avonturen zouden vertellen? Ze fluisterde hun naam met een stem die vreemd dun klonk. Er kwam geen antwoord. Ze ging weer als een ellendig hoopje liggen, en bleef luisteren.

Ze werd wakker van zonlicht dat door de opening in de rotswand viel, sprong op en schudde zich uit. Waren ze terug? Maar de grot bleef verwijtend stil. Vinlit en Hoop waren niet teruggekomen. Ze hadden misschien een andere uitgang gevonden. Mischien zaten ze al aan de waterkant te spelen, of waren ze naar huis gegaan omdat ze niet wisten dat zij in een hoek lag te slapen.

Pootafdrukken! Ze volgde de oude sporen van de vorige dag en bij het zien van nieuwe sprong haar hart op van vreugde, maar die was van korte duur. Ze zag egelsporen, maar die waren te groot voor Hoop. Dat was de verklaring voor wat ze die nacht had gehoord. Egels hadden hier onderdak gezocht.

Geen Vinlit, geen Hoop. Ik had hier nooit moeten blijven. Ik had meteen naar de toren moeten gaan. Ze waren misschien wel verdronken, verdwaald onder de grond, koud, uitgehongerd, ze zaten misschien ergens vast, waren gewond, uit elkaar geraakt. Stel dat er iets met Vinlit gebeurde, dan was Hoop helemaal alleen op een vreemde plek, hij zat misschien te huilen...

Woedend op zichzelf, liet ze haar cape liggen en sprong door de grotten tot het geluid van de waterval sterker werd, ze zwaaide zichzelf een boom in die uit de rotswand groeide, en stond op het punt om over de rotsen verder naar boven te klauteren, toen ze Mepper en Blokker beneden op het strand zag.

'Kunnen jullie alsjeblieft naar boven komen?' riep ze naar beneden, en ze wachtte ongeduldig terwijl ze links en rechts langs haar heen keken, voor ze haar in het oog kregen. 'Zouden jullie uit willen kijken naar een otter en een egel? Ik leg het later wel uit. Dank je wel.' Mepper schreeuwde nog dat grotten geen veilige plek voor jongen waren, maar Sepia was er al vandoor.

Met vermoeide poten zag Prikkel het dag worden. Het had een prachtig gezicht moeten zijn, de toppen van de golven werden roze gekleurd, een zachtgrijze gloed scheen op de boten die geduldig met flauw schijnende, onbeweeglijke lichten in de dageraad bij de mist lagen. Maar Prikkel was te opgewonden om ook maar ergens anders om te geven dan om Vinlit en Hoop. Ze had verwacht dat Sepia haar wel had ingehaald om te zeggen dat ze veilig waren, maar dat was niet gebeurd en terwijl ze die nacht door het bos was gerend, had ze zich het ergste ingebeeld. Verdronken, ondergronds gewond geraakt… oh, Hart, alstublieft bescherm hen, alstublieft, en ik heb er spijt van dat ik Vinlit heb afgesnauwd, oh, alstublieft behoed hen, zorg voor hen…

Zou Krispijn al wakker zijn? Toen ze bij de bron op een rots klauterde, besefte ze te laat dat Padra bij de Bronpoort woonde. Hij gleed door het water, zag haar en krabbelde overeind.

'Prikkel! Hoe gaat het met de schatgraverij?' En toen ze haar rug opzette en haar snuit afwendde, vroeg hij bezorgd: 'Wat is er aan de hand, Prikkel?'

Ze probeerde de juiste woorden te vinden, maar dat lukte niet. Eindelijk bracht ze een hees gefluister uit. 'Alstublieft, kapitein Padra, u zult wel boos worden.'

'Dat betwijfel ik,' zei hij en hij boog zich naar haar toe om haar snuit te zien. 'Boos op jóú?'

Ze knikte ellendig.

'Maar ga je me toch vertellen wat er is?'

Ze knikte weer.

'Dan ben je een dappere egel,' zei hij. 'En ik zal proberen om niet boos te worden. Wat heb je gedaan?'

Op haar poten kijkend, vertelde ze hem alles, met bevende stem, en af en toe droogde ze haar tranen als ze aan Vinlit en Hoop helemaal alleen in het donker moest denken. Toen ze klaar was voelde ze een warme troostende otteromhelzing.

'Au,' zei Padra. 'Ik was vergeten hoe scherp je bent. Prikkel, je moet je niet schuldig voelen. Sepia en jij hebben juist gehandeld.'

'Het was niet Vinlits schuld, kapitein,' zei ze. 'We waren er allemaal bij, en Hoop is gewoon gesprongen of zoiets en Vinlit probeerde hem nog te pakken en is hem meteen achterna gegaan.'

'Vinlit redt het meestal wel,' zei Padra. 'En wat Hoop betreft, ik geloof dat het Hart hem extra in de gaten houdt. Ik stuur een opsporingspatrouille en ik breng jou naar Krispijn. Hij zal ook niet boos zijn, maar hij moet het wel weten. Oh, ja,' voegde hij er met een frons aan toe, 'Dokker staat buiten de troonzaal op wacht.'

'Hoops vader!' riep Prikkel ontzet.

'Ja, misschien toch niet zo'n goed idee,' gaf Padra toe. 'Laat maar aan mij over.' Hij wenkte een otter die voorbijkwam. 'Stel een opsporingspatrouille samen van otters en mollen en meld je in de troonzaal, nu meteen.'

Prikkel hobbelde Padra achterna door de gangen en over de trappen. Meestal genoot ze van de wanddoeken die ze had helpen maken, maar deze morgen kon ze nergens van genieten en na haar lange tocht moest ze moeite doen om Padra bij te houden. Toen ze na een bocht in de gang bij de troonzaal kwamen, hield ze halt met iets wat het midden hield tussen een kreet en een snik.

Hoop stond op zijn achterpoten met zijn voorpoten op zijn vaders knieën, zijn kleine bijziende snuitje opgeheven en met een trillend neusje, terwijl hij over zijn avonturen babbelde. Dokker stond over hem heen gebogen en zei af en toe: 'Echt?' en 'Dat was heel moedig', terwijl Hoop zijn verhaal afratelde. Het werd Prikkel te veel. Ze stormde langs Padra en omhelsde Hoop zo stevig dat zijn achterpoten in de lucht bungelden.

'Hoop, is alles goed met je?' riep ze. 'Waar is Vinlit?'

'Ja, dank je wel. Hij is bij de koning, wil je me nu alsjeblieft weer neerzetten?' hijgde Hoop. 'Dank je wel. Heb je de Hartensteen gevonden?'

Padra was al langs haar heen geschoten naar de deur van de troonzaal. Die werd geopend door Vinlit die met een grote grijns op zijn snuit de boter van zijn snorharen poetste.

'Oh, ben jij het,' zei Vinlit vrolijk en hij ging een stap achteruit om hem binnen te laten. 'Hallo, Prikkel, wat doe jij hier? Kom ook maar binnen. En jij ook, kleine Hoop. Ik bedoel,' hij keek over zijn schouder, 'als u dat goedvindt, Majesteit?'

'Ik bied mijn verontschuldiging voor hem aan, Krispijn,' zuchtte Padra.

De troonzaal rook aangenaam naar vers brood, en Krispijn smeerde zelf een broodje voor Prikkel. Ze pakte het dankbaar aan en zag dat de koning voor het eerst sinds Krukel weg was weer opgewekt keek.

Padra omvatte Vinlits schouders met beide poten, nam hem van onder tot boven op en zei toen: 'Je lijkt helemaal heel te zijn, en die kleine ook. Voordat we weggaan, en als Zijne Majesteit het goedvindt, zal ik je leren hoe je de deur van de troonzaal moet openen. Krispijn, wie vertelt het verhaal, jij of Vinlit?'

'Ga je gang, Vinlit,' zei Krispijn.

'Het zat zo,' zei Vinlit, terwijl hij wilde gaan zitten maar weer ging staan toen Padra zijn wenkbrauwen optrok, 'we gingen de Hartensteen zoeken – die we tussen twee haakjes niet hebben gevonden…'

'Ik weet wat er gebeurd is tot jij en Hoop over de glijbaan verdwenen,' zei Padra.

'Oh,' zei Vinlit. 'Nou, toen Hoop langs de waterglijbaan naar beneden viel, rolde hij zich op, omdat hij een egel is, en het water voerde hem helemaal mee naar beneden en tegen de tijd dat ik hem te pakken had dobberde hij als een kastanjeschil in het ondergrondse meer. Ik zwom naar hem toe en nam hem mee terug, maar hij kon op geen enkele manier weer naar boven klimmen. We hebben het geprobeerd. Was niet te doen. Ik probeerde hem op mijn rug te nemen, maar hij viel er vanaf.

Ik zei dat hij zich goed moest vasthouden, maar hij viel er of vanaf of hij bracht me uit mijn evenwicht en dan vielen we samen en hij wilde ook zijn zak met kiezelstenen niet loslaten, dus zocht ik naar een andere oplossing. Hij zat op mijn rug of op mijn borst al naar gelang welke kant boven was, en zo zwom ik het meer over.'

'Viel hij er niet in?' vroeg Padra.

'Jawel,' zei Vinlit. 'Maar dan schepte ik hem weer op en zei dat hij zich steviger moest vasthouden.'

Padra draaide Vinlit om. Er liepen twee rijen diepe sneden over diens schouders die Prikkel ineen deden krimpen.

'Ga door,' zei Padra zacht.

'Het was een lange reis,' zei Vinlit. 'En we kwamen uit bij een smalle spleet in de rotsen met daarachter een grot en weer een smalle spleet, en toen waren we zo bekaf, dat we in slaap zijn gevallen. Toen we wakker werden gingen we verder omdat we wisten dat we vroeg of laat tunnels zouden vinden, en dat deden we ook, ik bedoel Hoop vond ze. Die kleine egel schoot meteen die tunnel in als een eekhoorn in een notenboom, ik kon hem niet bijhouden.'

'Mag ik iets zeggen?' vroeg Hoop.

'Ja, Hoop?' zei Krispijn.

'Ik ben langzamer gaan lopen voor hem,' zei Hoop. 'En ik heb goed op hem gepast in de tunnels, kapitein Padra.'

'Dank je wel, Hoop,' zei Padra. 'Hij heeft het nodig dat iemand op hem past. Ga door, Vinlit.'

'Het was een lange, rechte tunnel,' zei Vinlit. 'Doodsaai. Hij liep een heel eind naar boven en werd breder, en toen hoorden we stemmen.'

'Stemmen van wie?' vroeg Padra. 'Wat zeiden ze?'

'Iets van "Gooi het water weg en schrob die pannen

schoon",' zei Vinlit. 'We zaten onder de bijkeuken van de toren! Verderop was een wenteltrap, dus die gingen we op. We dachten dat hij halverwege de maan zou uitkomen, hij was kilometers lang. We konden het ontbijt ruiken en we waren uitgehongerd, hè, Hoop? We dachten dat de trap naar de grote keuken zou leiden, dus bleven we klimmen, maar uiteindelijk leidde hij alleen maar naar een piepklein kamertje met een ladder die naar een opening daarboven voerde. Niet wat je noemt een grote opening, maar we wrongen ons erdoorheen. Het was heel krap voor een otter, maar goed dat ik nog niet had ontbeten. En toen we erdoor waren, zaten we in een smalle spleet tussen het plafond van de benedenverdieping en de vloer van de verdieping daarboven, van deze zaal eigenlijk.'

'Deze zaal!' Padra keek geschrokken naar Krispijn. 'De troonzaal!'

'Ja, maar dat wist ik toen nog niet,' zei Vinlit. 'Het was er stoffig en ik moest niesen en stootte mijn kop tegen de planken vloer en riep "au", en toen hoorde ik de koning vragen wie daar was…'

'…en ik heb de planken opgekrikt met mijn zwaard en heb ze eruit gehaald,' zei Krispijn lachend. 'Ze hebben zich gewassen en hebben ontbeten.'

'Heerlijk ontbijt, dank u wel,' zei Vinlit.

'Maar, Krispijn,' zei Padra, 'iedereen heeft dus onder de troonzaal kunnen komen!'

'Maar goed dat wij het waren,' zei Vinlit.

'Zeg dat wel,' zei Krispijn. 'Ik zal Gruwer opdragen de tunnel af te sluiten.'

'Het is misschien goed om die open te laten, Majesteit,' zei Prikkel, 'stel dat u ooit een ontsnappingsroute nodig hebt.'

'Ik heb liever dat Zijne Majesteit dan uit het raam springt en langs de muur naar beneden rent, zoals gewoonlijk,' zei Padra. 'Majesteit, ik denk dat Vinlit even moet zwemmen.'

'Ja, graag,' zei Vinlit.

'Goed gedaan, Vinlit,' zei Krispijn. 'Je hebt lovenswaardig voor Hoop gezorgd.'

'Is dat goed?' vroeg Vinlit.

'Heel goed,' zei Krispijn. 'Ga maar.'

'En als de pijn van die sneden niet minder wordt door het zoute water,' zei Padra, 'vraag Arran dan om er iets op te doen.'

'Welke sneden?' zei Vinlit met een glimmende snuit. Hij boog en verliet de troonzaal.

'Hij heeft zich erdoorheen geworsteld,' zei Padra. 'Prikkel, laat iemand Sepia waarschuwen, misschien loopt haar broer hier rond.'

'En loop naar de keuken om iets te eten te halen,' zei Krispijn.

'Wat is er met jou gebeurd?' vroeg Padra aan Krispijn toen Prikkel wegrende. 'Je ziet er een stuk beter uit dan hiervoor. Komt dat door Vinlit en Hoop?'

'Het komt door de mollen,' zei Krispijn. 'Die moeten vanavond bij Blankevleugel zijn.'

Tegen de tijd dat Prikkel en Sepia verhalen hadden uitgewisseld, over een paar beken waren gesprongen en aan de noordkant van de toren wat hadden rondgetrippeld, waren ze aan een hapje toe. Sepia peuzelde aan bosbessen en Prikkel had net een worm op, toen een eekhoorn kwam langsrennen.

'Hallo, Sprokkel!' riep Sepia.

Sprokkel blikte over haar schouder, aarzelde alsof ze wat ging zeggen, en rende toen door. Prikkel haalde haar schouders op.

'Laat haar maar,' zei ze. 'Ze wil alleen maar dat wij vragen waar ze naartoe gaat.'

Sprokkel rende verder. Die twee zochten naar de Hartensteen, ze gingen hun gang maar. Ze wist er meer van dan zij, maar het kwam niet in hun kop op om haar iets te vragen.

Ze vergaten dat zij, niet eens zo lang geleden, als vrouwe Espens hulp, in de toren een dier van enig aanzien was geweest. Je had alleen maar naar die mooie vrouwe Espen hoeven te kijken om te weten dat zij nergens schuld aan had. Ze was zo charmant en lieftallig dat ze geen slecht kon doen. Het was allemaal gelogen.

Met een beetje geluk kwamen Prikkel en Sepia in een moeras vast te zitten als ze de Hartensteeen gingen zoeken. Hun verdiende loon.

12

Koning Zilverberk liet Krukel de volgende drie dagen niet halen. Toen Spoor eten bracht, vertelde ze dat de koning zich beraadde over zijn strategie, en Brons vertelde met zichtbaar genoegen dat de koning en Rookkringel het nog steeds niet eens waren over wat ze met hem gingen doen. Behalve dat, spraken ze nauwelijks tegen hem en kwam niemand zijn cel binnen, en daar was Krukel blij om. Hij wilde met rust gelaten worden om voor Juniper te zorgen, Juniper was heel erg ziek.

Krukel had hem verstopt in een diep nest van kussens in een hoek, waar hij in elkaar gerold lag te rillen hoewel zijn poten heet waren. Als de schildwachten hem eten brachten, zat Krukel in de vensterbank rusteloos met zijn poten heen en weer te schoppen om elk eventueel gescharrel uit het nest verborgen te houden, en zodra ze de deur achter zich hadden gesloten goot hij water tussen Junipers opeengeklemde tanden. Juniper was veel te ziek om te eten, maar Krukel wist dat hij moest drinken.

Op zachte toon fluisterde hij tegen Juniper, vertelde hem verhalen over Mistmantel, zong liederen van hun eiland en vroeg zich af wat hij had gedaan als hij niet voor Juniper had hoeven te zorgen. Waarschijnlijk was hij gek geworden in deze stenen cel tijdens die lange nazomerdagen. Verlangend keek hij door de tralies naar beneden en zag dieren kruiwagens duwen en even met elkaar praten over het werk. Hij wist dat ze niet gelukkig of vrij waren, maar ze waren tenminste buiten.

In de tijd dat Bast koning Van Borstelen in zijn macht had, moesten de dieren lange uren hard werken, maar zo erg als dit was niet voorgekomen. De Mistmanteldieren waren nooit zo ellendig en moedeloos geweest als de dieren van Blankevleugel. De gedachte dat dat wel was gebeurd als Bast had gewonnen, verkilde de huid onder zijn pels. Kwaad schopte hij tegen de vensterbank en zwoer bij zichzelf dat hij naar huis zou gaan.

Dat beloofde hij Juniper ook als hij hem in het nest dingen toefluisterde. Het Hart zou hen thuis brengen, en thuis was de moeite waard om voor te blijven leven. Hij praatte tegen hem over Mistmantel, over de bossen in de herfst en over het scharrelen in de dode bladeren om manden vol noten bijeen te rapen. Hij praatte over rond het vuur zitten met kokendhete soep en warm walnotenbrood, en over heldere winterochtenden met verblindend witte sneeuw en ijspegels die als een snoer om Spars torentje hingen, met sneeuwbalgevechten op alle open plekken en glijbanen van iedere heuvel. Hij praatte over het voorjaar met de eerste warme briesjes die pelzen lieten rimpelen en de sleutelbloemen in het bos in beweging brachten, en over de zomers met hun bonte kleurenpracht wanneer de bossen vol zoete zachte bessen waren die op juwelen leken en smaakten naar zonneschijn.

Hij voelde Junipers droge poten en neus en verlangde naar iemand als moeder Knuffen of Spar, die zouden weten hoe je hem moest verzorgen. 'Al die verhalen over de mist die niemand terug laat komen,' zei hij hardop denkend, 'ik denk dat het niet zo eenvoudig ligt. Broeder Spar zegt dat de mist dient om Mistmantel te beschermen, dus als je in belang van het eiland terug moet, moet er een manier zijn. Het Hart heeft daar vast voor gezorgd. Ik zou ons weer met de hulp van zwanen thuis kunnen krijgen. Dat was hún voorstel, toen ze nog deden of het ze wat kon schelen wat er met mij gebeurde. Maar vanaf hier is het ver, misschien te ver voor zwanen.'

In de daaropvolgende stilte klonk Junipers ademhaling langzaam, fluitend en moeizaam. Elke ademteug ging moeilijker, en daarna bleef het steeds een tijdlang verschrikkelijk stil alsof de volgende niet meer zou komen. Krukel merkte dat hij zelf ook zijn adem inhield.

Het gefluit van Junipers ademhaling werd langer en harder, en Krukel stapelde de kussens nog dichter rond Juniper, terwijl hij zenuwachtig naar de deur keek. Toen Brons die opendeed om eten binnen te brengen, sprong Krukel naar de haard en begon er met veel lawaai in te krabben. Brons grinnikte.

'Het heeft geen zin om je klauwen te scherpen,' zei hij, het blad met een bons neerzettend. 'Je bent er geweest. De wind waait uit een andere hoek.' Hij sloeg de deur met een klap achter zich dicht en draaide hem op slot, en er bleef Krukel niets anders over dan over Juniper te waken, water in zijn bek te gieten, en te bidden.

'Kom op, Juniper,' fluisterde hij. 'Blijf alsjeblieft ademhalen. Oh, Hart, help hem alsjeblieft.'

De schaduwen lengden. Het licht verflauwde. De lucht werd koeler. Haal nog een keer adem, nog één keer.

Een geraas buiten Krukels cel deed de kamer schudden. Het werd gevolgd door nog meer kabaal met een metalen nagalm, hout versplinterde, en de stem van de koning gilde van woede.

'Vermoord wie je wilt!' krijste hij. 'Kan me niet schelen wie! De pest en de zwarte ziekte over Krispijn van Mistmantel en zijn onderkruipers! Haal dat smerige gedrocht van een eekhoorn en snijd hem in kleine stukjes!'

Poten renden naar boven en door de gang. Krukel greep de houtmand beet, zijn oren gespitst, zijn klauwen gespannen. Als hij de tafel en de houtmand tegen de deur kon zetten, zou het ze in elk geval even tegenhouden, maar terwijl hij de deur barricadeerde hoorde hij steeds meer dieren rennen, tientallen, en in alle richtingen. Sommigen renden de kant van zijn cel op. Ze klonken luider, sneller, kwamen dichterbij. Hij hoorde het gerammel van grendels en sloten op de celdeur, verder niets.

Helemaal niets. Er klonk ook geen fluitende ademhaling meer.

De celdeur knalde met zo'n kracht open dat het meubilair over de vloer tolde. In de deuropening stond de gehelmde commandant.

'Wat je ook van plan was,' snauwde ze, 'dan kun je het nu wel vergeten.' Ze stapte naar binnen en sloeg de deur met een klap achter zich dicht.

Toen de avondlucht koeler werd en de golven zachtjes over het strand spoelden, keerde Padra met zijn kustpatrouille terug naar de toren. Ver weg, dicht bij de mist, gloeiden de lantaarns aan achterstevens en masten. Dat was de wacht voor Krukel, Krukels baken. Er bewoog een licht in een hoge gang, en hij maakte er melding van toen hij Krispijn verslag uitbracht in de troonzaal.

'Dat zal Taj wel weer zijn,' zei Krispijn. 'Ze onderwijst de gevangenen van Blankevleugel in de wetten en geschiedenis van ons eiland. Ze moeten leren dat wij redelijke dieren zijn met een goede rechtspraak. Maar heer Boomtand laat haar niet toe. We hebben alles wat kapot kon uit zijn kamer moeten verwijderen.'

'Dat moet dan zo'n beetje alles zijn,' zei Padra. 'Espen hield van tere spulletjes. En Snipper?'

'Die vindt het zalig,' zei Krispijn. 'Ze zal de wetten wel saai vinden, maar van de verhalen krijgt ze geen genoeg.' Hij pakte een schaal met bramen van de tafel. 'Ik ga deze keer met Taj mee.'

'Dat lijkt me een goed idee,' zei Padra en hij liep met Krispijn naar de goed bewaakte gang waar Taj wachtte en haar snorharen stond op te strijken, terwijl Gruwer strak in de houding ging staan. Hij had zich opgepoetst tot zijn pels glom en naar kruiden rook.

'Zijne Majesteit koning Krispijn en vrouw Taj om de gevangenen te bezoeken!' blafte hij. Uit de kamer van heer Boomtand klonk een vloek en een klap toen er iets tegen de deur sloeg.

'Veel plezier,' zei Padra terwijl hij zich buigend verwijderde. Toen Gruwer Snippers deur ontsloot, sprong ze met grote ogen op en maakte een diepe kniebuiging.

'Majesteit!' bracht ze uit.

'Vrouw Taj is zo vriendelijk mij haar vanavond te laten assisteren,' zei Krispijn. 'Heb je zin in bramen?'

Krispijn ging op de rand van het bed zitten. Taj nam een indrukwekkende pose aan om uitgebreid uit te leggen in welke gevallen gevangenen uit hun cel mochten, hoe ze bewaakt moesten worden, en onder welke omstandigheden traktaties, zoals bramen, geoorloofd waren. Snippers ogen zwierven voortdurend naar Krispijns snuit.

Toen Taj aan een ander onderwerp wilde beginnen, zei Krispijn: 'Dank je wel, Taj. Nou, Snipper, wat voor verhaal wil je horen? Over een eekhoorn, een mol, een egel of een otter?'

De vorige avond had Taj Snipper een afgrijselijk verhaal verteld over een monsterlijke mol die Grijphals heette. Daarna had ze niet kunnen slapen. Maar ze was dol op otters. Op Blankevleugel waren er geen.

'Over een otter, alstublieft,' zei ze.

'Er was eens een otter die Fanat heette,' begon Krispijn. 'Hij had drie dochters, zijn vrouw was overleden. Veel otters van andere eilanden zwommen onder de mist door naar Mistmantel en Fanats twee oudste dochters waren met twee van die otters getrouwd en waren hen gevolgd naar een ander eiland. Die arme Fanat had alleen zijn jongste dochter nog. Ze heette Westree. Hij piekerde en tobde als hij die knappe mannetjesotters naar het eiland zag zwemmen en de jonge wijfjesotters zag flirten en verliefd worden. Hij wenste vurig dat Westree op Mistmantel zou blijven.

Hij probeerde haar over te halen om met een Mistmantelotter te trouwen, maar er was er niet één om wie ze genoeg gaf. Toen verbood hij haar de omgang met de bezoekende otters, maar ze kon er niets aan doen dat ze toch met hen in aanraking kwam als ze een eindje ging zwemmen, en, zei ze, het was niet meer dan beleefd om met hen te praten. Toen zei Fanat dat Westree nergens meer naartoe mocht zonder hem. Vader en dochter hadden zulke knallende ruzies dat de eekhoorns boven op de Watervalrotsen ze konden horen, en gingen klagen bij de koning.

Westree had altijd gedaan wat haar gezegd werd, maar nu voelde ze dat haar vader onredelijk was. Als hij wilde dat ze thuis bleef, wist ze zo gauw hij haar zijn rug had toegedraaid weg te sluipen en over het strand naar vrienden te rennen. Als ze met haar vader ging zwemmen, liet ze hem snel achter zich en verborg zich onder een boot tot hij wegzwom om haar te zoeken. Als ze er met de boot op uit gingen, glipte ze over de rand, kiepte de boot om met hem erin, en maakte dat ze wegkwam. Hij zette haar 's nachts zelfs in een kooi zodat ze niet kon ontsnappen terwijl hij sliep, maar ze knaagde de tralies door en rende ervandoor.

Uiteindelijk ging hij naar zuster Significa, de priesteres, en smeekte haar om hem te helpen. En zuster Significa zei: "Ze moet haar vrijheid hebben, omdat het háár leven is, niet dat van jou. Als ze ons verlaat, moet ze dat uit liefde doen. Als ze bij ons blijft, moet ze uit liefde bij ons blijven. Als je haar dwingt te blijven, ontneem je haar haar vrijheid en haar keuze in de liefde, en dan zal de liefde in haar sterven, en gaat ze zich ellendig voelen. Laat haar vrij."

Dat was niet het advies dat Fanat wilde horen, maar in zijn hart wist hij dat ze gelijk had. Daarom gaf hij Westree haar vrijheid terug, al deed de gedachte dat zij hem zou verlaten hem vreselijk verdriet.'

'En is ze weggegaan?' vroeg Snipper angstig.

'Nee,' zei Krispijn. 'Ze was vrij om te gaan. En omdat ze vrij was, woonde ze de rest van haar leven gelukkig op het eiland.'

'Maar...' begon Snipper, maar toen zweeg ze.

'Heb je behoefte aan uitleg, Snipper?' vroeg Taj.

'Nee, het is goed, mevrouw,' zei Snipper vlug.

'Welterusten dan,' zei Krispijn. 'Taj, we houden Snipper veel te laat op.'

Snipper had het verhaal niet helemaal begrepen. Waarom zou Westree van Mistmantel weg willen? Wie zou dat willen? Maar toen Krispijn overeind kwam om weg te gaan, herinnerde ze zich nog een vraag die ze had willen stellen.

'Neemt u me niet kwalijk,' zei ze, terwijl ze zenuwachtig van de een naar de ander keek en niet zeker wist aan wie ze het moest vragen, 'wat betekent "ontbeerlijk"?'

'Ontbeerlijk,' zei Taj, 'betekent "niet noodzakelijk, niet nodig". Als iets ontbeerlijk is, dan kun je het missen.'

'Goed, Snipper?' vroeg Krispijn.

'Ja, Majesteit,' zei ze zacht, en toen de deur dichtviel, ging ze met een ellendig gevoel op het bed zitten. Dus dat was wat heer Boomtand over haar dacht. Snipper is ontbeerlijk. Ze rolde zich op tot een eenzaam hoopje pels.

Krukel gaapte de gehelmde commandant aan. Ontsnappen kon niet, er was zelfs geen tijd om het te overwegen. De eekhoorncommandant zette haar helm af, en er kwam een roodgouden pels tevoorschijn en een snuitje dat totaal niet bij de helm of die snauwerige stem paste, en zei: 'Waar is Juniper?'

Ze wachtte het antwoord niet af, maar sloeg de dekens terug en toen ze daar niemand vond, duwde ze de kussens opzij en pakte Juniper op. Krukel sprong naar voren, maar stopte toen. Juniper ademde weer, en de eekhoorn keek zo bezorgd op hem neer dat hij wist dat hij haar moest vertrouwen.

'Hoe lang is hij al zo?' vroeg ze op bevelende toon terwijl ze haar oor tegen Junipers borst legde. 'Ik ben Ceder.'

Ceder! Die naam had Juniper genoemd, en de golf van opluchting die over Krukel heen spoelde, voelde bijna als vrijheid. Maar hij had haar alleen maar als commandant meegemaakt, als raadgeefster van de koning.

'Ik weet dat je me in de hoge zaal hebt gezien,' ging ze snel en met zachte stem door. 'Ik ben een commandant van de binnenwacht. De koning denkt dat ik zijn trouwe dienaar ben. Ik leg het later allemaal wel uit, maar je moet me vertrouwen. Het enige wat je goed moet weten is dat als iemand iets hoort over Lariks, over Vlam, of over iemand die met hen te maken heeft, we er allemaal zijn geweest. Begrijp je dat?'

'Ja,' zei Krukel, naar haar kijkend. 'Juniper is al ziek sinds hij hier is, maar hij zei dat ik u moest ontmoeten.'

'Ik had wel eerder willen komen,' fluisterde ze, 'maar ik kreeg de kans niet, nu de koning...' Ze zweeg plotseling, ging rechtop zitten en spitste haar oren. Nog steeds klonken overal dribbelende poten, tientallen, in alle richtingen. Ergens in de gang blafte Graniet bevelen. Ceder liet Juniper los, sprong langs Krukel naar de deur en ging er met haar rug naartoe staan.

'Smerig gedrocht, je zit onder het ongedierte, je krioelt ervan!' krijste ze. 'Zelfs je luizen hebben luizen!'

'Wat?' zei Krukel.

'Spreek me niet tegen, vies gedrocht!' grauwde ze.

Krukel snapte er niks van, maar hij voelde zich wel beledigd. 'Ik heb geen luis!' zei hij.

'Dat doet me plezier,' zei Ceder zacht, 'maar zolang de bewakers denken dat je ze hebt, blijven ze buiten.' Ze gooide de deur open, gilde: 'Breng mijn tas hier!' en sloeg hem weer dicht. Toen knielde ze naast Juniper en legde zijn hoofd in haar schoot.

'Ze zullen denken dat ik om mijn tas vraag voor het spul tegen luizen,' fluisterde ze. 'Maar ik heb iets nodig voor Juniper. Die lange tijd in het zeewater heeft hem ernstig ziek gemaakt. Je hebt hem goed in leven gehouden.'

Het was lang geleden dat iemand tegen Krukel had gezegd

dat hij iets goed had gedaan, en de woorden gaven hem een warm gevoel. 'Ik weet alles over je, Krukel,' zei Ceder en ze wierp een blik op de deur. 'Ik moet nog een beetje schreeuwen, zodat ze niet achterdochtig worden.

Ze ging weer bij de deur staan en gilde: 'Ga in die hoek staan, gedrocht, en blijf uit mijn buurt met dat ongedierte!' Toen sprong ze weer terug naar Juniper. Terwijl ze Junipers pols voelde, keek ze naar Krukel en bestudeerde zijn snuit alsof ze iets zocht.

'Ik weet niet of je echt de eekhoorn bent die dit eiland moet verlossen,' zei ze op het laatst. 'Het is wel hard nodig, maar ze hadden je niet zo hiernaartoe mogen slepen. Je verkeert in groot gevaar, en ik ben er verantwoordelijk voor dat je weer naar huis gaat.'

'Naar huis?' zei Krukel blij en hij spitste zijn oren. 'Wanneer?'

'Hoop niet te veel,' zei Ceder. 'Er is een kink in de kabel gekomen. De koning gaat vreselijk tekeer en beide afdelingen van de vestingwacht staan op scherp, dus er is iets aan de hand, ik weet alleen niet wat. We hadden je hier vanavond weg willen halen. De koning wilde een feestje organiseren om jouw gevangenneming te vieren, dus dacht ik dat iedereen van de buitenwacht dan te dronken zou zijn om iets te merken. Maar dat is nu veranderd. Plotseling krioelen de tunnels van de soldaten, en de buitenwacht zit overal. Het spijt me, Krukel, maar vanavond krijgen we je hier niet weg.' Ze keek hem vriendelijk en vol begrip aan en ze deed Krukel aan iemand denken, hij wist alleen niet aan wie. 'Maar we krijgen je hier wel vandaan.'

Er klopte iemand op de deur en Krukel duwde de kussens weer rond Juniper. Ceder marcheerde naar de deur, graaide een versleten oude tas uit de poten van iemand die daar stond en wisselde een paar zachte dringende woorden met de schildwachten. Hij hoorde haar vragen: 'Waar?' en 'Hoeveel?' voor de deur weer in het slot viel. Uit de tas viste Ceder een flesje, haalde daar de stop af en Krukel rook iets zoets en kruidigs – er zat vast kaneel en gember in met iets van peper – en ze mengde een paar druppels met water.

'Wees dapper, Krukel,' zei ze. Krukel zag de frons op haar snuit en hoorde de ernst in haar stem. 'Ik heb net gehoord waarom iedereen op scherp staat: er was een reddingspoging van enkele Mistmantelmollen. Ze zijn via de oude tunnels vanavond in Blankevleugel aangekomen.'

'Krispijn heeft ze gestuurd!' riep Krukel. Krispijn had geprobeerd hem te redden en al was de poging mislukt, hij zou het vast weer proberen.

'Als ik had geweten dat de Mistmantelmollen kwamen, hadden we je niet eens naar huis hoeven te begeleiden,' zei Ceder kortaf. 'We hadden je zo aan je eigen dieren kunnen overhandigen. Maar ik wist het niet.'

'Daar kun jij niets aan doen,' zei Krukel.

'Maar de koning en Graniet wisten het!' zei Ceder verontwaardigd. 'Er stonden gewapende mollen klaar om je redders te verwelkomen.'

'Oh,' zei Krukel, en hij wenste bijna dat hij dit niet had geweten. Bijna gered zijn en toch nog hier zitten was zwaar. 'Zijn de Mistmantelmollen... ontsnapt?'

Ceders ernstige snuit bereidde hem op het ergste voor. 'Er waren maar weinig Mistmantelmollen en die waren dapper,' zei ze. 'De eerste rende recht in de zwaarden van onze soldaten. Hopelijk heeft de rest kunnen vluchten en is op weg naar huis.' Ze legde een poot op Krukels schouder. 'Verlies de moed niet. Ik heb over koning Krispijn gehoord. En over kapitein Padra. Die laten je niet in de steek.'

'Maar hoe wist de kóning hiervan?' vroeg Krukel. 'Hoe wist hij van de Mistmantelmollen?'

'Ik wou dat ik het wist,' zei ze. 'Hou vol, Krukel. Helaas heeft de koning nu een van zijn slechte kuren. Vanwege de aanval van de Mistmantelmollen krijst hij om jouw dood, maar het is niet meer dan een woedeaanval. Dit komen we wel te boven, maar je moet me vertrouwen en je door mij laten leiden. Ik denk dat ik hem ervan overtuigd heb dat je zilver kunt vinden. Dat moet hij geloven. Hij is zo begerig naar zilver dat hij je in leven zal houden zolang hij denkt dat je het kunt vinden. En denk eraan, als er andere dieren in de buurt zijn ben ik commandant Ceder en moet je ontzag voor me tonen. Ik denk dat ze je vanavond komen halen, dus doe ik iets hiervan op je pels. Het spijt me, maar ze denken dat ik je tegen luis behandel en dan moet je er ook naar ruiken.' Ze haalde de stop van een flesje en daar kwam een doordringende geur uit die een vreemde, verwarrende uitwerking op Krukel had. Hij voelde zich ineens weer een kleine eekhoorn, als in de dagen vóór hij naar de toren ging, toen hij in zijn lievelingsboom klom of op de bosbodem speelde met Prikkel en zijn vrienden, en met Appel in de buurt. Ceder wreef het goedje krachtig in zijn pels.

'Je vindt het vast niet lekker ruiken, maar luizen ook niet,' zei ze. De geur was zo doordringend dat Krukels ogen begonnen te tranen en hij wilde haar net vragen wat erin zat toen er een scherpe roffel op de deur klonk.

'Krukel het gedrocht moet naar de koning!' riep Brons met een lach in zijn stem.

Ceder stopte het flesje weg. 'Niet bang zijn,' fluisterde ze. 'Ik ben er ook. En als je snel weer naar je cel terug wilt, moet je je krabben. Hij heeft de pest aan luizen.'

'Wat doen we met Juniper?' fluisterde Krukel.

'Hier is hij veilig,' zei Ceder. 'Niemand komt hier naar binnen met die lucht.' Ze stopte haar helm onder haar arm en voerde Krukel naar de hoge zaal.

Krukel sprak zichzelf moed in. Niemand mocht de angst zien die zijn hart liet bonzen en zijn poten deed wankelen.

Hij wierp een blik in de eerste de beste spiegel en zag tot zijn ontzetting een bange eekhoorn die hem met grote ogen aanstaarde. Dat leek nergens op. Hij was in zijn eentje de oceaan overgestoken, had op de rug van een zwaan gevlogen, en een egel gered van gewapende mollen. In de volgende spiegel zag hij een eekhoorn die zich goed hield. Ik ben een gezel van koning Krispijn, sprak hij zichzelf toe en hij naderde de hoge zaal met een strakke snuit, rechte schouders, en een geheven kin.

Hij dook net op tijd weg voor een tafel die langs zijn kop vloog. Die werd gevolgd door een zilveren beker en een schaal die tegen de deurpost brak.

'De gevangene van Mistmantel, Hoge Pracht!' kondigde Ceder aan terwijl ze stram in de houding ging staan.

's Avonds zag de hoge zaal er nog erger uit dan overdag. Laaiende toortsen aan de muren wierpen een duivels licht in de woest kijkende ogen en op de blikkerende tanden van koning Zilverberk. Om hem heen stonden gewapende en gehelmde schildwachten in de houding, en een kleine egel met een zelfvoldane, onaangename glimlach op zijn snuit zat geknield bij de troon. Twee grote schildwachten stonden in de schaduw achter de koning. Ze leken iets tussen zich in te houden, maar Krukel kon niet zien wat het was. Graniet stond achter de troon en in het flakkerende licht van een toorts zag Krukel een wrede voldoening op zijn snuit.

In een donkere hoek bewoog iets. Het kwam naar hen toe, een gebogen figuur die halt hield, ineendook, zijn poten ophief, zijn gespreide klauwen naar Krukel schudde en siste, en nog voor hij hem duidelijk kon zien wist Krukel wie dit was. Hij beet op de binnenkant van zijn lip. Eindelijk kreeg hij de kans om Rookkringel goed op te nemen.

Rookkringel droeg een grijs gewaad, behangen met versiersels aan draden. De haren van zijn staart waren kortgeknipt, zodat de staart onnatuurlijk dun leek, en tussen zijn oren had hij een grijs, driehoekig hoofddeksel dat uitliep in een lange draad over zijn rug. Hij gromde zachtjes, en toen hij dichterbij kwam, zag Krukel wat er aan die touwen hing te zwaaien. Het waren stukjes pels, klauwen, tanden, stukjes bot, vogelpootjes, veren... Krukel keek in plaats daarvan naar de snuit van de tovenaar. Hij moest geen angst tonen, en het schoot hem te binnen dat Rookkringel als eekhoorn niet veel voorstelde als hij met al die bedeltjes en draden indruk moest maken. Broeder Spar had geen verkleedpartij nodig om door heel Mistmantel gerespecteerd te worden.

Rookkringel staarde fel in Krukels ogen, nam hem van onder tot boven op, sprong achteruit en mompelde iets binnensmonds, en ondanks vrees, duisternis en gevaar, of misschien juist vanwege die dingen, moest Krukel zijn lachen inhouden. Hij beet harder op zijn lip.

'Hij is onbetaalbaar,' siste Rookkringel. 'Ik wil winter. Dood.'

De ogen van de koning schitterden van venijn. Met een zwaai van zijn mantel draaide hij zich naar de twee schildwachten in de schaduw.

'Breng hem hier!' beval hij, en terwijl de twee wachten iemand naar voren sleepten voelde Krukel de ogen van de koning triomfantelijk op hem rusten. De koning wilde zijn reactie zien. Wat er ook ging gebeuren, hij moest kalm blijven, maar toen ze een kleine, donkere figuur in het licht van de haard trokken draaide zijn hart zich om en kon hij de ontzetting op zijn snuit bijna niet verbergen. Ze hadden kapitein Bul gevangen.

Triomfantelijk stapte de koning op Krukel af en kwam zo dicht bij hem staan, dat Krukel zijn kop in zijn nek moest leggen om in zijn snuit te kunnen kijken. 'Jij kent deze mol zeker wel, gedrocht?' beet hij hem toe. 'Hij bleef vechten, ook toen hij kansloos was, zodat zijn troepen weg konden komen. Dat vind jij misschien nobel, maar het was gewoon stom, stom, stom!'

De koning stond met zijn rug naar Bul en zag niet dat die Krukel een knipoog gaf. Krukel durfde niet terug te knipogen.

'Weet je waarom hij nog in leven is, gedrocht?' brieste de koning. 'Hij leeft nog omdat we hem terug naar Mistmantel willen sturen. Dan kan hij tegen koning Krispijn zeggen dat jij hier blijft. Geen tegenspraak, Graniet. Koning Krispijn zal het van onze mollen niet geloven, maar van deze wel, ook al heeft hij de hersens van een slak.' Hij draaide zich om naar Bul. 'Dit gedrocht zal ons zilver opleveren, en als er zilver is op Mistmantel ...' Hij maakte zijn zin niet af. Met een gillach stortte hij zich op Bul, greep hem met beide poten vast en tilde hem hoog boven de grond. Krukel sprong woedend naar voren, maar Ceder pakte hem bij zijn poot en dwong hem terug.

Grinnikend van plezier hield de koning Bul hoog boven zijn kop, en liet hem toen los. Krukel drong weer naar voren toen

Bul op de vloer plofte, maar Ceders poot omklemde de zijne.

'Gedraag je, gedrocht!' blafte ze, toen boog ze zich naar hem over en fluisterde: 'Hij mankeert niks.'

Bul kwam verrassend waardig overeind. Hij leek niet eens te hebben gemerkt wat er was gebeurd.

'Ik zie dat die goeie ouwe Graniet hier is,' zei hij. 'Hoe is het met je slechte poot, Graniet? Hoe was je daar ook weer aan gekomen?'

'De heer maarschalk is in de strijd gewond geraakt,' zei de koning hooghartig. 'Hij is door jullie kapitein Padra verraderlijk neergestoken.'

Krukel wilde protesteren, maar Bul was hem voor. 'Oh, ja?' zei hij. 'En ik maar denken dat hij door een wijfjesegel was gebeten. Nou, nou, ik heb altijd gedacht dat hij een klauwenschurk met de hersens van een emmer was, en moet je hem nu zien. Maarschalk van de Egels-Tandenafdrukcompagnie.'

In de daaropvolgende stilte merkte Krukel hoe de muffe lucht van Blankevleugel door een stem van Mistmantel was opgeklaard. De koning keek woest op Bul neer en Bul staarde met heldere ogen terug, zonder te knipperen. Toen de koning sprak, was het met een norse grauw en door opeengeklemde tanden.

'Ga terug naar dat eekhoorntje,' zei hij. 'Zeg hem dat we het gedrocht tot de eerste sneeuw vasthouden, daarna kan iedereen zien wat Rookkringels toverkunst van hem zal maken. En oh, ja, ik eis de veilige terugkeer van mijn ambassadeur.'

'Weet u wel zeker dat u hem terug wilt, Uwe Zilveren Majesteit?' vroeg Bul beleefd.

'Wegwezen!' schreeuwde de koning. 'Voer hem weg! Prop hem in een tunnel met zijn kop richting Mistmantel!'

'Goed gedaan, kapitein!' gilde Krukel toen Bul haastig werd

afgevoerd. 'Doe mijn groeten aan koning Krispijn en...'

Ceder greep hem bij zijn keel. Met blikkerende tanden ramde ze hem zo hard tegen de muur dat hij naar adem snakte.

'Doe alsof ik je pijn heb gedaan,' fluisterde ze, en Krukel zakte op de vloer in elkaar. De koning beende op hem af met ogen die fonkelden van woede.

'Sta op,' beval hij. 'Ceder, hou hem heel, ik heb hem nog nodig. Gedrocht, doe waarvoor je hier bent. Vind zilver voor ons. Verlos ons van vrees. Verlos ons van armoede. En daarna moet je jezelf zien te verlossen van Rookkringel, gedrocht, want als je dood bent zal hij je lichaam voor zijn toverkunst gebruiken. De allersterkste toverkunst! Bij de eerste sneeuw, ik heb hem gezegd dat hij je mag hebben bij de eerste sneeuw. Eerder, als je me teleurstelt. We willen je niet de hele winter in leven houden in verband met de kosten, snap je wel?'

Krukel wist niet of er een antwoord van hem werd verwacht en stond er hulpeloos en weifelend bij tot hij zich Ceders raad herinnerde. Hij krabde met zijn rechterpoot aan zijn oor en met zijn linkerpoot in zijn zij, en de koning sprong achteruit.

'Weg met hem!' schreeuwde koning Zilverberk. 'Smerig beest vol ongedierte, eruit, eruit! Weg! Weg met hem!'

Ceder sleepte hem weg. 'Heel goed,' fluisterde ze zodra ze veilig de zaal uit waren. Ze bracht Krukel snel naar zijn cel, sloot hen beiden in en wreef een scherpruikende olie in Junipers pels.

'Tot nu toe verloopt alles naar wens,' zei ze.

'Naar wens?' zei Krukel, en hij liet zijn stem dalen toen ze een klauw naar haar lippen bracht. 'Ze hebben de mollen, ze hebben Bul...'

'En ze hebben hem laten gaan,' zei Ceder, 'en jij en Juniper zijn nog steeds in leven. De koning probeert zoveel mogelijk uit je te halen. Zolang hij denkt dat je zilver kunt vinden hebben we nog tot de eerste sneeuw, waardoor koning Krispijn tijd krijgt voor nog een reddingspoging, en wij tijd om je van het eiland weg te voeren voor het geval het hem niet lukt.'

'Maar Krispijn kan niet weer mollen sturen,' zei Krukel triest. 'Ze zullen de tunnels nu beter dan ooit bewaken. Waarom kun je de dieren niet nu tegen de koning opzetten? Ze zouden toch wel tegen hem in opstand komen als ze wisten dat Lariks leeft en op het eiland is?'

'Ze zijn er niet klaar voor,' zei Ceder. 'Ze zijn te bang voor de koning en voor Rookkringel, en ze zijn zo aan een razende koning gewend, dat ze opnieuw zullen moeten wennen aan het idee van een rustige, verstandige koningin. Als we het nu zouden proberen en er niet in slagen, gaan er veel levens verloren en krijgen we nooit meer de kans het nog eens te proberen. Zoiets kan maar één keer.'

'Dat geldt ook voor Krispijn en Bul en de mollentunnels,' zei Krukel.

'Als Krispijn maar voor de helft de koning is die ik denk dat hij is, vindt hij een manier,' zei Ceder, en ze leunde achterover terwijl ze de olie van haar poten veegde. 'Mistmantel!' zei ze vol verlangen. 'Wil je me erover vertellen, Krukel, als we wat meer tijd hebben om te praten?'

'Dat kan nu, als je wilt!' zei hij hoopvol. 'En ik zal je wat vertellen waar je misschien iets aan hebt. Toen Padra de dieren bij elkaar moest zien te krijgen tegen Bast, gingen mijn vriendin Prikkel en ik altijd naar het bos om boodschappen over te brengen, we zorgden ervoor dat de dieren wisten wat er werkelijk in de toren omging. Dat zouden de Lariksen ook kunnen doen.'

'Dat is een mogelijkheid,' zei ze. 'Maar ik ben bang dat ik nu weg moet. Het wordt verdacht als ik langer blijf, maar over een dag of twee kom ik terug.' Ze liet haar stem dalen. 'Ik wil dat je de rest van de Lariksen ontmoet. In de tussentijd moet je Juniper genoeg te drinken geven, hem warm houden en hem inwrijven met deze olie. Het ruikt jammer genoeg nogal sterk, maar het luizenspul ruikt nog sterker, dus dat andere ruiken ze niet. Je kunt lange snuiten trekken zoveel je wilt, je zult ermee moeten leven. Wacht, ik zal het in de kamer sprenkelen.'

Ceder schudde het flesje en liet een paar druppels van de sterk geurende olie op de kussens vallen. Hoe onaangenaam ook, het bezorgde Krukel weer een steek heimwee die zijn keel dichtsnoerde.

'Er zitten een paar heel sterke kruiden in,' zei Ceder. 'Daar gaat al het andere voor op de vlucht.' Ze deed de stop op de fles en keek hem onderzoekend aan, net als de vorige keer. 'Krukel, heb je echt geen idee waar je vandaan komt?'

'Geen enkel,' zei Krukel. 'Ze hebben mijn moeder nooit gevonden, alleen mij.'

'Ik kan beter gaan,' zei Ceder met tegenzin alsof ze liever had willen blijven, en Krukel knikte. Hij vertrouwde zijn stem niet. Toen schreeuwde iemand door de gang dat Mistmantelmollen wilde vechtjassen waren en ze een genezer nodig hadden en dat iemand commandant Ceder moest halen, en ze vertrok met een laatste blik over haar schouder.

Krukel schikte de kussens rond Juniper. Hij rook nog even aan de olie op de kussens, en met een scheut van pijn en verlangen wist hij weer waarom het hem zoveel deed.

Op Mistmantel deed een goed bewaarde grap de ronde. Appel maakte appel- en muntwijn die ze zelf buitengewoon lekker vond, en niemand had de moed haar te zeggen dat hij afschuwelijk smaakte. Alleen in de zomer vond hij gretig aftrek, omdat vliegen en stekende insecten ervoor op de vlucht sloegen. Wat Appel in haar wijn deed, moest Ceder ook hebben gebruikt, en juist die scherpe, onaangename geur bracht Mistmantel met een klap bij Krukel terug. Zonlicht dat door de takken filterde, ijskoud water dat opspatte uit de bronnen, gegiechel van jonkies en geritsel van herfstbladeren, Appel die hem zei zijn wijn op te drinken om er sterk van te worden, en dat hij, als ze niet keek, het vocht in een mollengat goot. Mistmantel kwam met een vaart op hem af: herinneringen aan Appel die haar hoed vasthield; Padra's lachende besnorde snuit; vers, warm walnotenbrood; de wijze, vriendelijke ogen van broeder Spar; zijn eigen nest in de kleine door haardvuur verlichte kamer. Hij vocht tegen de tranen, maar moest het opgeven. Hij liep naar het raam, greep de tralies met beide poten vast en keek naar buiten. Gelukkig kon hij de sterren en de zee zien. Het tij en het geflonker van de sterren maakten ook deel uit van Mistmantel.

Hij slikte moeilijk voor hij zich tot de sterren kon richten en de woorden kon uitspreken: 'Ik ben... Krukel van de vallende sterren. Kennen jullie me nog?' Toen wikkelde hij zich in een deken, rolde zich op onder de vensterbank en snikte zo zachtjes mogelijk, opdat Juniper hem niet zou horen.

13

Op een warme, vroege herfstmorgen stond een ongelukkige Prikkel buiten de troonzaal van de Mistmanteltoren te wachten. In haar poten droeg ze een bewerkte houten schaal vol bramen, dennenappels, en walnoten- en hazelnotenbrood. Naast haar stond Sepia met een beker sterke, kruidige wijn die naar sinaasappel en nootmuskaat geurde, maar voor haar rook er niets lekker vandaag.

De poging om Krukel te redden was op een erbarmelijke mislukking uitgelopen en er waren veel Mistmantellevens bij verloren gegaan. Gruwer, die op wacht stond en naar pijnpittenolie rook, maakte het allemaal nog erger door hun voor te houden hoe gevaarlijk de grotten waren, en dat hij, als hij van hun plan had geweten, hen gewaarschuwd zou hebben om niet te gaan. Het was een opluchting toen een kleine mol de deur van de troonzaal opendeed en hen uitnodigde binnen te komen.

Padra en Arran stonden ieder aan een kant van de troon waarop Krispijn met een ernstige snuit stijf rechtop zat. Prikkel deelde zijn teleurstelling, en het deed haar pijn hem zo te zien. Bij de lege haardplaats stonden de vriendelijke, verstandige moeder Knuffen en broeder Spar naast elkaar en voor Krispijn stond Bul, met zijn blauwe cape over zijn schouders en in zijn uitgestoken poten hield hij de kapiteinsband.

'Daar komt niets van in, Bul,' zei Krispijn. 'Doe je kapiteinsband weer waar hij hoort. Niemand heeft Mistmantel trouwer gediend dan jij, en als iemand Krukel had kunnen redden, was jij het wel. Dankzij jou zijn er niet meer slachtoffers gevallen. Als ze je niet in de val hadden laten lopen, was hij nu thuis. Ik wil je ontslag niet, kapitein Bul, en ik weiger het aan te nemen.'

'Staat u me toe het dan nog een keer te proberen, Majesteit,' zei Bul bars.

'Je bent even dapper als je voorouders waren, Bul,' zei Krispijn, 'maar we kunnen hetzelfde niet een tweede keer proberen. En als er op Mistmantel een verrader rondloopt die koning Zilverberk op de hoogte brengt, moeten we er eerst achter zien te komen wie het is, voor we een volgende zet doen. En daar moeten we het nu over hebben.'

'Maar voor we daartoe overgaan, Majesteit,' zei Padra, 'bent u zo betrokken geweest bij de nasleep van de redding en bij de plannen voor de volgende, dat u in twee dagen nauwelijks hebt gegeten. Prikkel en Sepia hebben dit speciaal voor u klaargemaakt.'

Krispijn dronk de wijn en zei dat hij uitstekend was, en Arran stuurde Sepia meteen naar de keuken om voor die middag nog een glas te bestellen. Toen ze weg was, wendde Padra zich tot Prikkel. 'De geheime beraadslagingen van de troon zijn verraden. De verrader is onder ons, of er zit ergens een spion.'

'Oh!' zei Prikkel, omdat het antwoord daarop voor de hand lag. 'Natuurlijk in die ruimte onder de vloer die Vinlit heeft ontdekt!'

'Die is nu verzegeld,' zei Krispijn. 'Daar heeft Gruwer voor gezorgd. Maar zelfs al heeft daar een dier liggen luisteren, dan moest dat ook nog van het eiland zien af te komen. Alle dieren van Blankevleugel zijn nog hier, de scheepsbemanning meegerekend.'

'Vrouw Taj heeft ze een bezoek gebracht,' zei Prikkel, en ze begreep niet waarom Krispijn moest lachen.

'Vrouw Taj geeft Snipper les in wetskennis en geschiedenis,' zei Padra, 'terwijl heer Boomtand verwensingen schreeuwt en met dingen gooit. Ze doet geen kwaad.' Hij knipoogde naar Prikkel achter Krispijns rug om. In elk geval had ze de koning aan het lachen gemaakt, bedacht Prikkel.

'Ik wil niet graag slecht over iemand denken,' zei moeder Knuffen, 'maar we weten nog steeds niet wat er met die nieuwe vriend van Krukel is gebeurd, Juniper, die rond dezelfde tijd is verdwenen. Er is nergens een spoor van hem op het eiland, niet levend en niet dood, en waarom is hij weggegaan?'

'Was hij niet al weg voor Krispijn het bevel aan de mollen gaf?' vroeg Arran.

'Misschien zat hij ergens ondergedoken en is hij daarna door de tunnels vertrokken,' zei moeder Knuffen. 'Ik wil niet zeggen dat hij het heeft gedaan, maar de koning zei dat we het erover moesten hebben en ik heb het erover.'

'Hij is jong,' zei Padra, 'en hij leek goede vrienden te maken. Ik mag hopen dat Juniper dit niet heeft gedaan, maar het is mogelijk.'

Prikkel wilde net zeggen dat ze zo haar twijfels had over Sprokkel toen Krispijn van de troon opsprong en met zijn poot een klap op de armleuning gaf.

'Dit haat ik!' riep hij. 'De gedachte dat je over het eiland of zelfs maar in de toren rondloopt en weet dat iedereen die je tegenkomt een verrader kan zijn! Ik wil niet aan mijn vrienden twijfelen! Moet je ons nou zien, we beraadslagen over wie we moeten bespioneren! Als we zo doorgaan hebben we straks een eiland dat zo veilig is als een huis, maar waar niemand brandhout kan sprokkelen zonder dat hij in de gaten wordt gehouden. Is dat wat we willen?'

Hij draaide hun zijn rug toe en bleef zwijgend staan, met zijn poten op de armleuningen van de troon. Iedereen keek naar hem behalve Spar die, ondanks Krispijns uitbarsting, heel stil en kaarsrecht op de vloer zat met zijn ogen dicht. Krispijn draaide zich weer naar hen toe.

'Houd in gedachten,' zei hij resoluut, 'dat niets van onze plannen ooit buiten deze vergadering besproken mag worden. Kijk uit naar iemand die zich vreemd gedraagt, iemand die aan deuren luistert, die ondergronds verdwijnt. Er bestaan misschien tunnels die we niet kennen, dus, Bul, zet daar je beste mollen op. Dank, jullie allemaal, en tenzij iemand anders nog iets te zeggen heeft, mogen jullie gaan.'

Arran en moeder Knuffen bogen, hoewel Arran, die een jong verwachtte, niet diep kon buigen. Prikkel maakte een kniebuiging en wilde Krispijn net vragen wat te eten, toen er een 'Hm!' klonk, ergens bij de vloer vandaan.

Iedereen draaide zich om en keek naar broeder Spar. Hij zat nog steeds stijf rechtop, maar zijn ogen waren open. Prikkel was bang dat hij ziek was, maar toen hij sprak klonk zijn stem helder en vast.

> *'Over het water*
> *Zal het Geheim*
> *Maanlicht, Vuurgloed,*
> *Het Heilige en het Ware brengen,*
> *Het Geheim voert hen terug naar huis.'*

Prikkel begreep niet wat er gebeurde en zocht hulp bij de anderen. Ze keken allemaal gespannen naar broeder Spar.

'Zegt u het alstublieft nog een keer, broeder Spar,' zei Krispijn dringend.

Langzaam en zonder haperen herhaalde Spar wat hij zei. Hij zei het een derde keer, en toen zeiden Krispijn, Padra en Arran het met hem mee, met grote nauwkeurigheid alsof ze een les van buiten leerden. Prikkel besefte ineens dat Krispijn naar haar keek.

'Ken je het al van buiten?' vroeg hij.

Prikkel kon het uit haar hoofd opzeggen. Moeder Knuffen moest het ook herhalen. Toen vroeg Krispijn: 'Wat betekent het, broeder Spar?'

Spar knipperde met zijn ogen, stond op en flapperde kordaat met zijn oren. 'Beste koning Krispijn,' zei hij, 'het is al heel wat om een voorspelling door te krijgen, verwacht niet van me dat ik hem ook nog begrijp. Dit was het.' Hij streek zijn oude tuniek glad en Prikkel zag dat die er rafeliger en versletener uitzag dan ooit. 'We moeten natuurlijk op onze hoede blijven, maar ik mag hopen dat we er niet met zijn allen op uit trekken om verraders te zoeken. De koning had gelijk. Wantrouwen is vergif.'

'Jullie mogen gaan,' zei Krispijn, 'behalve jij, alsjeblieft, Padra.' Het leek wel of hij nieuwe levenslust had gekregen, vond Prikkel. De voorspelling moest hem nieuwe hoop hebben gegeven. Voor ze de zaal uit draafde schoof ze de schotels onder zijn neus.

'Wilt u alstublieft het koninklijk ontbijt nuttigen?' vroeg Padra. 'Of moet ik het uw koninklijke keel in stampen?'

'Ik zal het opeten,' zei Krispijn terwijl hij een pootvol hazelnoten nam. 'Een voorspelling, Padra! Wat denk jij dat het betekent?'

Padra haalde zijn schouders op. 'Als Spar het al niet weet, kun je het van mij al helemaal niet verwachten. Maar het overtuigt me van het feit dat Krukel terugkomt. Over het water. Denk je dat "het geheim" Krukel is? Het zou kunnen, omdat we niets over zijn afkomst weten.'

'Of zou het op Juniper slaan?' zei Krispijn. 'Als we wisten wat het was zou het geen geheim zijn. Ik heb Robin en Dop speurtochten laten organiseren naar Juniper, maar hij is niet op het eiland. Ik hoop dat hij geen verrader is, maar we weten niets van hem. Hij is een mysterie, net als Krukel.'

Prikkel moest wat te doen hebben, vooral nu, om haar gedachten af te leiden van Krukel. Ze haastte zich naar het strand, vergezeld van Gruwers vriend Blokker die haar maar bleef uitleggen dat de beste koningen altijd egels waren.

Na een tijdje strandjutten, wilde ze nodig Rafel spreken. Ze wilde haar advies over een naaiontwerp dat ze in haar hoofd had. Vroeg of laat kwam er een kroning en Spar kon onmogelijk Krispijn de kroon op het hoofd zetten in die armzalige tuniek.

En wat voerde Sprokkel uit? Daar was ze heel nieuwsgierig naar en ze maakte zich grote zorgen. Ze moest de koning beschermen, en Sprokkel zou wel eens gevaarlijk kunnen zijn.

14

Na de avond van de mislukte redding werd Krukel wat opge-
wekter. Juniper herstelde langzaam. Zijn stem was nog steeds
niet meer dan een gekras en zijn spitse snuit zag er hol uit,
maar hij was wakker, bij bewustzijn en in staat tot eten en
rondlopen. Elke dag werd hij wat sterker en dat fleurde de el-
lenlange dagen op. Ze praatten over Mistmantel, over de waterval en het Anemonenwoud. Ze sneden afbeeldingen in het
brandhout, schoten van een zo ver mogelijke afstand prui-
menpitten in een kom, en beraamden ontsnappingspogingen,
die allemaal onuitvoerbaar waren. Ze speelden eindeloos Eerste Vijf, een Mistmantelspel waarbij het erom ging dat je als
eerste vijf kiezels in een bepaald patroon in het midden van
een raster moest leggen en ondertussen je medespeler verhinderen hetzelfde te doen. (Ceder zorgde voor de kiezelstenen.) De koning maakte een rondreis langs de mijnen en zil-
verovens en had niet meer naar Krukel gevraagd.

'Zijne Majesteit wil je niet zien, gedrocht,' zei Brons grijnzend toen hij water en brood bracht. 'Het maakt hem kennelijk ook niet uit of je veel te eten krijgt, zo te zien.' Het water

en brood was voor hen tweeën niet al te veel, maar ze werden tenminste met rust gelaten, en Ceder smokkelde de zeldzame keren dat ze haar zagen, voedsel voor hen mee. Het ergste was dat ze wisten dat de zomer voorbijging, de herfst kwam aanwaaien, en dat ze nog steeds vastzaten in een kleine cel die naar luizenolie rook en waarin niets meer te ontdekken viel, niets veranderde, waar je alleen de muren had om tegenop te klimmen.

'We hadden de hazelnootoogst binnen moeten halen,' zei Krukel rusteloos.

'Ik hoop dat alles goed is met Kroosje,' zei Juniper. 'Ze maakt nu wijn van rozenbottels en dat is hard werken. Ik had er moeten zijn om haar te helpen.'

Toen de koning Krukel eindelijk liet halen, was hij weer in een ander humeur. In de hoge zaal zag Krukel een kleine egel knus opgerold bij de troon liggen. Hij wist dat hij die egel ergens van kende, maar het duurde even voor hij zich herinnerde dat hij deze egel had gezien op de avond dat de Mistmantelmollen waren gekomen. Hij was klein, maar had een volwassen, sluwe uitdrukking op zijn snuit. De koning was met hem in gesprek terwijl Rookkringel met een kwaaie blik en zijn poten over elkaar ineengedoken in een hoek zat.

'Je hebt het echt prima gedaan, Kruiper,' zei de koning tegen de egel. 'Ga je voorlopig maar een beetje amuseren.' Toen keek hij naar Krukel, stond op en strekte zijn poten uit met een angstaanjagende glimlach. 'Mijn beste, kleine gedrochtje, jij gaat met me mee het eiland rond. Ik zal je persoonlijk rondleiden. Is dat niet fijn?'

'Ja, Majesteit!' zei Krukel en zijn oren trilden bij het vooruitzicht. Bij de gedachte aan frisse lucht zou hij zo uit het dichtstbijzijnde raam willen springen en om het hardst draven met de wind.

'Ja, het wordt enigjes!' deed de koning overdreven. 'En dan kun jij me vertellen waar al dat heerlijke zilver zich heeft verstopt!'

Oh-oh! dacht Krukel, en hij hoopte dat dat hem geloofwaardig af zou gaan. De koning stoof op hem af en legde beide zilveren klauwen op zijn schouders.

'Rookkringel is zo chagrijnig vandaag,' zei hij. 'Hij is jaloers omdat jij misschien beter bent in zilver vinden dan hij.' Hij riep over zijn schouder naar Rookkringel: 'Ik heb een heel leuke prooi voor je geregeld!'

Hij klapte twee keer hard in zijn poten en vier zenuwachtige eekhoorns schuifelden de zaal in met iets in een deken. Ze legden het voor de koning neer en gingen gedwee een pas achteruit met hun poten op de rug en een gebogen kop. Rookkringel schuifelde dichterbij.

Krukel wilde dit niet zien, maar hij moest het ergste weten; hij dwong zichzelf te kijken naar wat er in de deken lag.

Eén verschrikkelijk moment lang dacht hij dat het Ceder was. Toen hij zich vermande besefte hij dat het totaal niet op haar leek, het was het lichaam van een jonge eekhoorn met een pijlwond in haar pels. Het was een jong leven, iemands dochter, iemands vriendin, die nooit meer naar haar nest zou terugkeren.

Met zijn rammelende beenderen en een muffe geur van rook, zweet en azijn, boog Rookkringel zich over het lichaam. Zijn knoestige voorpoten grepen de oren van de dode eekhoorn en tilden haar op, hij besnuffelde haar snuit, wrikte haar bek open om naar haar tanden te loeren, en plukte aan haar pels. Krukel wendde uit walging zijn kop af en onderdrukte een misselijk gevoel.

'Wat heb jij?' wilde de koning weten.

Krukel spande zijn poten. Hij moest zichzelf inhouden om Rookkringel niet hardhandig van het lichaam weg te rukken.

'Kan het u niet schelen dat ze gedood is?' vroeg hij. 'Ze was een van uw onderdanen.'

'Wat je zegt,' antwoordde de koning. 'Ze was een van mijn onderdanen. Van mij. Om mee te doen en laten wat ik wil. Mijn, mijn, zilvermijnen!' Hij lachte hysterisch en sloeg een poot om Krukels schouders. 'Ze moest toch een keer dood. Oh,' ging hij door toen Krukel ineenkromp onder zijn aanraking, 'hebben we het koud? Heer maarschalk, haal warme kleding voor onze geëerde gast!'

'Brons, breng een cape voor het gedrocht,' gromde Graniet. Krukel wilde geen cape, maar hij kon het zich niet permitteren om de koning te ergeren. Hij maakte de cape rond zijn hals vast toen hij, omgeven door schilwachten en bedienden, de koning het paleis uit volgde. Het was een hele geruststelling toen hij Ceder haar plaats tussen de schildwachten zag innemen.

Zijn gevangenis lag aan de andere kant van het fort, dus had hij dit deel van het landschap nog niet gezien sinds hij was gearriveerd. Verheugd snoof hij de koele lucht op, maar die zat vol stof en hij moest ervan hoesten. De bladeren dwarrelden al naar beneden, maar net als al het andere op dit eiland, zaten ze onder het fijne, grijze poederstof van de mijnen. Toen ze voorbij schraal bosgebied liepen, zag hij dat zelfs het fruit en de noten onder het stof zaten. Toch was het na al die tijd in de gevangenis heerlijk om weer buiten te zijn. De koning keek met een trotse glimlach naar hem.

'Vind je het niet mooi?' zei hij. 'Mijn prachtige eiland! En er is iets wat je écht gezien moet hebben.'

Hij voerde hen ver bij het fort vandaan over een steil en slingerend pad een heuvel op. Naarmate ze hoger kwamen, werd de lucht schoner en aangenamer en kon Krukel de zee ruiken. De gevallen bladeren lagen hier dikker. Als hij geen onderdeel van het gezelschap van de koning had uitgemaakt, was hij er middenin gesprongen om rond te rollen. Maar nu moest hij zichzelf manen op zijn hoede te blijven. Met draaiende oren, zijn ogen wijdopen om niets te missen, zocht hij naar om het even wat dat hem van dienst zou kunnen zijn als de tijd voor ontsnapping daar was. Hij zocht plekken die beschutting boden nadat de bladeren waren gevallen. De bomen groeiden hier dichter op elkaar en er waren momenten dat hij in de verleiding kwam om erin te springen, maar het was veel te gevaarlijk. De boogschutters waren trots op hun kundigheid, en ze zouden er met alle plezier een staaltje van laten zien. Krukel deed zijn best om alles wat hij zag te onthouden, maar het viel niet mee omdat de koning hem afleidde, een poot om zijn schouders sloeg of hem een klap op zijn rug gaf, en zei: 'En? En? Heb je al zilver geroken? Kun je het voelen? Wil je stoppen om even te kijken? Je hebt toch die gave om het te vinden? Commandant Ceder zegt dat jij die hebt. Waar of niet, Ceder?'

'Majesteit,' zei Krukel, 'vindt u echt dat uw eiland zilver nodig heeft? De dieren kunnen het niet eten. Het stof van de mijnen zit overal. Ik denk dat de bomen daarom niet goed groeien.'

'Zijn dat geen gezonde bomen?' vroeg de koning in paniek. 'Vind je van niet? We hebben bomen hard nodig! We smelten het zilver in ovens, en de bomen zijn hard nodig als brandstof! Net als steenkool, natuurlijk. We hebben ook steenkoolmijnen.'

'Nog meer mijnen!' zei Krukel. 'Majesteit, u hebt helemaal

geen zilver nodig! U hebt goede, zachte grond nodig waarin van alles kan groeien, en gezonde planten!' De koning staarde in de verte en hoorde misschien niets van wat Krukel zei, maar die ging door en bedacht snel wat voor dingen egels lekker vonden. 'Majesteit, als u goede grond hebt zit die vol slakken en wormen en kevers, en kunt u er bramenstruiken planten...'

'Goede grond,' mompelde de koning. 'Goede grond, met fris groen gras en mos, slakken en kevers...'

'Ja, dat is wat u nodig hebt...' drong Krukel aan.

'...fruit en bloemen...'

'Ja!' zei Krukel.

'Mmm,' zei de koning nadenkend. Maar toen Krukel naar hem opkeek, zag hij een begerige, dreigende blik die hem van zijn oren tot het puntje van zijn staart deed huiveren.

'Goed idee,' zei de koning zacht. Hij snorde bijna. 'Ja, ik ben het met je eens, ik heb erover gedacht. Ja, zo'n eiland wil ik wel!'

Krukel wilde niet raden naar wat de koning bedoelde, maar hij kreeg een vreselijk vermoeden. Zo'n eiland wil ik wel... het was maar goed dat ze Mistmantel niet konden binnenvallen. Toen sloeg de koning met zo'n kracht een poot om hem heen dat hij met zijn poten vooruit in een plas terechtkwam.

'Kom op, gedrocht!' riep hij. 'De heuvel op! Het moeilijke werk komt nog!'

Krukel liet de koning praten terwijl ze de lange steile heuvelhelling verder beklommen. Lang voor ze de top bereikten had hij gemerkt dat de bries veel frisser en zouter was geworden. Een meeuw wiekte over hen heen, van ver weg bereikte hem het geruis van golven, er zat zand tussen de as. Hij had al zijn zelfbeheersing nodig om niet over de dikke, heesterachtige struiken te springen en naar beneden te rennen, naar de zee. Hij dwong zichzelf om gelijke tred te houden met de koning en sjokte naar de top van de duinen. Daar bleef hij staan en gaf een kreet van verwondering, hij vergat alles over gevangenzitten, en voelde zijn hart opspringen van vreugde.

Hij keek neer op een kleine ronde baai met zilverachtig zand waarboven meeuwen zweefden. Zachte golven liepen uit over het strand. Een houten aanlegsteiger strekte zich tot in het water uit, kleine bootjes lagen eraan vastgebonden en twee grote schepen lagen verder in de baai voor anker. De schoonheid herinnerde hem pijnlijk aan Mistmantel. Misschien was heel Blankevleugel ooit zo geweest, en kon het weer zo worden als koningin Lariks en broeder Vlam op de plaats zaten die hun toekwam. Twee zwanen lagen met hun kop tussen de veren slapend op het water. Er glinsterde iets om hun hals. Droegen zelfs de zwanen hier zilver? Dit was niet alleen het mooiste uitzicht dat hij zag sinds hij op Blankevleugel was aangekomen; deze baai bood tot nu toe ook de beste kans op ontsnapping.

'Vind je het niet geweldig?' riep de koning. 'Is het niet fantastisch? Moet je zien wat een uitzicht! Ik wist dat je onder de indruk zou zijn. We zitten hier zo hoog, dat we helemaal tot voorbij het fort kunnen kijken!' Hij pakte Krukel bij zijn schouders en draaide hem om. 'Daar heb je het bos waarin het fort ligt,' zei hij. 'Je kunt vanaf hier de kantelen zien. Als Rookkringel daar stond zou hij naar ons kunnen zwaaien! In de winter zie je het nog beter, wanneer alle bladeren zijn afgevallen – als je dan tenminste nog onder ons bent!' Hij gierde van de lach, wat Krukel vreselijk irritant vond. 'En je kunt vanaf hier helemaal tot de bergen kijken,' vervolgde hij trots. 'Zie je die drie op een rij? De Adelaarsrots, de Klauwenrots en de Bakentop. Is het niet magnifiek?'

'Zeker,' stemde Krukel in, terwijl hij het uitzicht in zich opnam. Hij nam nota van de platte bovenkant van de Bakentop, met daarnaast de steil oprijzende Klauwenrots die de vorm had van een gekrulde klauw en de daarboven uittorenende Adelaarsrots.

'Nou,' zei de koning, 'nu je een goed overzicht hebt van het eiland, kun je me ook vertellen waar we zilver kunnen vinden. Kun je het al voelen? Heb je er toverkunst bij nodig? Als je wilt, kunnen we wel iets offeren.'

'Nee, dank u wel,' zei Krukel, en hij dacht snel na. Deze baai met zijn zwanen en boten leek hem de beste ontsnappingsplek, dus moest hij de koning en de soldaten daar zoveel mogelijk weg zien te houden. Hij strekte overtuigend een klauw uit naar de bergen en met een beslistheid die hem zelf verbaasde, zei hij: 'Het zit daar.'

'Ik wist het!' riep de koning en hij omhelsde hem stevig. 'Dat heb ik altijd al gedacht, weet je. Rookkringel wilde er niets over horen, maar wat weet die nou? Ik heb altijd gewéten dat daar zilver was! Waar precies? Vertel, vertel.'

Rekken, dacht Krukel. Vertel hem niets tot ik Ceder heb gesproken. Hij zocht haar, maar ze had nog steeds haar helm op en van haar snuit viel niets af te lezen.

Hij wreef in zijn ogen. 'Dat kan ik nog niet zeggen.' Krukel deed zijn best om één stap vooruit te denken. 'Dat zou wel eens een paar dagen kunnen duren, ik weet niet…'

'Oh, sla er dan eerst maar een blik op,' zei de koning. 'Dat helpt vast. We gaan er nu meteen heen. Mars!'

De hele dag lang voerden de koning en zijn soldaten Krukel van de ene plek op het eiland naar de andere. De grimmige, naargeestige bergen waren veel verder weg dan hij had gedacht, en de koning stond erop hem de heuvels op en af te voeren en hem ieder paadje en rotsblok te laten zien. Omdat ze met zovelen waren, en zo met hun wapens kletterden, hoopte Krukel maar dat alle verscholen Lariksen hen van ver-af zouden horen aankomen en zich uit de voeten konden maken. Hij probeerde verwoed alles wat hij zag te onthouden, maar lang voor zonsondergang kwam hij erachter dat het ene rotsblok in niets van het andere verschilde. Zelfs de soldaten kwamen nu langzamer vooruit en gromden over zere poten. Spoor had moeite om het vol te houden en raakte achter, en Brons, die haar bij iedere stap op haar huid zat, zorgde ervoor dat iedereen het merkte.

Uitgeput, en met zere poten, keerde Krukel die avond naar zijn cel terug en hij wilde zich net op een kussen laten vallen, toen hij Junipers oren daaronder zag uitsteken.

'Hallo, Juniper!' fluisterde Krukel en hij lichtte het kussen op. Maar Juniper werd niet wakker. In een oogopslag zag Krukel dat zijn vriend volstrekt stil lag. Zijn ogen waren gesloten en zijn snorharen hingen omlaag.

Krukel greep hem bij zijn schouders. Geschrokken sjorde hij er even flink aan. 'Juniper!'

Juniper voelde koud aan. En hij werd niet wakker.

'Juniper!' fluisterde Krukel.

Juniper snuffelde en wrong zich in bochten, deed toen zijn ogen wijd open en weer dicht.

Krukel ontspande zich, boos op Juniper vanwege de schrik en ontzettend blij dat hij toch alleen maar bleek te slapen. Juniper mompelde iets.

'Wat zei je?' vroeg Krukel.

'Vuurgloed en maanlicht,' zei Juniper. 'Het geheim.'

'Oh,' zei Krukel. Dieren praatten wel vaker in hun slaap, en dan kwam er nooit iets zinnigs uit. Juniper ging overeind zitten en schudde zijn oren.

'Vuurgloed, maanlicht,' zei hij duidelijk. 'En een geheim.'

'Je hebt gedroomd,' zei Krukel. 'Luister, ik moet je vertellen wat ik heb gedaan. En we moeten met Ceder praten. Ik ben uitgehongerd, is er iets te eten?'

'Maan...' begon Juniper weer, maar het geluid van poten en het gekletter van borden buiten betekende dat de schildwachten eten kwamen brengen. Juniper verdween weer onder de kussens voor dekschalen op de schoorsteenmantel en een kruik en beker op de tafel werden gezet.

'Dank je wel,' zei Krukel en hij wachtte tot de deur op slot was voor hij de kussens van Juniper wegtrok en de deksels van de schalen deed. Dampende groente en schalen met noten en warm brood gaven een geur af die Krukels honger nog meer aanwakkerde.

'Je bent zeker weer in de gunst,' zei Juniper. Daarna waren ze te druk met eten bezig om ergens over te kunnen praten, maar het voedsel was maar al te snel op en ze likten net de kruimels van hun poten toen ze buiten Ceders stem hoorden.

'Het gedrocht zit weer onder,' zei ze. 'Ze hebben daar luizen zo groot als oorwurmen. En zijn poten zijn te zwak voor al dat gewandel.' Even later werd ze binnengelaten. Ze gaf Juniper een hoestdrank en wreef Krukels pels in met luizenolie, 'zodat je goed ruikt', zei ze.

'Juniper heeft het steeds over maanlicht en een geheim,' zei Krukel.

'Ik weet niet waar het mee te maken heeft,' zei Juniper met een draai van zijn oren. 'Het zat gewoon in mijn hoofd toen ik wakker werd, iets over maanlicht, vuurgloed en een geheim.

Het was heel indringend en ik weet dat het belangrijk is, maar ik snap niet waar het op slaat. Toen ik ziek was heb ik ook iets gezien, en dat voelde ook heel belangrijk.'

'Wat zag je ongeveer?' vroeg Ceder. Juniper draaide weer met zijn oren.

'Ik weet het niet zeker,' zei hij. 'Het had iets te maken met toen ik heel klein was.'

'Als het je weer gebeurt, moet je het tegen me zeggen,' zei ze. 'Het kan zijn dat je extra gevoelig bent – dat je dingen ervaart die de rest van ons niet ziet. Bij sommige dieren is dat aangeboren.'

'Zoals toen ik misselijk werd bij het zien van het schip uit Blankevleugel?' vroeg Juniper.

'Precies,' zei Ceder en ze draaide zich om naar Krukel. 'Krukel, dat heb je goed gedaan vandaag. Als de koning zilver uit die bergen wil halen kan hij zo veel mijnen graven als hij wil op Bakentop. Daar loopt hij ons niet in de weg.'

'Ik wilde hem uit de buurt van de baai houden,' zei Krukel en zijn snuit lichtte op toen hij daaraan dacht. 'Je had het moeten zien, Juniper! Er ligt een schip! En er zijn zwanen!'

'Zwanen!' zei Juniper met glinsterende ogen. 'Zouden we naar huis kunnen vliegen?' Maar Ceders snuit kreeg een sombere, zij het vriendelijke, uitdrukking en Krukel zonk het hart weer in zijn poten.

'Heb je het niet gezien, Krukel?' vroeg ze zachtaardig. 'Waarschijnlijk kun je het niet zien als de zwanen slapen.'

'Wat gezien?' zei hij en hij deed zijn best niet kwaad op haar te worden omdat ze zijn hoop de bodem in sloeg.

'De halsringen,' zei ze. 'Alle zwanen hebben zilveren kettingen rond hun hals waarmee ze aan de steiger zijn geklonken. Ze kunnen niet wegvliegen.'

Krukel haalde diep adem alsof hij daarmee zijn teleurstelling het hoofd kon bieden. 'Dan moeten ze worden bevrijd,' zei hij.

In zijn donkere kelder zat Rookkringel aan zijn klauwen te knagen. Getekende eekhoorn. Getekende eekhoorn. De boel was pas veilig als dat beest dood was. Wie gaf er nou om toverkunst? Wat gaf het of het werkte of niet? De koning geloofde alles. Maar die eekhoorn vormde een bedreiging. Die was gevaarlijk. Die moest dood. Hij zou hem met alle genoegen doden. Die eekhoorn bezat iets wat hem diep verontrustte.

En dat was niet het enige, Rookkringel had een voorgevoel. Hij bezat de gave om dingen gewaar te worden die je niet kon zien, en van die gave had hij gebruikgemaakt om de machtige positie van 's konings tovenaar te verwerven. Hij wist hct als er iets naderbij kwam dat bedreigend voor hem was, een soort rechtgeaardheid en eerlijkheid waarover hij geen macht had. En iets dergelijks had die getekende eekhoorn over zich. Het leek wel alsof ze met zijn tweeën waren. Hij had maar één getekende eekhoorn gezien, maar het leek alsof er nog een was met zo'n zeldzame, pure eigenschap die hem bedreigde en hem deed huiveren. Als hij het gedrocht doodde, verdween die andere misschien ook.

Spoor klopte zachtjes aan de kamerdeur van de maarschalk. Toen de deur openknarste, glipte ze de kamer binnen die met zijn rijen wapens eerder op een wapenmagazijn leek.

Maarschalk Graniet zat aan tafel een kleine ijzeren dolk te inspecteren en draaide het lemmet naar het lamplicht.

'Het gaat om Brons, heer maarschalk,' zei Spoor. 'Ik vind het moeilijk om dit te vertellen, maar u moet het weten, heer maarschalk.' Graniet gaf geen antwoord, dus ging Spoor verder. 'U was altijd zijn grote voorbeeld, maar nu wil hij het zelf voor het zeggen hebben. Hij lacht u uit, heer maarschalk, achter uw rug lacht hij u uit, hij is er niet meer tevreden mee om in uw schaduw te leven. Hij wil hogerop, hij vindt dat het nu zijn beurt is om aan de top te staan. Hij vindt dat hij een goede maarschalk zou zijn, en dat er daar maar één van kan zijn.'

Graniet ging met een klauw langs het snijvlak van de dolk en gromde. Hij wilde niet toegeven dat het hem niet was opgevallen dat Brons een gooi naar de macht deed, maar dat maakte weinig uit. Hij vertrouwde niemand, en vooral geen jonge dieren die hogerop wilden komen.

'We weten dat hij uw ervaring mist, heer maarschalk,' vervolgde Spoor, 'en hij zal nooit de militair worden die u bent. Hij schijnt te denken dat de koning aan hem de voorkeur zal geven omdat – ziet u, heer maarschalk, omdat hij van Blankevleugel komt en een egel is, net als de koning zelf.'

Graniet gromde weer en gaf met zijn kop een ruk in de richting van de deur, maar Spoor lachte in haar helm toen ze wegging en de deur achter zich sloot. Ze had genoeg van Brons. Bij de maarschalk in een verkeerd blaadje staan was ongeveer het ergste wat iemand kon overkomen, en Brons had erom gevraagd.

15

Op Mistmantel werd de herfst van dag tot dag koeler, en werden de nachten langer. De jongere dieren scharrelden rond in de krullende bladeren, verzamelden noten en speelden. De ouderen mopperden over de kou en hun pijnlijke gewrichten. Kleine bootjes voeren af en aan tot de mist, hun lampen dobberden de hele nacht boven het water terwijl Mistmantel de wacht hield voor Krukel.

In de toren ordende en herordende Arran de kamer bij de Bronpoort die ze met Padra deelde. Rusteloos luchtte ze de dekens en streek ze glad over verse pollen mos en bladeren, besprenkelde de vloer met rozemarijn en veegde de as uit de haard. Toen ze klaar was met hun eigen kamer, opende ze de deur van de kamer daarnaast, die deze herfst steeds leegstond. Ze hield hem graag stofvrij, zorgde voor vers mos op het bed en hout in de haard, ook al deed het haar pijn om die kamer steeds leeg te zien, en Krukels bed onbeslapen. Ze wilde dat de kamer gereed was voor Krukels thuiskomst.

In de ateliers lagen strengen wol en klossen draad op de schappen gestapeld. Rollen zeildoek en textiel stonden tegen de muur: ruwe zelfgeweven stof met de kleur van steen en kostbaar rood en purper fluweel. Op de ergste dagen, wanneer de herfstregens gestaag naar beneden vielen en het een steeds grotere opgave werd om te blijven hopen dat Krukel en Juniper veilig zouden terugkeren, leken deze felgekleurde wol en satijnen linten, die glansden als edelstenen, de enige vrolijke dingen op het eiland. Prikkel, Rafel, en de andere ateliermeisjes bleven trouw naaien en schilderen en vonden werk voor hun handen, al was alles voor de kroning al lang gereed. Op de dagen dat ze zich het meest verloren voelde, rangschikte Prikkel de linten keer op keer, omdat het spelen met kleuren haar wat opvrolijkte.

Dokker was een uitstekende torenegel, maar hij zag eruit alsof hij in het bos hoorde, zelfs als hij voor de deur van de troonzaal trouw in de houding stond. Gruwer leek zich overal thuis te voelen, of hij nou op wacht stond bij de troonzaal, tijdens de nachtpatrouille samen met de egels warme wijn dronk, of Prikkel eraan herinnerde niet in de grotten te spelen. Gruwer, Hakker, en de rest van de Egelgroep kwamen altijd samen om elkaar oude verhalen te vertellen over Mistmantelkoningen, meestal egels. Ze trokken vaak jonge egelwijfjes aan die hun stekels met beukenbladeren opdoften en naar Gruwer zaten te staren.

'Het wordt tijd dat we Gruwer de geweldige aan de vrouw krijgen,' merkte moeder Knuffen op. 'Er valt niets met die meisjes te beginnen vandaag de dag. Als ze al niet naar hém kijken staren ze naar hun eigen snuit in de waterpoelen, en staan dáár dan heen en weer te draaien en hun stekels glad te strijken. En kom me niet aan met dat hij het niet ziet, want dat doet hij wel.'

Er kwamen ook nog steeds verrukkelijke jonge wijfjeseekhoorns met geparfumeerde en glanzende pelzen naar de toren, meestal met een boodschap van Appel voor de koning. Ze waren allemaal aardig, kwiek en intelligent, en sommigen waren mooi. Koning Krispijn ontving hen altijd beleefd, maar daar bleef het bij. Padra, die op de eerste morgen dat zijn adem in wolkjes naar buiten kwam, na een zwemtocht in de troonzaal verslag uit kwam brengen, zag Sepia's zusjes buigend de troonzaal uit komen.

'Er kunnen er niet veel meer over zijn,' merkte hij op toen ze weg waren. 'Je moet ze niet zo hoffelijk behandelen, Krispijn, dat moedigt ze alleen maar aan.' Hij keek uit het raam naar beneden. 'Daar rennen Prikkel en Sepia naar het bos. Die zouden het hele eiland regeren als ze de kans kregen. Ik ben benieuwd wat ze nu weer van plan zijn.'

'Zingen, neem ik aan,' zei Krispijn. 'Volgens haar zusjes oefent Sepia met een koor. Ze leert ze een nieuw lied om Krukel toe te zingen als hij terugkomt.'

Op de rotsgrond die van de toren naar beneden afliep, groeiden struiken tot aan de rand van het bos. Ze hadden wild zwierende takken, en in deze tijd van het jaar vermengden de rode en gouden kleuren zich met het donkere groen. Vanuit het kreupelhout klonken twee zachte fluisterende stemmen.

'Ik kán het niet!' fluisterde Sepia.

'Waarom niet?' fluisterde Prikkel terug.

'Omdat het een doornstruik is!' zei Sepia. 'Ik kan niet onder een doornstruik schuilen! Egels kunnen dat wel.'

Prikkel probeerde niet al te diep te zuchten, al had ze daar sterk behoefte aan. Krukel zou niet over een doornstruik hebben geklaagd. Ze had beloofd Sepia met haar koor te helpen en in ruil daarvoor had Sepia haar hulp aangeboden bij het uitzoeken van wat Sprokkel in haar schild voerde. Prikkel was er helemaal niet zeker van of ze wel kon zingen, wat Sepia ook zei, maar ze was akkoord gegaan, hoewel dat inhield dat ze een heleboel kleine eekhoorns in toom moest houden terwijl ze liever met haar eigen kleine broertje had gekroeld. Ze deed het voor Sepia en voor Krukel. Maar nu was het belangrijker wat Sprokkel uitspookte en of ze een spion van Blankevleugel ontmoette, en juist nu zat Sepia te zeuren over een fijne donkere schuilplaats onder een perfecte doornstruik.

'Ik zou me veel beter voelen als ik me in een boom kon verstoppen,' fluisterde Sepia.

'De bladeren vallen,' zei Prikkel. 'Je kunt je daar niet verstoppen.'

'Dat kan ik wel, omdat er nog veel bladeren aan hangen en die zijn eekhoornrood,' zei Sepia. 'Er prikt iets scherps in mijn poot.'

'Oh, sorry, dat zal ik wel zijn,' zei Prikkel.

'Nee, het is een bramentak,' zei Sepia en ze nam een sprong en rende tegen een boomstam op voor Prikkel daar bezwaar tegen kon maken. Prikkel tuurde omhoog tussen de takken en probeerde Sepia te ontdekken, toen een geritsel van bladeren haar doodstil in elkaar deed duiken. Ze speurde met haar heldere zwarte oogjes de bosbodem af, toen Sprokkel plotseling opdook.

Ze liep nogal langzaam en helde naar één kant over, omdat ze iets in haar ene voorpoot droeg. Het verstoorde haar evenwicht en daardoor kwam ze langzaam vooruit, maar ze had een vastbesloten trek op haar snuit. Wat ze ook van plan was, ze zou zich er niet van af laten brengen. Ze hield stil om achterom te kijken, wierp een blik om zich heen zonder Prikkel op te merken, en sprong toen onder de wirwar van doornstruiken die klittentakken werden genoemd.

Op veilige afstand rolde Prikkel achter haar aan. Doornen bleven in haar stekels haken, ze deden geen pijn, maar waren wel ontzettend irritant. Toen ze opkeek, zag ze Sepia lichtjes van de ene boomtop in de andere springen. Dat ergerde haar ook. Ze had verwacht dat Sprokkel, omdat ze een eekhoorn was, over de struiken heen zou springen, maar die worstelde zich eronderdoor en Prikkel, met haar stekels plat tegen haar lijf gedrukt, schommelde achter haar aan en merkte dat het pad onder de klittentakken goed uitgesleten was. Sprokkel kwam hier vast vaker.

Ze had zich verbeeld dat Sprokkel een spion van Blankevleugel ontmoette, maar wat als het er meer dan één was? Misschien was het wel een heel nest dat Sprokkel midden in de klittentakken opwachtte om complotten tegen de koning te smeden! Onder haar stekels sidderde Prikkel van angst. Maar ze was nu eenmaal hier. Als ze haar te pakken kregen, kon Sepia wegrennen en alarm slaan. Ze repte zich voort, beet op haar lip toen een doorn in haar poot kwam, wrong zich onder onmogelijk laag hangende takken door, kwam op plaatsen die haar volledig onbekend waren, tot ze zich plotseling op een open plek bevond en snel onder de dichtstbijzijnde struik moest kruipen in de hoop dat ze niet was gezien.

Ze was op een plek met een hobbelige mosachtige bodem terechtgekomen en middenop stond een kleine steenhoop. Voor de steenhoop lagen dode bloemen en daartussen blonk iets. Prikkel kon niet zien wat het was, maar ze wist wel wat de steenhoop voorstelde. Sprokkel bezocht een graf. Prikkel kroop achteruit en bleef kijken.

Sprokkel draafde naar de steenhoop en legde het pakje dat ze had gedragen – iets wat in bladeren was gewikkeld – op de grond en met haar poten op de steenhoop steunend drukte ze haar wang ertegenaan alsof ze hem wilde omhelzen. Snuivend leunde ze achterover en veegde de tranen van haar snuit.

Dat teergevoelige moment was snel voorbij. Ze krabde het mos weg, ruimde de dode bloemen en gerimpelde bessen op en opende haar pakje met bladeren, waaruit verse lijsterbessen, herfstmadeliefjes en eikenbladeren tevoorschijn kwamen. Ze rangschikte ze over de steenhoop en praatte de hele tijd tegen zichzelf. Brandend van nieuwsgierigheid schoof Prikkel een stukje naar voren.

'Dat ziet er een stuk beter uit, mevrouw,' zei Sprokkel. 'Nu ligt u er weer netjes bij. Ik heb verse bloemen voor u meegebracht en een beetje opgeruimd.' Ze raapte het blinkende ding op en Prikkel dacht – al was ze er niet zeker van – dat het een lelijk gedeukte armband was. 'Laat me uw armband oppoetsen, mevrouw.'

Prikkel kroop naderbij. Sprokkel wreef de armband stevig tegen haar pels, hield hem in beide poten en drukte hem tegen haar borst.

'Het spijt me dat ik een poos niet ben geweest, mevrouw,' zei ze. 'U weet hoe dat gaat in deze tijd van het jaar met de winter op komst. Ik heb iets bijzonders voor u meegebracht, iets wat u alleen toekomt.'

Uit het bladerenpakje haalde ze nog iets glinsterends. Toen Prikkel zich naar voren boog om het beter te kunnen zien, keek Sprokkel om.

'Jij!' riep ze huilend. 'Wat doe jij hier? Stekelige vlooienborstel!'

In een flits van pels en uitgestrekte klauwen sprong ze op Prikkel af, die haar kop introk en zich oprolde. Er klonk een 'Au!' van Sprokkel toen ze toesloeg, en daarna Sepia's sussende stem.

'Stil maar,' zei Sepia tegen Sprokkel. 'We wilden je geen kwaad doen. We maakten ons ongerust over je.'

'Je hoeft je nergens ongerust over te maken,' snauwde Sprokkel die haar gewonde poot koesterde. 'Maak dat je wegkomt.'

'Ja, ja, we gaan al,' zei Sepia troostend terwijl Prikkel zich ontrolde. 'Maar ik wil je niet zo verdrietig achterlaten.'

Sprokkel hief trots haar kin. 'Mijn vrouwe Espen had in de grafkelder van de toren begraven moeten worden bij de koningin,' zei ze. 'Ze was de beste vriendin van de koningin, en ze was mooi. Wat kapitein Bast ook heeft gedaan, het was niet de schuld van mijn vrouwe. Zíj is hier in de klittentakken begraven, en wie bezoekt haar graf? Ik. Ik ben de enige die om haar geeft. Ik ben de enige die haar niet vergeet!' Ze boog haar kop over haar poten en wreef in haar ogen, maar toen Sepia een poot uitstrekte duwde ze die terug.

'Ga weg!' snauwde ze in tranen. 'Dit is de plek van mijn koningin!'

'Je koningín?' zei Prikkel en ze wierp een blik op het graf waar iets fonkelde met een schittering van gouddraad.

'Mijn koningín,' hield Sprokkel vol, 'en die van jou. Dat wist je zeker niet?' Ze tilde het schitterende ding op zodat Prikkel en Sepia het eindelijk konden zien. Groene stelen en lijsterbessen waren met goud- en zilverdraad tot een kroon gevlochten – een scheve kroon, maar met grote zorg gemaakt.

'Wat mooi, Sprokkel,' zei Sepia. 'Heb je die zelf gemaakt?'

Sprokkel leek een beetje te bedaren. 'Ja, allicht,' zei ze. 'Iemand anders zou dat nooit doen, omdat niemand anders wist dat ze een koningin was.' Met alle waardigheid die ze in zich had zette ze de kroon boven op de stenen, deed een stap terug alsof ze een groet bracht, en keerde zich toen met een triomfantelijk lachje naar Sprokkel en Sepia.

'Jullie denken dat je alles weet,' zei ze, 'jullie met je jacht op de Hartensteen. Ik kan je iets over de Hartensteen vertellen wat jullie niet wisten, stelletje betweters. Willen jullie het horen?'

'Ja, graag,' zei Sepia.

'Op een morgen, kort voor het lentefeest,' zei Sprokkel trots, 'had ik de sieraden van mijn vrouwe opgewreven en wilde ze naar haar terugbrengen, maar toen ik aanklopte kreeg ik geen antwoord, dus deed ik gewoon de deur open om naar binnen te gaan en alles op te bergen, maar daar was ze, ze had me niet gehoord. Ze zat op het kleine stoeltje bij het vuur en keek naar iets in haar poot: een heel mooie roze steen met goud erin, in een soort hartvorm. Ik wist toen niet wat het was. En toen...' haar ogen gingen wijd open en ze sprak steeds langzamer, 'ik zweer jullie dat hij volmaakt stil in haar poot lag, zo stil als maar kon, al die tijd dat ik keek. Het was zo'n mooi gezicht dat ik vergat te zeggen dat ik daar stond.'

Prikkel deed haar mond open om commentaar te geven maar bedacht zich toen Sepia op haar poot ging staan.

'En wat gebeurde er toen?' vroeg Sepia.

'Toen keek ze op en zag mij en ze was helemaal niet boos, ze lachte alleen maar, lief als altijd,' zei Sprokkel. 'Ze deed de steen in een zakje en had het er nooit meer over. Maar toen jullie met verhalen kwamen dat de Hartensteen kwijt was, en toen de dieren van de toren allemaal rondbazuinden hoe hij eruitzag, wist ik wat ik in de poot van mijn vrouwe had gezien. En ik zag met mijn eigen ogen hoe stil hij in haar poot lag. Ik weet nu wat dat betekent,' besloot ze triomfantelijk haar verhaal. 'Het betekent dat ze de rechtmatige koningin van Mistmantel was.'

Sepia duwde nog eens op Prikkels poot als waarschuwing dat ze haar mond moest houden. 'Dank je wel dat je ons dit hebt verteld,' zei ze. 'Weet je ook wat vrouwe Espen er daarna mee heeft gedaan?'

'Ik heb de steen nooit meer gezien,' zei Sprokkel. 'Misschien is hij nog in haar kamer, maar niemand denkt eraan om daar te zoeken, hè?'

'Oh, maar dat is waar...' begon Prikkel, en ze zweeg toen Sepia harder op haar poot duwde.

'Waar wat?' vroeg Sprokkel. Er kwam een achterdochtige glans in haar ogen. 'Wat hebben ze ermee gedaan?'

'Niks,' zei Sepia.

'Niks?' herhaalde Sprokkel. Haar ogen fonkelden.

'Nou, het zit zo,' zei Sepia voorzichtig, 'het is zo'n mooie kamer, en jij en vrouwe Espen hebben hem zo mooi onderhouden, dat ze hem alleen voor heel bijzondere gasten gebruiken.'

'Wat voor gasten?' vroeg Sprokkel op hoge toon. 'Dat stel van Blankevleugel?'

'Alleen voor de heer afgezant,' zei Prikkel. 'Heer Boomtand, dus...'

'Heer Boomtand?' barstte Sprokkel uit. 'Hij gooit met dingen en maakt alles kapot! Dat weet iedereen.'

'Maar ze zullen niet...' probeerde Prikkel, maar Sprokkel drong zich met haar ellebogen tussen hen door en sprong weg achter de struiken.

'Oh, jee,' zei Sepia.

'Laat haar maar,' zei Prikkel. 'Ze mag tekeergaan zoveel ze wil, als ze daar zin in heeft. Het heeft geen zin om de waarheid voor haar verborgen te houden. Heer Boomtand zit in Espens oude kamer en daarmee uit. Broeder Spar zegt altijd dat we lering moeten trekken uit ons verleden. We moeten haar niet in de waan laten dat Espen zo lief en zo goed was, en wat die Hartensteen betreft...'

'Ja,' zei Sepia. 'We hebben de Hartensteen niet gevonden, maar we weten nu wie de valse heeft gemaakt. Espen was waarschijnlijk net klaar met het polijsten en zat hem te bewonderen toen Sprokkel haar zag. We moeten het aan de koning vertellen.'

Plotseling voelden ze zich koud en ongemakkelijk bij die steenhoop met Espens oude armband en de gevlochten kroon. Zonder nog een woord haastten ze zich terug naar de toren. Ze waren iets belangrijks te weten gekomen, maar geen van beiden kon er opgetogen over raken.

16

Krukel was nog steeds bij de koning in de gratie, maar hij wist dat dat niet zo zou blijven. De herfst werd kouder. Kale bomen hieven lege takken naar de kleurloze lucht en Krukel ging in zijn hart tekeer tegen de verloren zomer. De winter kwam te snel.

Er stond altijd een mand met hout in zijn cel, op welk uur van de dag hij ook werd teruggebracht na een lange tocht naar de zilvermijnen met de koning, altijd vond hij een helder opvlammend vuur in de haard. Altijd werd er wijn, fruit en koek voor hem achtergelaten, zelfs als hij op bevel met de koning at in de hoge zaal.

Juniper zorgde ervoor onzichtbaar te blijven. Bedacht op elk geluid buiten de cel, lette hij op dat hij dicht genoeg bij het bed bleef om erin te springen en zich te verstoppen als hij dacht dat er iemand aankwam. Het gerucht van Ceder dat Krukel vlooien had, betekende dat geen enkel dier in de buurt kwam van zijn beddengoed. Er werd steeds eten en drinken in de cel achtergelaten, maar Juniper had besloten er nooit aan te beginnen voor Krukel terugkwam. Dat leek hem beter.

'Je had iets moeten eten,' fluisterde Krukel dan bij zijn terugkeer van de mijn terwijl hij zijn verkilde poten naar het vuur uitstrekte. 'Ik mag tenminste nog naar buiten. Ik snap niet hoe je het uithoudt.'

Omdat hij de hele dag alleen was, bracht Juniper zich de dieren en de plaatsen in herinnering waarvan hij hield en beval ze aan bij het Hart. Hij leerde om rust in zichzelf te vinden. Hij leerde bidden.

Elke dag werd Krukel naar de Bakentop gevoerd om erop toe te zien hoe er naar zilver werd gezocht, en hij kon geen vervelender tijdverdrijf bedenken. Het was het jaargetij om noten te verzamelen, warme nesten te bouwen en spelletjes te spelen met de dode bladeren, niet om aan de voet van een berg naar egels te kijken die met houwelen in de berg stonden te hakken, en naar stoffige mollen die tunnels in en uit wipten. Soms stond een groepje, beschuldigingen mompelend, in zijn richting te kijken; tot nu toe hadden ze niets gevonden. Krukel probeerde er enthousiast en zelfverzekerd bij te staan, maar dat viel niet mee, en wanneer de koning hem omhelsde of een poot om hem heen sloeg moest hij zich dwingen niet terug te deinzen. Brons benutte elke kans om, als de koning niet keek, op zijn poot te gaan staan of in zijn pels te knijpen, wat Krukel niet zozeer pijn deed als wel irriteerde.

Maar Rookkringel was het ergste. Hij wrong zich in bochten met zijn rammelende botten en klauwen en snoof, terwijl hij zijn toverkunsten op de nerveuze dieren uitprobeerde. Soms haalde hij uit naar Krukel, maar hij scheen niet te weten hoe hij de getekende eekhoorn moest betoveren. Hij stelde zich tevreden met snuiven en mompelen: 'Het wordt koud, het wordt koud. De winter is in aantocht.' Dat deed de koning altijd erg veel plezier.

'Is hij niet om je dood te lachen!' zei hij op een kille ochtend, toen Rookkringel naar de lucht tuurde. 'Hij kan niet wachten tot de eerste sneeuw valt. Let er maar niet op, Krukel. Hij krijgt je niet. Nog niet.'

Krukel voelde een verandering in de lucht toen ze op een avond naar het fort terugkeerden. De kille wind die ze op de heenweg recht in hun snuit hadden gehad, was gedraaid en raasde nu opnieuw op hen af met ijskoude regen. Rookkringel mopperde. De koning wikkelde zich in zijn mantel en gromde. Dieren holden langs met hun kop omlaag en opgetrokken schouders tegen de regen, terwijl ze de kruiwagens voortduwden en een schuilplaats zochten. De aarde en de lucht hadden een loodgrijze kleur, en lang voordat ze het fort hadden bereikt en Graniet Krukel de poort door duwde, dropen alle snorharen en waren de mantels doornat.

'De albino brengt ons ongeluk,' grauwde Graniet. Hij deed zijn natte mantel af en zwierde die in het rond zodat het water in Krukels snuit spatte. 'Je bent waardeloos, gedrocht! Je bent geen knip voor je neus waard!'

Onaangenaam grinnikend keek hij om zich heen om te zien of hij publiek had. Brons, Spoor en nog een paar wachters bleven rondhangen om te zien wat er ging gebeuren. Na een lange dag hard werken, kon dit wel eens leuk worden.

Krukel pantserde zich. Hij moest niet reageren, geen problemen geven. Het zou het leven hier alleen maar erger maken en zijn kans op ontsnappen kleiner, en niet alleen voor hem.

'Iedereen op Mistmantel vraagt zich af wat er met de moeder van het gedrocht is gebeurd,' zei Graniet en hij keek om zich heen. 'Niemand weet waar ze gebleven is. Ze heeft één blik op hem geworpen en is hem gesmeerd. Kennelijk lijkt hij op zijn vader, wie dat ook moge zijn.'

Krukel draaide zich om om Graniet aan te vliegen, maar Brons en een andere wacht grepen zijn poten en hielden hem lachend tegen. 'Ik zal hem wat manieren bijbrengen, heer maarschalk!' riep Brons.

'Hij is van mij, onderkruipsel,' grauwde Graniet. Langzaam kwam hij met gretige klauwen op Krukel af.

Een plotselinge, zilveren flits deed Graniet wankelen en met een bons op de vloer belanden. Brons beet op zijn lip en keek hulpeloos grinnikend toe. De koning stond tussen hen in en tilde zijn achterpoot op om Graniet hard tegen zijn scheen te schoppen.

'Ik maak uit wat er met het gedrocht gebeurt, niet jij, heer maarschalk!' krijste hij en hij strekte een verzilverde klauw uit naar Krukel. 'Waar is het zilver, gedrocht? Als ik merk dat je ons op de verkeerde plek laat zoeken, stuur ik je in onderdelen terug naar Mistmantel! Waarom ben je eigenlijk hier? Je bent op mijn kroon uit!' Hij krijste bijna. 'Míjn kroon! Jij denkt zeker dat je vanavond weer mijn gast zult zijn? Geen sprake van! Breng hem naar zijn cel! Je hoeft niet op de eerste sneeuw te wachten! Ik vermoord je morgen! Hoor je dat? Morgen!'

Brons duwde Krukel zijn cel in en sloeg de deur met een klap achter hem dicht. Hij was graag gebleven om de gevangene te sarren, maar hij moest op wacht staan bij de verschansing. Hij stampte met tegenzin de trap op. De ergste wacht van allemaal, de verschansing, met niets tussen je pels en de winter, en tegenwoordig werd hij altijd naar de verschansing gestuurd als hij niet voor niks op mars moest naar die ellendige mijnen.

Hoe eerder ze dat gedrocht vermoordden, hoe beter. Hij beende over de verschansing, blafte bevelen naar sidderende schildwachten, schopte naar degenen die, doodvermoeid, staande in slaap waren gevallen, en keek kwaad naar de regen. Dat verwende gedrocht had een luxe cel met een vuur! Met een beetje geluk zou dat niet lang meer duren. Vanaf de aankomst van het gedrocht had commandant Ceder er persoonlijk voor gezorgd dat er hout voor een vuur werd gebracht...

Brons hield zijn stap in en leunde met zijn ellebogen op de verschansing.

Commandant Ceder stelde veel belang in de getekende eekhoorn. Interessant. De moeite waard om over na te denken.

Brons had altijd geweten dat er op Blankevleugel twee soorten dieren waren. Je had dieren die gewoon hun werk deden, hun kop naar beneden hielden en geen moeilijkheden veroorzaakten, en je had dieren zoals hij. Dieren die hogerop wilden, vastbesloten waren om aan de macht te komen en bereid om alles te vernietigen wat in hun weg stond. Commandant Ceder had al een machtige positie, maar wilde ze nog meer?

Je wist nooit waar ze op uit was, dacht Brons. Arrogant mens, liet nooit het achterste van haar tong zien, voelde zich te goed om met de rest van hen te praten en deelde alleen bevelen uit, maar nu was ze iets van plan. Ze deed zoveel voor het gedrocht dat je bijna zou denken dat ze hem hielp.

Je zou bijna denken dat ze hem hielp!

Dus dát was het. Ze spanden samen, Ceder en het gedrocht. Misschien wilde ze de koning onttronen en zichzelf tot koningin uitroepen en had ze beloofd het gedrocht te redden als hij haar zou helpen, iets dergelijks.

Er lag een wrede lach om Brons' snuit. Hij zou het aan de koning vertellen, maar nu nog niet. De koning zou zonder bewijs niets over Ceder aannemen. Brons zou afwachten en haar in de gaten houden, haar betrappen. Als hij de maarschalk niet ten val kon brengen, zou hij best commandant willen worden. Het was alleen een kwestie van tijd, maar daar was niet veel meer van over.

Krukel had het gevoel dat hij nog maar net in slaap was gevallen toen hij, ver voor het aanbreken van de dag, weer gewekt werd voor de koude, vermoeiende mars naar Bakentop. Hij wenste dat hij de koning had gezegd het zilver dichterbij te zoeken. De vorst maakte de kale grond harder en onbarmhartiger voor zijn poten en aan de mars scheen geen eind te komen. De werkdieren bouwden schuilplekken en legden vuren aan, op die manier kon hij zich tenminste warmen als Graniet het te druk had om hem er weg te commanderen. De ruwe wind blies stof uit de mijnen en roet uit de ovens. Deze dag scheen voor Krukel eeuwig te duren, een dag van kou, vocht en verveling. De dieren met hun kruiwagens en pikhouwelen huiverden, trokken hun schouders in en de ellende stond op hun snuit te lezen. Lang voor ze die avond het fort bereikten, waren Krukels botten ijskoud, bonsden zijn achterpoten, en elke stap op de bevroren grond deed pijn aan zijn poten, toen het fort dreigend voor hen opdook.

Hij viel al lopend in slaap, en werd toen met een schok weer wakker. Hij leek wel te zwaaien, toen kwam er een vreselijk moment waarop alles leek te bewegen en hij niet wist of hij zelf zijn evenwicht verloor of dat de grond onder hem bewoog – niets stond stil en hij merkte dat hij uitkeek naar een boom om tegenop te klimmen, naar een tak om op te springen, maar op deze troosteloze plek was er niets…

Iemand greep hem vast, sleepte hem opzij en rende weg.

Overal rondom hem renden dieren, schreeuwden, keken over hun schouders, en de grond schudde en rommelde, hij kon nergens in klimmen, het was nergens veilig... Graniet schreeuwde bevelen.

'Allemaal kruipen!' blafte hij. 'Verdelen in twee groepen, spreiden, verdeel je gewicht!'

Krukel kroop met zijn snuit vlak boven de ijskoude grond. Uit zijn ooghoeken zag hij dieren om hem heen als insecten over de harde, stoffige grond voortkruipen. Rillend vroeg hij zich af wat er eigenlijk precies gebeurde en hoe lang het nog ging duren, toen de stem van Graniet weer blafte.

'Opstaan, iedereen! Niks aan de hand, het is maar een kleine aardbeving. Een beetje geschud ondergronds, niets waar iemand zich druk over hoeft te maken, behalve het gedrocht, omdat dat een schijtlaars is. Voorwaarts!'

Krukel draaide zich woedend om. Dit nam hij niet. Maar soldaten grepen hem bij zijn poten en joegen hem voort, en hij had geen andere keus dan door te lopen, stap voor stap, met zijn zere poten strompelend over de bevroren grond, terwijl alles aan hem pijn deed van de kou.

Gelukkig was het fort al dichtbij en had hij een warme cel om naar uit te kijken. Hij had nooit gedacht dat hij nog eens blij zou zijn om de spiegelhal weer te zien, maar de vlammende toortsen aan de muur warmden zijn pels tenminste. Egels voerden hem naar zijn cel in een tempo dat hij maar met moeite bij kon houden. Hij hield zijn kop omhoog en toen ze bij de gang kwamen zag hij hen grijnzen en elkaar blikken toewerpen. Brons schreeuwde bevelen.

'Alle dingen eruit. Alles!'

Krukel staarde ongelovig en vol afgrijzen naar wat er gebeurde. De kussens uit zijn cel, de tafel en zelfs de gordijnen werden de gang op gegooid. Meedogenloos werd de hele kamer leeggehaald. Er bleef voor Juniper niets over om zich te verbergen.

Was hij ontsnapt? Verborg hij zich in de schoorsteen? Hadden ze hem gevonden?

'De mooiste slaapkamer voor het gedrochtenvriendje van de koning,' verklaarde Brons en grinnikend duwde hij de deur open. In een hoek lagen een deken en een klein hoopje bladeren. Op de koude haardplaat stonden een beker water, een bord met droog brood en de lege houtmand. In de haard lag as. Van Juniper geen spoor.

Hij voelde hoe Brons hem opnam met die grijns op zijn snuit. Of Juniper was op de een of andere manier ontsnapt en ze wisten niets over hem, of ze hadden hem gevonden en weggevoerd en wachtten nu af hoe Krukel zou reageren. Voorzichtig, om niets te verraden, en proberend niet te blijken, liep hij naar de hoop bladeren en plofte neer.

'Welterusten,' zei Brons met opgestoken stekels, en hij wilde net de deur dichttrekken toen in de gang marcherende poten en kletterende wapens klonken en dieren stram in de houding sprongen. Koning Zilverberk was in aantocht.

Krukel was te moe om er zich iets van aan te trekken en zijn ogen vielen dicht, maar Brons blafte: 'Sta op, gedrocht', beende de cel in, hees Krukel op zijn poten en gaf hem een duw waardoor hij de deur uit werd geslingerd. Alleen doordat hij zich met zijn staart in evenwicht kon houden, viel hij niet languit voor de poten van koning Zilverberk. De koning grijnsde op hem neer.

'Buigen, gedrocht!' beval hij.

Ik heb genoeg van je kwaaie buien en je scènes, dacht Krukel. Je lijkt in niets op een koning, en ik zie niet in waarom ik voor jou zou moeten buigen. Een bijtende klap van Graniets zwaard tegen zijn schouder sloeg hem tegen de grond, en onder gelach dat hem deed gloeien van vernedering stapte een schildwacht naar voren en hees hem overeind.

Haar lippen streken langs zijn oor. 'Maak je geen zorgen!' fluisterde ze.

Het was zo zacht en stilletjes dat hij niet zeker wist of hij het wel had gehoord, maar hij zag de glans van Ceders roodgouden pels. Hij waagde het niet naar haar te kijken, dus keek hij, terwijl hij zich in evenwicht probeerde te houden, in plaats daarvan naar de menigte om zich heen. Daar, tussen de maliënkolders en de helmen, schemerde een donkere pels en zag hij een poot met een bekende kromming.

Hij durfde Juniper niet recht aan te kijken, maar hij moest hard op zijn lip bijten om niet te lachen.

'Sta op, gedrocht!' beval Ceder en ze nam plichtsgetrouw haar plaats weer in achter de koning.

'Deze keer zul je voor de koning buigen,' grauwde Graniet.

Ceder stond recht achter de koning. Krukel legde een poot op zijn hart en boog.

'Dat is beter,' snauwde de koning. 'We dachten al dat je ons op de verkeerde plek had laten zoeken, gedrocht. We waren al van plan om je aan Rookkringel te geven; ik denk dat we gauw sneeuw krijgen. Maar ze hebben een zilverader gevonden, gedrocht, op Bakentop!' Hij draaide zich naar de wacht en hief een gebalde vuist. 'Horen jullie dat? Een zilverader!'

Hij wachtte tot het gejuich was verstomd, en draaide zich toen weer naar Krukel. 'Rookkringel zegt dat het door zijn toverkunst komt, maar we geven jou het voordeel van de twijfel en houden je in leven om te zien hoe het verder loopt. Het kan maar beter een goede ader zijn. Waar is Rookkringel?'

Met het gebruikelijke gerammel van beenderen slofte Rookkringel de gang in.

'Ik heb u zilver gebracht,' siste hij. 'Mijn toverkunst liet de aarde beven om de ader te openen. Ik heb hem gevonden.'

'Maar voordat het gedrocht hier was vond je nooit iets,' zei de koning humeurig. Rookkringel rammelde naderbij.

'Het is gevaarlijk om...' begon hij, en stopte toen op nauwelijks twee stappen bij Juniper vandaan. Zijn ogen werden spleetjes. Krukel zag dat Rookkringel zijn kop scheef hield als een vogel, en snoof.

Krukel dwong zich recht vooruit te blijven kijken, maar zijn vel prikte. Het was alsof Rookkringel van Juniper af wist, zijn aanwezigheid kon voelen. Rookkringel gromde diep in zijn keel, en schuifelde achteruit.

'Wat is er met jou aan de hand?' beet de koning hem toe.

'Iets...' zei Rookkringel schor. 'Iets...' Hij ademde zwaar. Zijn oren lagen plat tegen zijn kop, zijn stekels staken recht overeind, en tot Krukels stomme verbazing lag er doodsangst in zijn ogen.

'Een grote magische toverkracht!' bracht Rookkringel hijgend uit. 'Maar ik zal sterkere maken! Nog sterker!' Achteruit schuifelend, bijna struikelend over zijn eigen poten, trok hij zich in de schaduw terug. De koning snauwde een bevel en met een ruwe zet van Brons belandde Krukel weer wankelend in de cel en hoorde hij het slot achter zich knarsen.

Na de toortsverlichte gang was het in de cel donker en bitter koud. Krukel nam een slokje water, dat niet vers was en naar ijzer smaakte, en waar hij het nog kouder van kreeg. Aan het harde brood had hij geen behoefte. Hij wikkelde de deken om zich heen, kroop tussen de bladeren en vroeg zich af waar

Rookkringel zo van was geschrokken. Krukel was zelf in paniek geraakt toen de tovenaar vlak bij Juniper was blijven staan, want hij wist dat de aanwezigheid van dreigend kwaad Juniper onpasselijk maakte. Zou het kunnen dat Rookkringel hetzelfde voelde in de aanwezigheid van iemand die oprecht en dapper was? En was Juniper meer dan oprecht en dapper?

Het belangrijkste was dat Juniper zich bij Ceder veilig kon voelen. Daar was hij blij om, ondanks de donkere leegte van de cel in zijn eentje.

Er hing nog steeds een vage geur van luizenolie in zijn pels, en het herinnerde hem weer aan Appel. Hij begon gesteld te raken op de geur, omdat die hem aan Mistmantel deed denken. 'Winteroefening,' zou Appel op zo'n moment gezegd hebben. 'Inpakken, oprollen, en nergens meer aan denken.' Dat deden de meeste dieren in koude en hongerige winters. Jezelf warm houden en vooral veel slapen. Er was een hulpmiddel voor: je diep in jezelf terugtrekken en alle gedachten buitensluiten. Er viel nu niets anders te doen dan slapen. Krukel rolde zichzelf stevig op, verbeeldde zich dat hij op Mistmantel was, en stond op het punt in slaap te vallen toen de deur met een klap opensloeg. Er klonk gelach op de gang. Krukel kneep zijn ogen stijf dicht en probeerde wanhopig weer in te slapen.

'Commandant Ceder van de binnenwacht voor het gedrocht!' riep Spoor. Met tegenzin en dodelijk vermoeid, deed Krukel zijn ogen open toen Ceder hem overeind sleurde.

'Bevel van de koning,' snauwde ze. 'Je moet met me meekomen.'

Ze sleepte hem de gang door, waar soldaten hard lachten en commentaar gaven: 'Heb je het gehoord? Ze heeft toestemming om hem in bad te stoppen. Ja, van de koning. Ze hebben op Mistmantel wel vijftig verschillende luizensoorten die wij niet kennen. Zelfs commandant Ceder krijgt ze niet weg.'

Ceder opende een zijdeur en voerde Krukel snel een trap af, deed een deur van het slot en joeg hem door een doolhof van kronkelende gangen met bochten en trappen. Eindelijk zei ze: 'Nou, Krukel.'

Toen hij besefte dat hij klaarwakker was en niet droomde, voelde Krukel zijn oren draaien van opwinding. 'Is het zover?' vroeg hij enthousiast. 'Tijd om te ontsnappen?'

'Nog niet,' zei Ceder zacht, en Krukel probeerde niet teleurgesteld te kijken. 'Maar er zijn dieren die je moet ontmoeten, en vanavond heb ik de gelegenheid om je uit je cel te halen. Hopelijk krijg ik de koning zover dat ik daar een gewoonte van kan maken. In de tussentijd…'

Ze boog om aan een ring in de vloer te trekken, en opende een luik. Krukel keek in een zwart gat, en nog voor hij kon vragen wat daaronder was, sprong Ceder omlaag en verdween. Er klonk een zachte plof en haar stem klonk naar boven: 'Spring!'

Onbekend met wat hem wachtte of hoe diep het was, sprong Krukel met sidderende poten het donker in. Het licht van een toorts in zijn snuit deed hem met zijn ogen knipperen.

'Deze kant op, meneer,' zei een mol, en hij leidde Krukel door een tunnel die zo laag was dat hij binnen de kortste keren moest kruipen. Hij was nooit dol op tunnels geweest, en op lage en nauwe tunnels al helemaal niet, en deze was nieuw en beangstigend voor hem. Hij richtte al zijn aandacht op zijn ene poot voor de andere zetten en probeerde niet te denken aan de wanden die tegen zijn pels drukten, of aan het gewicht van het fort boven hen. Hij moest vooral niet denken aan hoe lang deze tunnel was, en omdat hij zat ingesloten met een mol voor en Ceder achter hem… kreeg hij het benauwd. Hij probeerde diep adem te halen, maar de lucht was warm en bedompt… Ik moet eruit, eruit, laat me eruit… hoe weet ik dat ik Ceder kan vertrouwen? Heeft ze me hierheen gebracht om me te vermoorden?

Toen, net toen de paniek hem dreigde te overvallen, werd de tunnel breder, ontsloot de mol een deur, en kwam hem een zee van licht, kleur, en opgewekte stemmen tegemoet.

Hij stond in de deuropening van een ondergrondse ruimte, helder verlicht door toortsen en een haardvuur. Links en rechts van hem stonden houten tafels vol voedsel — eenvoudig voedsel, maar veel — en verschillende kleuren vruchtenwijn waar hij vreselijke dorst van kreeg toen hij er alleen maar naar keek. Toen besefte hij dat elk dier in de ruimte zich naar de deur had gedraaid en hem met glanzende, hoopvolle ogen aankeek.

Er waren eekhoorns, mollen in alle tinten en maten, en schrander kijkende egels, en zijn hart sprong op van blijdschap toen hij Juniper zag. Veel dieren hadden bekers in hun poten, maar ze waren opgehouden met drinken en vielen stil op wat gefluister na: 'Dat is hem! De getekende eekhoorn!' Sommigen bogen of maakten een beleefde kniebuiging en hij boog terug toen een jonge wijfjesegel en een mannetjeseekhoorn op hem toe liepen en de menigte voor hen uiteenweek.

De grote, magere eekhoorn hield stil en vouwde zijn poten achter zijn rug. Hij was donker, met diepzinnige trekken, en droeg een eenvoudige, bruine tuniek met vochtvlekken alsof hij zijn poten net had afgedroogd. Hij bleef eerbiedig wachten toen de egel soepel en zonder aarzeling met geheven kop een stap naar voren deed. Ze was klein en had een ernstig en alledaags, puntig snuitje, met opmerkelijk heldere ogen en een schrandere en pientere blik, alsof er haar niets ontging. Ze deed Krukel aan Krispijn en Padra denken. Ze had vast geleerd om altijd op haar hoede te zijn. Krukel wachtte tot hij werd voorgesteld, maar hij wist al wie ze waren.

'Dit is koningin Lariks,' zei Ceder, 'de nicht van onze overleden koningin en de rechtmatige koningin van Blankevleugel. En dit is onze priester, broeder Vlam.'

'Ik heet je van harte welkom te midden van de Lariksen,' zei Lariks, en haar stem klonk zacht en ernstig. 'Ik bied je mijn verontschuldigingen aan voor de slechte behandeling die je hier ten deel is gevallen. We zullen doen wat we kunnen om je te helpen.'

Broeder Vlam sprong naar voren, greep Krukels poot en schudde die. Hij rook naar onaangenaam scherpe kruiden.

'Neem me alsjeblieft niet kwalijk,' zei hij kort. Zijn manier van doen was nerveus en gespannen, maar hij praatte tegen Krukel alsof ze elkaar al jaren kenden. 'Ik heb net een jonge mol met ademhalingsmoeilijkheden behandeld en ik vrees dat ik nog steeds naar het aftreksel ruik. Wat er verder ook mis is met Blankevleugel, we hebben nog steeds bekwame genezers.'

'En die hebben we ook hard nodig,' zei Lariks. 'Al die mijnen voor zilver en steenkool scheiden stof af dat in onze ogen, kelen, longen en pels komt. Het maakt ons ziek, en elk seizoen zijn de medicinale planten die we nodig hebben moeilijker te vinden. De rook en stof verstikken alles.'

'Dat spijt me voor u,' zei Krukel. Met al die hoopvolle ogen op hem gericht zou hij het eiland extra graag verlossen, als hij maar wist hoe. 'Wat wilt u dat ik doe?'

Lariks keek verbaasd. 'Krukel van de vallende sterren, wij zijn hier om jóu te helpen,' zei ze. 'We zullen al het mogelijke doen om je naar huis, naar Mistmantel te krijgen. Je bent door Zilverberk en zijn hof schandelijk behandeld.'

'Maar ik zou graag iets voor dit eiland willen betekenen,' zei Krukel. Zijn bek voelde steeds droger aan, en in zijn eigen oren klonk zijn stem schor, maar hij zag het verlangen en de hoop op de snuiten rondom hem en zei wat hij moest zeggen. 'Ik bedoel, ja, natuurlijk wil ik wel naar huis. Zo graag, dat ik probeer er niet aan te denken. Koning Krispijn wil ook dat ik naar huis kom, dat weet ik. Maar hij zou niet willen dat ik jullie in de steek liet als ik jullie kon helpen.'

'De hulp die je ons kunt geven is deze,' zei Lariks, en haar plechtige snuitje keek hem recht aan. 'Als deze zilvermanie over is en Zilverberk van de troon is gestoten, zullen we Mistmantel om hulp vragen. En dan gaat het niet om soldaten of kostbaarheden, maar om goede Mistmantelgrond om de aarde te vervangen die door de mijnen is verwoest, en om iets wat erin kan groeien.'

'Dat is precies wat dit eiland nodig heeft,' zei Krukel.

'Zei ik ook,' klonk een barse, bekende stem.

'Bul!' riep Krukel. Breed grijnzend kwam kapitein Bul door de menigte naar hem toe.

Lariks klapte in haar poten en plotseling was iedereen met van alles bezig: wijn inschenken, stoelen aanschuiven, kleine groepjes vormen, alsof er een feestje begon. Voor Krukel won de scheve grijns op de mollensnuit het van dit feestje, hij had die nog liever dan de beker wijn die Bul hem in zijn poten duwde.

'Hoe ben jij hier gekomen?' riep Krukel uit.

'Opdrinken,' beval Bul. 'Kom daar zitten.' Hij gaf een ruk met zijn kop naar het vuur waar Juniper wachtte. 'Blij dat die is opgedoken. Dacht ik wel. Goeie jongen.' Een optocht van egels met bekkens heet water en sponzen kwam op hen af, en Bul knikte. 'Je moet in bad.'

'Wat?' zei Krukel.

'Vrouw Ceder zei dat ze je uit je cel ging halen voor een wasbeurt, dus moet je dat kunnen zien,' grinnikte hij, toen de egels het water en de sponzen naast Krukel neerzetten. 'Trek je niks van mij aan, en vergeet je oren niet.'

'Maar wat doe je hier?' drong Krukel aan terwijl hij zich waste.

'Jou halen, wat dacht jij dan?' zei Bul. 'De koning wilde niet weer een reddingsploeg sturen tot we zeker wisten dat we niet weer zo ontvangen werden als de laatste keer. Maar het duurde maar, en ik zei tegen de koning dat ik niemand anders in gevaar wilde brengen maar zelf best een stel extra tunnels wilde graven waar die Blankevleugelbende niks van wist. Dus zodoende. Ik kan je oigenlijk net zo goed gelijk meenemen.'

'Wanneer?'

'Weet ik het,' zei Bul. 'Ik ben er net. Rare plek, dit.'

'Maar wij dachten dat alle tunnels bewaakt werden,' zei Juniper.

'Worden ze ook,' zei Bul. 'Die ze kennen wel. Dus heb ik er een paar bijgemaakt. Daarom duurde het zo lang. Maar die ouwe tunnels onder de zee! Prachtige boogwerk, werk van een vakman. Even sterk als de toren. Net groot genoeg voor kleine eekhoorns. Daarlangs moeten we terug.'

Krukel en Juniper wisselden een blik. Geen van beiden zag ernaar uit om dagenlang onder de grond te reizen, maar het was de enige weg terug naar Mistmantel.

'Werk van een vakman, die Blankevleugeltunnels,' ging Bul door, en hij knikte dankbaar met zijn kop naar de jonge egels die manden met brood en fruit bij hun poten neerzetten. 'Ze hebben hier fantastische tunnels onder dit eiland, maar ze hebben er te veel. Niet goed voor de grond. Wordt er minder stevig van. En wat ook nog zo is, ik zei het net nog tegen Lariks en de rest: er loopt een kolossale breuklijn recht onder dit fort. Dat kan alleen een mol zien. Ik moest uitvissen hoe die tunnels liepen, er een paar gangetjes voor mezelf bijmaken, zorgen dat ik niet gesnapt werd, en dat de boel niet in zou storten. Knap staaltje werk, al mag je dat niet van jezelf zeggen.' Hij grijnsde zelfvoldaan terwijl hij zijn poten aan een beker wijn warmde. 'Keurig.'

Krukel genoot van zijn schone pels, nu het vuil eruit was gewassen. Bul gaf hem een handdoek.

'Ik veronderstel dat we je hartje winter, als de grond te hard is om in de mijn te werken, hieruit kunnen halen,' zei hij. 'Dat zal krap aan worden, we moeten jullie alle twee hier weg hebben voor Rookkringel zijn prooi opeist. Ik garandeer niks, maar ik doe mijn best.' Hij rekte zich uit en grijnsde waarderend toen de muzikanten begonnen te spelen en Lariksen bij elkaar inhaakten om te dansen. Krukel keek toe en vroeg zich af of er van hem werd verwacht dat hij iemand ten dans zou vragen of dat iemand hem zou vragen en wat hij zou doen als hij moest dansen, omdat hij niet wist hoe, en bovendien was hij nog nat, toen hij snorharen tegen zijn snuit aan voelde. Ceder stond achter hem en boog zich naar hem over.

'Komen jij en Juniper even met me mee?' vroeg ze zacht. 'Er zijn dingen die je moet weten.'

Met hun bekers in hun poten liepen Krukel en Juniper achter haar aan. Ceder zigzagde door de menigte, liep een paar ondiepe treden op die in de rots waren uitgehouwen, en een deur door die zo laag was dat Krukel moest bukken voor hij in een kleine ronde kamer kwam met een gewelfd plafond, versierd met lariksen.

Nog voor hij broeder Vlam zag, wist hij dat dit een priesterkamer was; het had de kalme gebedssfeer van een priesterkamer. Manden met bladeren waren op elkaar gestapeld, keurige rijen flesjes stonden op een richel en in de haard knapperde een klein vuur. Lantaarns verspreidden een zachte gloed.

Broeder Vlam verwelkomde hen bij de haard met een uitgestrekte poot, en ze gingen dicht bij elkaar rond het vuur zitten. Er stond een kleine houten tafel met daarop een elegant kistje, en Krukel vroeg zich af wat erin zou zitten toen broeder Vlam zacht zei: 'Ceder, dit moet jij vertellen.'

Krukel voelde dat dit een belangrijk moment was. Plechtig, en vol betekenis. Hij spitste zijn oren.

Ceder opende het kistje en hield het hem voor zodat hij een gevlochten armband zag, een oude en een beetje versleten armband Hij zag eruit alsof hij van eekhoornbont was gemaakt, maar – en Krukels hart ging sneller kloppen toen hij wat beter keek – het bont was lichtgekleurd. Misschien was het in de loop van de tijd en door het dragen wat donkerder geworden, maar eigenlijk was het net zo licht als zijn eigen pels. Met licht trillende poten legde Ceder het voor hem op de vloer.

Krukel huiverde. De spanning van het moment zoemde en zinderde om hem heen. Zijn leven stond op het punt een verregaande wending te nemen, voorgoed. Dat wist hij in zijn hart.

17

Sepia was net wakker geworden.

'Dáár ligt hij!' zei ze.

Dagenlang had ze zich suf gepiekerd over haar verloren cape. Ze kon er niet achter komen waar hij was, of waar ze hem voor het laatst bij zich had gehad. Eerst had ze de cape niet gemist, maar nu lag er in de ochtend helderwitte rijp en was er een koude wind die haar naar haar warme groene cape deed verlangen. Ze was op weg naar haar nest geweest toen ze aan de cape dacht omdat ze hem over het mos en de bladeren uit wilde spreiden nu de nachten kouder werden. En, zoals zo vaak bij Sepia, was ze na een diepe slaap vroeg wakker geworden met het antwoord op haar probleem.

'Hij ligt nog in de zanggrot,' zei ze. Daar had ze hem achtergelaten toen Hoop kwijt was. Ze sprong overeind en zette haar pelsharen op om warm te blijven. Haar winterpels groeide gelukkig snel aan, en ze dacht aan Krukel en hoopte dat die het warm genoeg had.

Het zou een eenzame tocht worden als ze in haar eentje heen en weer ging naar de zanggrot. Ze maakte zich geen zorgen over Gruwers waarschuwing met betrekking tot de grotten – ze had er jarenlang zonder problemen gezongen en gespeeld – maar ze was aan gezelschap gewend geraakt. Misschien ging Prikkel mee. Om deze tijd van de ochtend was die meestal op het strand naar de Hartensteen aan het zoeken, dus sprong Sepia naar het water waar Prikkel en Vinlit ruzie leken te heben. Sepia ging op een rotsblok zitten tot ze klaar waren.

Vinlit zei dat hij niet inzag waarom Krispijn niet gekroond kon worden zonder de Hartensteen, en dat ze altijd nóg een feest konden geven als Krukel thuiskwam. Prikkel hield vol dat traditie belangrijk was, en dat ze de Hartensteen nodig hadden om te bewijzen dat Krispijn de rechtmatige koning was. Vinlit rolde in het zand en zei dat iedereen met een half oog en een beetje verstand kon zien dat Krispijn de rechtmatige koning was, en Sepia keek naar de tekeningen die de golven maakten in het zand. Appel kwam bij haar zitten, en als altijd probeerden ze elkaar gerust te stellen dat het goed ging met Krukel en dat hij naar huis zou komen. Appel vroeg zich hardop af hoe het met kapitein Bul zou gaan, die plotseling weer was vertrokken, en met zijn arme vrouw, vrouwe Hol, een betere mol moest nog boven aarde komen, ze zegt dat hij voor zaken van de koning weg is maar als ze al wist waarvoor dan zei ze het niet, en misschien mocht ze het niet zeggen, dat wist je maar nooit, arme vrouwe Hol, wat was ze dapper. Uiteindelijk, toen Appel even stopte om op adem te komen, sprong Sepia naar beneden om uit te leggen wat ze van plan was.

'Oh, ga je naar de rots met de waterglijbaan?' vroeg Vinlit. 'Mag ik mee?'

'Dan ga jij alleen maar op de glijbaan spelen,' zei Prikkel.

'Ja, heerlijk!' zei Vinlit.

'Oh, jee,' zei Prikkel die zich iets herinnerde, 'ik heb mam beloofd dat ik vanmorgen de nestjes zou helpen bekleden voor de winter.'

'Morgen kan ook,' zei Sepia, 'al heb ik dan een koorrepetitie. Denk je dat we met zijn allen naar de zanggrot kunnen gaan, als de ouders het goedvinden? Ze zouden de zanggrot enig vinden, en het klinkt daar zo mooi. Ik zou het leuk vinden als ze zichzelf daarbinnen konden horen. Denk je dat we ze mee kunnen nemen?'

'Gruwer zegt dat het gevaarlijk is,' zei Prikkel, 'maar jij bent er toch heel vaak geweest?'

'Oh, Gruwer zegt dat maar,' zei Vinlit, 'omdat hij de grotten voor zichzelf wil houden als een romantische ontmoetingsplek waarmee hij indruk kan maken op zijn vriendinnetjes.'

Padra hield niet van hoogtes, maar met Spars torentje lag het anders. De luchtige eenvoud, de keurig aangeveegde haard en de gewijde sfeer misten op hem nooit hun kalmerende uitwerking. Nadat hij Spar naar boven had begeleid, knielde hij neer om de haard aan te maken en stuurde de jonge eekhoorn Knibbel naar de keuken om ontbijt te halen. Hij trok een kruk bij het vuur voor Spar.

'Het Hart zegene je, Padra,' zei Spar, terwijl hij ging zitten en zijn poten naar het vuur uitstrekte. 'Ik ben nog niet helemaal kinds, maar het doet me deugd dat een kapitein voor mij het vuur aansteekt.'

'Broeder Spar,' zei Padra geïrriteerd, 'kunt u mij het verhaal over die mist uitleggen? Ik begrijp er niks van. De mist moet het eiland beschermen, maar maakt het ons ook onmogelijk onze eigen dieren te hulp te komen.'

Spar sloot zijn ogen, drukte zijn poten tegen elkaar en schommelde zachtjes heen en weer op zijn kruk en merkte niet eens dat Knibbel terugkwam met het ontbijt. Padra stond op het punt te vragen of het wel goed met hem ging toen Spar zijn ogen opendeed, zich schudde, en zei: 'Het Hart is wijs en Mistmantel is klein. Klein en mooi. De mist is er om ons tegen aanvallen te beschermen. Onze eigen dieren die over het water vertrekken, kunnen niet over het water terugkeren. Dat betekent dat bannelingen die oorlog en ellende over ons eiland hebben gebracht geen leger op de been kunnen brengen en terug kunnen komen om het nog een keer te proberen. Maar de mist is er niet om de dapperen en rechtschapenen weg te houden. Zoals Bul met zijn tunnels. Bul is twee keer vertrokken. Niemand is ooit drie keer vertrokken en weer teruggekomen. Misschien is dat niet mogelijk. Maar niemand weet alles van de mist, behalve het Hart, dat de mist heeft geschonken.'

'Maar Bast kon de huurlingen aan land brengen,' voerde Padra aan. 'De mist liet hun schepen wel door.'

'Hmm,' zei Spar, 'daar heb ik ook aan gedacht. Waarom komen sommige schepen wel en de meeste andere niet door de mist? Het Hart weet het. En het Hart weet dat Mistmantel niet kan overleven als het totaal van de rest van de wereld wordt afgesneden, waar die rest ook uit moge bestaan.'

'Maar waarom nou juist Blankevleugel?' vroeg Padra. 'Sinds Bast aan de macht kwam, zijn er meer van hun schepen hier geweest dan daarvoor.'

'Hmm,' zei Spar, 'het Hart mag het weten. Maar wat een heerlijk ontbijt, Knibbel! Dat brood ruikt verrukkelijk.'

'Ik heb vis meegebracht voor kapitein Padra,' zei Knibbel gretig. Hij wist niet zeker hoeveel vis, dus had hij maar voldoende gehaald. Hij verwijderde snel een eekhoornhaar uit de boter en hoopte dat ze het niet hadden gezien.

'Dat is heel attent van je, Knibbel,' zei Padra die zag dat Knibbel genoeg vis bij zich had voor een hele otterfamilie. 'Misschien kan ik er wat van aan vrouwe Arran geven.'

'Hoe is het met haar?' informeerde Spar, terwijl hij warme wijn in bekers schonk.

'Dwars, en ze wou dat het allemaal voorbij was,' zei Padra schouderophalend. 'Moeder Knuffen zegt dat het een tweeling wordt, maar Arran gelooft dat pas als ze het ziet. Heerlijke warme wijn, Knibbel.' Toen hij zijn ontbijt op had, slenterde Padra naar de Bronpoort om Arran de vis aan te bieden, maar ze draaide zich ongemakkelijk om in het nest en zei dat ze er geen zin in had.

'Ga weg,' mompelde ze, dus ging hij. Toen Padra weg was liet Arran moeder Knuffen komen.

Toen ze de toren verliet, vond Sprokkel een deur om mee te slaan en daar maakte ze twee keer gebruik van, hard, in de hoop dat iemand er wakker van zou worden. Ze had zichzelf tegen de schildwachten buiten adem gekletst, maar die lieten haar niet toe bij heer Boomtand. Ze zeiden dat ze zelf niet zou willen zien wat heer Boomtand met vrouwe Espens vertrekken had gedaan, en Sprokkel had verhit geantwoord dat zij niet zouden willen zien wat ze met heer Boomtand zou doen.

Ze repte zich de toren door, en lette niet op moeder Knuffen en Buls dochter, Motje, die zich jachtig naar de Bronpoort begaven. Zo gauw heer Boomtand die kamer uit mocht, zou ze hem opwachten.

18

Krukel zat in de ronde, door vuurgloed verlichte kamer met Juniper naast en Ceder en Vlam tegenover zich. Het was heel stil geworden, maar het was een gonzende stilte, alsof er een toon natrilde.

'Allereerst moet je weten dat ik niet van dit eiland kom,' zei Ceder, 'maar ik herinner me niet waar ik wel vandaan kom, althans niet goed. Het was een eiland dat Asvuur heette omdat de berg midden op het eiland een vuurberg werd genoemd, maar iedereen dacht dat die dood was.'

'Neem me niet kwalijk,' zei Krukel, 'wat is een vuurberg?'

'Dat is een berg die van binnenuit heet wordt tot hij openbarst,' zei Ceder. 'Hij wordt zo heet dat hij smelt en in kokende rivieren naar beneden loopt. Daarna is er overal as. Ik weet er niet veel meer van. Ik herinner me alleen nog geschreeuw en een rode gloed, en dat mijn vader me oppakte en naar een boot rende. We zijn allemaal voorgoed van het eiland vertrokken en hebben ons op verschillende plaatsen gevestigd. Enkelen van ons kwamen op Blankevleugel terecht, waar het toen nog goed toeven was. De eekhoorns van Asvuur hadden de neiging om bij elkaar te blijven, en één eekhoorn werd mijn grote vriendin. Ik kan me de tijd niet herinneren dat ze er niet was. Ze was ouder dan ik, een soort grote zus voor me. Ze hielp mij mee verzorgen toen ik klein was, en ik aanbad haar. Ze was heel aantrekkelijk, de aardigste eekhoorn die ik ooit heb gekend, en zij was de eerste die me over Mistmantel vertelde. Ze was er nooit geweest, maar ze had erover gehoord en hoopte ooit een manier te vinden om er te komen. Met dat verlangen heeft ze mij aangestoken, Krukel. Ik weet nog hoe de dieren naar haar keken en fluisterden, omdat ze een begunstigde was.'

'Pardon?' zei Krukel.

'Ze had… ze had min of meer jouw kleur,' zei Ceder. 'Hier heet dat een "getekende eekhoorn", maar op Asvuur noemden ze dat "begunstigd".'

Krukel hapte naar adem. Zijn pels prikte.

'Ze zag er niet precies hetzelfde uit als jij,' zei Ceder. 'Over haar rug liep een eekhoornrode streep die naar opzij verbleekte tot een honingkleur, en haar oren en staart waren roder dan die van jou, maar voor de rest leek ze op je. Ze heette Amandel. Ze stond erg in de belangstelling vanwege de voorspelling over de getekende eekhoorn die het eiland zou bevrijden. De meeste Wijze Oude Snorharen op Blankevleugel dachten dat de bevrijder een mannetje zou zijn en andere zeiden dat ze te rood was voor een getekende eekhoorn, maar toch keken alle dieren naar Amandel. Veel van mijn geneeskundige vaardigheden heb ik van haar en haar familie geleerd.

Toen de koningin stierf moest Lariks haar opvolgen, maar die was toen nog klein en Zilverberk werd regent. In het begin was hij nog niet eens zo slecht. Hij was humeurig en erg belust op het winnen van zilver, maar anders dan nu. Hij werd alleen steeds erger, en dieren begonnen het eiland te verlaten. Amandel zou hem hebben geholpen – zijn geest was ziek – maar hij wilde er niets van weten. We hadden een uitstekende, begaafde, jonge priester, hij heette Kaars, en dieren hebben het nu nog over hem. Vlam was al bij hem in opleiding, maar de koning wilde niet naar priesters luisteren, alleen maar naar Rookkringel.'

'Neem me niet kwalijk,' zei Krukel, 'maar er is iets wat ik niet snap over Rookkringel en zijn toverkunst. Ik bedoel, is het echte tovenarij? Bezit hij echt die macht, of dénken ze alleen maar dat hij die heeft?'

'Goeie vraag,' zei Vlam. 'Hij bezit absoluut een extra gave: hij is zich van dingen bewust waarvan anderen zich niet bewust zijn. Noem het een zesde zintuig. Maar meer dieren hebben zoiets, en die zijn daarmee nog geen tovenaar. In Rookkringels geval is het voldoende dat de koning gelooft dat hij er een is. Of zijn tovenarij en al dat gehannes met dode lichamen echt werkt, valt moeilijk te bewijzen. Maar ik zal je vertellen wat ik wel weet. Om te beginnen gelooft de koning erin en dat geeft Rookkringel macht over hem. Ik weet dat er kwade krachten in en door Rookkringel aan het werk zijn. Maar ook dat geldt, helaas, voor meer dieren, zoals Graniet en de koning zelf, zonder dat daar tovenarij aan te pas komt.'

'Juist,' zei Krukel.

'De koning was gefascineerd door toverkunst en was er tegelijkertijd bang voor,' vervolgde Ceder. 'Het is altijd hetzelfde met tovenarij: dieren denken dat ze het in hun macht hebben en komen er te laat achter dat de toverkunst hen in zijn macht heeft. Maar ik vertel je verder over Amandel. Toen de rest van haar familie het eiland verliet, bleef zij hier. Ze had kunnen proberen om naar Mistmantel te komen, maar ze bleef.'

Krukel wilde vragen waarom, maar Ceder vertelde verder.

'Rookkringel wist de koning ervan te overtuigen dat het aan zijn gruwelijke toverkunst te danken was als het goed ging met het eiland en dat het, als het niet goed ging, kwam omdat hij niet genoeg aan tovenarij deed. Wat hij verder ook uitvoerde, hij verwoestte het verstand van de koning. Broeder Kaars had het eiland ook kunnen verlaten, maar hij vond dat hij moest blijven en zijn best moest doen om de dieren tegen Rookkringel te beschermen. Omdat Kaars bleef, bleef Amandel ook. Kaars en Amandel hielden van elkaar, en Vlam trouwde hen in het geheim. Het moest een geheim blijven omdat de koning hen alle twee al wantrouwde, vooral Amandel, vanwege haar kleur. Toen Amandel me vertelde dat ze zwanger was, wisten we dat de koning dat niet te weten mocht komen.

Kaars deed een voorspelling over de baby. Hij zei: "Hij zal een machtig heerser ten val brengen." Hij wist niet wat het betekende, maar hij wist wel dat het van het Hart kwam. We hielden het stil, maar de koning kwam er toch achter. Toen was het voor Kaars en Amandel veel te gevaarlijk om nog langer hier te blijven en we hielden een boot klaar waarmee ze het eiland konden verlaten.

De nacht dat ze zouden vluchten, bleek Kaars onvindbaar. Amandel wilde natuurlijk niet zonder hem vertrekken. Krukel, het was afschuwelijk. Kaars werd de volgende morgen dood aangetroffen aan de voet van de Adelaarsrots, en niemand heeft ooit geweten of hij is gevallen of geduwd. De eilanders begonnen de moed al op te geven. Ze werden zoals je ze nu ziet: doodsbang van Rookkringel en de koninklijke boogschutters, en onder het stof uit de zilvermijnen dat hen van hun gezondheid beroofde. Ze waren te bang om naar de doodsoorzaak van de priester te vragen. Te veel vijanden van de koning werden dood onder aan de rotsen gevonden, of drijvend in het water. Sommigen werden gedood om de toverkunst te dienen, anderen vluchtten. Het is allemaal heel afschuwelijk, Krukel.'

'Ja,' zei Krukel, 'maar wat gebeurde er met Amandel?'

'Om te beginnen lieten we Lariks en Vlam onderduiken en lieten iedereen in de waan dat ze waren gevlucht, dan zou de koning hen niet laten achtervolgen en doden. Ze hadden weg kunnen gaan, maar beiden vonden dat ze voor de andere dieren moesten blijven. Ik was jong maar ik was een goede genezer, dus veilig, en dat bleef ik door te doen of ik aan Zilverberks kant stond. Ik ben op de hoogte van wat er aan het hof gebeurt, en al die tijd heb ik de Lariksen geholpen. Je zou dus kunnen zeggen dat ik een verrader ben, Krukel.'

'Niemand zou jou een verrader noemen,' zei Krukel. 'Vertel alsjeblieft verder over Amandel.'

'Na de dood van Kaars moest ze vluchten voor Zilverberk haar op het spoor kwam. Hij zou nooit het risico nemen om haar of de baby te laten leven. Toen ik haar voor het laatst zag, gaf ze me deze armband. Dat was iets wat de eekhoornmeisjes toen deden: armbanden met stukjes van hun eigen verhaarde pels erin uitwisselen. Ze zou die avond als verstekeling aan boord gaan van een schip dat al eerder naar Mistmantel was gegaan; ze hoopte dat het weer op dat eiland zou varen.'

Heel voorzichtig pakte ze de armband op, draaide hem om, en legde hem weer neer. Haar poot trilde. Ze wendde haar snuit af en het duurde even voor ze verder kon spreken.

'Ze was zo'n goede vriendin, een zuster, bijna een moeder voor mij, en ik wilde zo graag met haar mee. Ik zei dat ze mij nodig zou hebben als de baby was geboren, maar ze zei dat Blankevleugel me harder nodig had. Ik ging naar de kust om het schip te zien uitvaren en omdat ik nog steeds graag met haar mee wilde.'

Krukel staarde naar de armband in het kistje. Zijn hart sloeg sneller.

'Het schip voer weg,' zei ze, 'en ik heb Amandel nooit meer gezien. Ik heb nooit geweten of ze op Mistmantel is aangekomen.'

Jawel, dacht Krukel, met luid en snel kloppend hart. Alstublieft. Ze ís aangekomen.

Hij staarde naar de armband alsof die een eigen verhaal bezat, maar zijn stem nodig had om dat te vertellen. Hij stelde zich voor hoe een schip Mistmantel aandeed, en hoe een lichtgekleurde eekhoorn naar de wal glipte. Zijn oren suisden. Hij wilde de armband aanraken, maar die lag daar als een gewijd voorwerp en de tijd was nog niet rijp.

'Maar,' ging Ceder zachtjes door, 'de jongen die dat jaar geboren werden, zijn nu ongeveer zo oud als jij, Krukel. Misschien is ze inderdaad op Mistmantel aangekomen.'

Het suizen werd een huivering. Krukel herinnerde zich alles wat hem over zijn aankomst op Mistmantel was verteld. Dat hij uit de lucht was komen vallen, dat Padra dacht dat een meeuw hem misschien had laten vallen, en dat zijn moeder nooit was gevonden. Hij probeerde wat te zeggen, maar kon het niet.

Ceder hielde hem het kistje voor.

'Deze is van jou, Krukel.'

Heel voorzichtig, met trillende poten, pakte Krukel de armband op. Die voelde stijf aan van ouderdom en hij was bang om hem te beschadigen. Hij wilde hem tegen zijn wang drukken en het lichte pelshaar zo dicht mogelijk tegen zijn snuit aan houden, maar omdat er zo veel andere dieren bij waren, hield hij hem alleen maar even tegen zijn bek en speelde met de gedachte om met de armband in zijn poten vannacht zijn nest in te kruipen. Toen legde hij hem terug.

'Wil jij er alsjeblieft namens mij voor zorgen?' zei hij. Zijn stem klonk zachter dan hij bedoelde. 'Omdat als ik hem meeneem, zij hem misschien vinden en af zullen pakken.'

'Natuurlijk doe ik dat,' zei Ceder vriendelijk. 'En we zullen ervoor zorgen dat je thuiskomt, Krukel.' Toen Krukel heel stil bleef, voegde ze eraan toe: 'Wil je even alleen zijn?'

'Ja, graag,' zei Krukel. Dat was precies wat hij wilde. Hij wilde zelfs niet Junipers gezelschap, of dat van Ceder. Hij wilde een tijdje alleen zijn met zijn eigen verhaal. 'Maar misschien is het echt de bedoeling dat ik iets voor dit eiland doe. Of misschien hóór ik dat wel te doen, na wat je me hebt verteld, of het nou de bedoeling is of niet.'

'Je bent tegen je wil met geweld hiernaartoe gebracht,' zei broeder Vlam. 'Er kan niets goeds uit voortkomen als je een dier tegen zijn wezen in tot iets dwingt. We hebben de plicht om je te beschermen. Bovendien, Krukel, heb je tijd nodig om dit te verwerken. Wil je terug naar je cel?'

'Het is daarboven zo koud!' zei Ceder.

'Daar zal ik nu geen last van hebben,' zei Krukel.

Krukel stond alleen in zijn cel bij het raam en keek naar de lucht. De maan en sterren schenen zo helder dat de rijp onder hen glinsterde, en voor de eerste keer voelde hij iets van liefde voor dit eiland. Op deze hardvochtige grond hadden zijn vader en moeder gewandeld. De vermoeide, moedeloze eilanders waren de dieren voor wie zijn vader was gestorven.

Hij drukte zijn poot tegen zijn wang alsof hij nog steeds de gladde vezels van de armband kon voelen en de zachtheid van het eekhoornbont.

'Kaars,' zei hij hardop. 'Amandel.' Hij kende hun namen, hij was iemands zoon. Hij herinnerde zich andere dingen die hem bijzonder maakten, afgezien van zijn kleur.

Hij was geboren op een nacht van vallende sterren. Amandel, de begunstigde eekhoorn was uiteindelijk op Mistmantel aangekomen, en de sterren hadden haar hulde gebracht.

Het werd te koud voor het raam. Hij ging terug naar het nest, trok de deken rond zijn schouders, en schurkte zich heen en weer om te gaan slapen.

'Goedenacht,' zei hij.

Op Mistmantel lag Padra klaarwakker om Arran gevouwen, terwijl Arran om twee kleine, opgekrulde babyotters gevouwen lag. Hij kon niet anders dan blijven kijken, naar hun stijfdichte oogjes, de zachte pootjes die ze tegen hun snuitjes drukten, het zachte dons van hun eerste pelsje. Af en toe wriemelde er eentje, wreef over zijn snuit of nieste, en zijn hart draaide om van liefde. Vroeg of laat zou hij moeten gaan slapen, maar nu kon hij het nog niet; hij verdroeg het niet om een beweging, kreetje, of zenuwtrekje van een snorhaar te missen.

Ze hadden nog geen naam voor het meisje, maar het jongetje zou Tij heten. Dat was een goede waternaam voor een otter en het had iets met Krukel te maken: met het getij was hij op Mistmantel aangespoeld, en misschien bracht het hem ook weer terug.

Prikkel, Vinlit en Sepia dreven de opgewonden kleine koorzangers naar de zanggrot. Prikkel vroeg naar Arran en Padra's baby's, en Vinlit zei dat ze saai waren.

'Saai?' zei Prikkel.

'Ze doen niks. Behalve dat eentje de hik had. Als ze groter zijn kunnen ze mee op de waterglijbaan.'

Sepia en de kleine eekhoorns renden vooruit. Er klonken opgetogen kreten toen ze over de rijp gleden.

'Het is nu te koud voor de waterglijbaan,' zei Sepia.

Toen ze haar cape zag, pakte ze hem op en hield hem tegen zich aan om hem te verwarmen terwijl ze wachtte tot Vinlit en Prikkel er waren.

'Het is nooit te koud voor een waterglijbaan,' zei Vinlit. 'Kom op, piepjes, naar binnen, daar kunnen jullie niet omvallen.'

'Wij vallen nooit om!' piepte een jonge eekhoorn voor ze met een plof op de grond terechtkwam. Hij wilde net gaan uitleggen dat hij dat met opzet deed, toen Prikkel uitriep: 'Stop!'

De kleine eekhoorns bleven stokstijf staan met grote ogen van de schrik en hun poten tegen hun lichaam aan geklemd. Sepia hield halt met haar poten rond de schouders van de dichtstbijzijnde eekhoorns.

'Wat is er?' vroeg ze dringend.

'Pootafdrukken!' zei Prikkel.

Sepia slaakte een zucht van opluchting en haar haren gingen overeind staan van ergernis. 'Is dat alles?' vroeg ze. 'Er komen hier altijd egels.' Ze leidde haar koor om de pootafdrukken heen terwijl ze ernaar keek. 'Er was ook iemand hier in de nacht nadat wij naar de Hartensteen hadden gezocht. Ik hoorde iets, en de volgende ochtend zag ik pootafdrukken van egels. En Mepper en Blokker waren buiten.'

'Sepia,' zei een kleine eekhoorn, 'Vinlit zegt dat kapitein Gruwer zijn vriendinnetjes hier mee naartoe neemt.' Er klonk krampachtig piepend gelach.

'Dat is echt waar!' zei een ander. 'Mijn zus zei dat ze hem hiernaartoe had zien gaan.'

Sepia haalde haar schouders op. 'De grot is van iedereen, niet alleen van ons. Nou, koor. De lage stemmen – jij, Zoef, en Goudglit en Korrel, aan de linkerkant. Sijs... nee, je hoeft niet naast Goudglit te gaan staan. Ik weet dat ze je beste vriendin is, maar ik wil je aan deze kant hebben...'

Sepia had wat tijd nodig om de dieren te organiseren, en ondertussen ging Vinlit het water in, en Prikkel, nieuwsgierig of Gruwer echt zijn vriendinnetjes hier mee naartoe nam, onderzocht een spleet achter in de rots. Er werd veel gedraaid, over schouders gekeken, en gepiept: 'waar zoekt ze naar?' en 'oh, moet je kijken, hij gaat het water in', en enkele eekhoorns zeurden om in het water te mogen spelen en weer een andere, Nerva, huilde omdat ze niet het water in wilde en haar oudere zus snauwde dat niemand had gezegd dat ze moest, en toen ging Nerva nog harder huilen, en iemand anders vroeg of ze 'Zoek de erfgenaam van Mistmantel' mochten spelen.

Op het laatst tikte Sepia met haar achterpoot op de grond om stilte en hief een klauw om de maat te slaan, maar ze hadden de eerste noot nog niet gezongen of Prikkel fluisterde dringend: 'Sepia! Kom eens!' Ze zat half vastgeklemd in de rotsspleet en wenkte wild.

Sepia zuchtte zachtjes. 'Wat nú weer?'

'Het is belangrijk! Vinlit, jij ook! Zachtjes!'

Ze wrong zich door een onmogelijk kleine opening, zei weer 'Sst!', draaide scherp naar rechts, naar links en weer naar rechts, en verdween in bijna totale duisternis. Daarna zei ze geen 'Sst!' meer, maar zocht naar Sepia's poot en kneep erin, wat op hetzelfde neerkwam. Door het geluid van iemand die achter haar naar adem hapte, wist Sepia dat Vinlit iets ging zeggen, dus tastte ze naar zijn bek en duwde die dicht.

Ze rook aarde, boomwortels en steen. De grotten moesten in verbinding staan met een tunnelstelsel, de boomwortels hadden een nauwe spleet in de rots voor hen gemaakt. Door die spleet hoorde ze een egelstem. Eerst kon ze geen woord verstaan, maar uit de toon leidde ze af dat de egel instructies gaf.

'Troonzaal…' Dat kon ze duidelijk verstaan, daarna iets over 'aanval'. Maar dat bestond toch niet? Toen kwamen de woorden die haar rillingen bezorgden en haar haren overeind lieten staan.

'…als Krispijn dood is.'

Ze voelde haar pels trekken en drukte een poot tegen haar borst. Stil slopen ze terug zoals ze gekomen waren, terug naar de flauw verlichte grot met de kwebbelende eekhoorntjes die elkaar nu door de grot achternazaten en elkaar uitdaagden om het water in te springen.

'Nee!' commandeerde Prikkel zo scherp dat ze onmiddellijk stilstonden en hun bek hielden. 'Blijf waar je bent en wees stil.'

Prikkel, Vinlit en Sepia gingen een eindje verderop bij elkaar staan. Aan Vinlits snuit te zien, nam zelfs híj dit serieus op. Hij leek ineens heel erg op Padra.

'Ze zijn van plan de koning te doden!' fluisterde Prikkel.

'Maar wie zou dat nou willen?' zei Sepia.

'Wie het ook zijn, ze hebben kennelijk daarvandaan een weg naar de troonzaal gevonden,' zei Vinlit. 'De tunnels staan waarschijnlijk in verbinding met de tunnel die ik aan de andere kant van het meer heb ontdekt. Ik ga via het water en zorg dat ik vóór hen bij Krispijn ben.'

'Dat duurt te lang!' zei Prikkel. 'De vorige keer duurde het de hele nacht!'

'Dat kwam omdat ik eerst weer terug naar boven probeerde te klimmen, en omdat Hoop moest rusten en gedragen moest worden. We verspillen tijd!'

'Je wordt misschien betrapt,' waarschuwde Sepia.

'Of niet,' zei Vinlit en hij verdween langs de waterglijbaan naar beneden.

'Ik ga door de bomen,' zei Sepia. 'Ik kom sneller vooruit dan egels in een tunnel.'

'En ik ga door het bos,' zei Prikkel, 'maar eerst moeten we dit stel terug naar huis sturen.'

Sepia klapte in haar poten. 'We oefenen vandaag niet!' riep ze. 'Er moet iets belangrijks worden gedaan. Wat, doet er niet toe, Sijs. Wie het eerst thuis is!'

Er klonk wat protesterend gepiep, maar Sepia had hen al-gauw ver achter zich gelaten. Prikkel joeg hen de grot uit, het bos in en vertrouwde de kleintjes toe aan hun oudere broer-tjes en zusjes en aan Kroosje, die daar in de buurt woonde en aan kwam lopen om te zien waar al dat gepiep toe diende. Er klonk nog wat protest van enkele jongen die met Sepia mee wilden, maar die was hen al ver vooruit. Ze rende en sprong van de ene boom naar de andere, draaide en zocht haar even-wicht met haar staart, terwijl droge twijgen afbraken, takken bogen en terugsprongen en haar adem als een wolk van mist om haar heen hing. Ze stopte alleen als ze absoluut even op adem moest komen. De koude winterlucht deed pijn aan haar longen. Ze was nog nooit zo snel door de bomen gevlogen, nog nooit zo wild over de bosbodem gerend, en nog nooit hadden haar poten zo gebeefd van uitputting. Tegen de tijd dat ze bij de toren arriveerde, was haar keel schor van dorst, sid-derden haar poten en deden pijn.

Het was al niet meer zo licht, op deze wintermiddag. Voor de uitgeputte Sepia zagen de muren van de Mistmanteltoren er zo grimmig uit, dat de moed haar ontviel, maar ze vormden de snelste weg naar de gang buiten de troonzaal. Ze haalde diep adem en vermande zich voor de klim. Bij de derde poging lukte het haar om klauwend en klauterend tegen de muur op te klimmen. Ze tuimelde een raam binnen en strompelde naar de gang waar Gruwer en Hakker op wacht stonden. Ze waren niet opgewonden, ze vochten niet tegen indringers! Ze was dus nog niet te laat!

Krispijn zat met geheven kop en staart rechtop op zijn troon, zijn poten rustten op de gebeeldhouwde leuningen en zijn snuit stond grimmig. Broeder Spar zat op een lage kruk naast hem. Een jonge schildknaap, de mol Braam, hield de wacht naast een tafel waarop wijn en koek stonden geserveerd, een vuur knapperde laag in de haard, en op de schoorsteenmantel lag, onaangeraakt, het zwaard dat de afgezanten Krukel hadden aangeboden. Groot, waardig en met felle ogen, zijn zilveren ketting om zijn nek, stond heer Boomtand voor Krispijn.

'Dus,' zei Krispijn geduldig, 'u klaagt nog steeds over uw onderkomen, uw gebrek aan vrijheid, en over de bezoeken van vrouw Taj. Uw vertrekken behoren tot de mooiste op het eiland. Natuurlijk wordt u niet meer vrijheid gegund na wat u deed toen u die vrijheid had. Wat vrouw Taj betreft, ze is een zeer geleerde en voorname otter. U zou vereerd moeten zijn met haar gezelschap. Biedt ze u geen verstrooiing in uw gevangenschap?'

'Daar gaat het niet om, Majesteit,' zei heer Boomtand streng. 'Wij behoren hier niet gevangen te zitten.'

'Waar het om gaat,' zei Krispijn, 'is dat Krukel van Mistmantel niet gevangen zou moeten zitten. En vertel me alstublieft niet weer dat hij uit vrije wil is gegaan.'

'Kalmeer een beetje, kleine Sepia,' zei Gruwer buiten de troon-zaal en hij boog zich over haar heen met een lucht van geparfumeerde zeep. 'Haal nou eens diep adem en vertel het nog eens.'

'Maar daar is geen tijd voor!' drong Sepia woedend aan. 'Het is heel dringend!'

'Dus jij dacht dat je egels hoorde, Sepia? Vertel het nog eens – dit is belangrijk – vertel eens precies wat je hebt gehoord.'

'Ze zeiden dat er een aanval zou komen, en iets over "als Krispijn dood is",' zei Sepia. Hakker lachte, en ze had zin om hem te slaan.

'Ben je hier heel zeker van?' vroeg Gruwer ernstig.

'Ja, dat weet ik zeker!' riep ze, en ze sloeg met haar poot op de deur.

'Nou, dan stelt het als samenzwering niet veel voor, wel?' zei Gruwer weer en hij lachte vriendelijk. Hij boog zich verder over haar heen en zei zachtjes: 'Ze hadden het er vast over wat er gebeurt wanneer Zijne Majesteit overlijdt – dat gebeurt natuurlijk een keer – en wie ons dan aan moet voeren als we zouden worden aangevallen. Je bent een dappere, jonge eekhoorn, Sepia, maar ik denk niet dat we ons ongerust hoeven te maken.'

Sepia gloeide van schaamte. Stel dat Gruwer gelijk had, dan was ze een domme jonge eekhoorn met te veel fantasie, die opgevangen kletspraat als een samenzwering tegen de koning opvatte. Maar het had níét geklonken als een kletspraatje tussen egels, en ze wist dat elk dier het recht had om de koning te spreken.

'Neemt niet weg,' zei ze resoluut, 'dat ik het onmiddellijk aan de koning wil vertellen. We mogen niets riskeren.'

'Nee, we mogen niets riskeren,' was Gruwer het met haar eens, en zijn poten sloten zich om haar keel.

Krispijn bood heer Boomtand wijn aan en zag hoe hij op Braam de mol neerkeek toen die het inschonk. Braam was zenuwachtig, en zijn poot trilde waardoor hij een beetje morste. Hij depte het met een servet en heer Boomtand slaakte een zachte zucht.

'Goed gedaan, Braam,' zei Krispijn tegen de mol. 'Heer Boomtand, als u me verder niets te melden hebt, zal de dienstdoende egel van de wacht u dadelijk begeleiden naar uw...'

'Gevangenis?'

'Uw vertrek,' zei Krispijn.

Boomtand boog stijfjes. 'Zoals Uwe Majesteit wenst,' zei hij. 'Staat u mij toe op de gezondheid van mijn koning te drinken.' Hij verhief zijn stem: 'Op koning Zilverberk!' Met een zwierig gebaar nam hij een slok, toen een snelle beweging van zijn poot Krispijn naar zijn gevest deed grijpen.

Met een zwaai en een flits van zilver haalde heer Boomtand een dolk vanonder zijn mantel tevoorschijn en stortte zich naar voren. Een beweging van Krispijns zwaard deed de dolk over de vloer tollen, maar Boomtand griste Krukels zwaard van de schoorsteenmantel.

Sepia vocht, schopte, krabde, worstelde, probeerde te schreeuwen en beet uit alle macht in de poot die haar snuit bedekte tot Gruwer kronkelde van de pijn en Sepia een harde schop tegen zijn enkel gaf. Stemmen in de troonzaal riepen om de wacht. Uit zijn evenwicht gebracht, viel Gruwer zwaar op de vloer en Sepia klauterde over hem heen naar de deur, maar Hakker was haar voor. Ze probeerde om hulp te roepen, maar kon het niet. Alles gebeurde tegelijk. Sprokkel stormde de gang door en wierp zich op de deur, Spar was ook bij de deur en toen bij het raam, om hulp roepend, heer Boomtand lag op de vloer met Braam de schildknaap te worstelen, Hakker had een zwaard van onder zijn mantel getrokken en vocht met Krispijn, en terwijl Sepia zich bijtend op Hakkers zwaardarm stortte, scheen de vloer te zwaaien alsof hij in zou storten. Sprokkel trok heer Boomtand van Braam af door haar klauwen in zijn schouder te zetten. Sepia werd van Hakkers arm geworpen, Krispijn bukte zich om heer Boomtand in zijn nekvel te grijpen, en draaide zich om om Gruwer een slag toe te brengen, die naar hem had uitgehaald, toen Hakker heer Boomtand een zwaard toegooide. Braam beet in de enkel van een egel, en van onder de vloer dook Vinlit op met de kreet: 'Verraad, Majesteit!' voor hij zich ook in het strijdgewoel stortte. Broeder Spar greep het tafelkleed en gooide het over de kop van heer Boomtand. Vinlit, die met een zwiep van zijn zwaard Hakker onderuit had gehaald, draaide zich om naar de troon en probeerde die over een gat in de vloer te slepen, maar Mepper klom de zaal al in. Vinlit gaf hem een klap op zijn kop en hij tuimelde weer naar beneden, maar er kwamen er meer, van wie enkelen hun evenwicht leken te verliezen. Dokker en een compagnie mollen waren uit de gang aan komen rennen, 'Verraad! Zorg voor de koning!' schreeuwend. Er klonken kreten en wapengekletter, er vloeide bloed en er was een wirwar van pelzen – Padra stormde binnen – en plotseling was het voorbij. Dokker, Padra en Krispijn hielden de punt van hun zwaard op de keel van heer Boomtand en de opstandige egels. Vinlit pakte Gruwers dolk van de vloer, keek wat Padra deed, en deed hetzelfde. Broeder Spar zorgde voor Braam de mol, die gewond leek en beefde. Schildwachten blokkeerden de deur en het raam, en twee van hen hadden moeite om Sprokkel in bedwang te houden die huilend beledigingen naar heer Boomtand schreeuwde.

'Stil, Sprokkel,' beval Krispijn, nog buiten adem van het gevecht. 'Je hebt je dapper van je taak gekweten, nu mag je uitrusten.'

'Ik deed het voor mijn vrouwe!' snauwde Sprokkel.

'Ik weet het,' zei Krispijn. 'Wacht, neem haar mee en breng haar onder de hoede van een verstandige eekhoorn die haar kan kalmeren. Voer heer Boomtand, Gruwer en Hakker onder bewaking af naar de vergaderzaal, en stop de rest in de cel.'

Padra boog en gaf bevelen, en de opstandelingen werden weggevoerd. Vinlit merkte op dat er meer van die onderkruipsels onder de vloer zaten, verdween toen in het gat, en dook weer op om te melden dat de dieren die hij een mep had verkocht er nog waren, maar een beetje gekneusd.

'Dan zal ik zo naar hen kijken,' zei broeder Spar kalm, en hij klopte de jonge mol op zijn schouder. 'Moedige daad, Braam. Heel goed dat morsen van die wijn. Net genoeg om de egels te laten uitglijden.'

'Was dat wijn?' vroeg Vinlit. 'Ik dacht dat het gewoon van een natte otter kwam! Het spijt me dat ik er niet eerder was, Majesteit.'

'Jullie zijn allemaal trouwe en oprechte dieren,' zei Krispijn terwijl hij een poot om Vinlits schouder sloeg. 'Goed gedaan, en dank jullie wel. Ik heb mijn leven te danken aan ieder van jullie, en het eiland heeft meer aan jullie te danken dan we ooit zullen weten. Goed gedaan, Braam! Ben je gewond? Nee? We zullen ervoor zorgen dat je familie te weten komt hoe dapper je bent geweest. Mollen, stuur een paar snelle eekhoorns om zo veel mogelijk Kringleden op te sporen en naar de vergaderzaal te laten komen, en ik heb twee goede tunnelmollen nodig om een onderzoek in te stellen naar de situatie onder de troonzaal.'

Moeder Knuffen en een team bekwame egels en mollen glipten stilletjes naar binnen om de gewonden te verzorgen. Een stille stoet ging op weg naar de vergaderzaal: schildwachten, heer Boomtand, Gruwer, Hakker, Spar, Krispijn, en Dokker die uit een snee in zijn poot bloedde maar volhield dat hij geen hulp nodig had.

'Ik kom er zo aan,' riep Padra. Vinlit, die niet vaak in de troonzaal was geweest, lag op zijn rug onder de troon om die van de onderkant te bekijken.

'Vinlit, weg daar,' beval Padra. 'Je bent hier in de koninklijke troonzaal, niet in een grot bij laag water.' Vinlit kronkelde onder de troon vandaan. 'Ze hebben je nodig in de vergaderzaal.'

'Goed!' zei Vinlit.

'Nou, schiet dan op!' zei Padra, en terwijl Vinlit wegslenterde, voegde hij eraan toe: 'Goed gedaan, jij.'

Vinlit grinnikte over zijn schouder: 'Ik vond het leuk.'

Padra riep een van de schildwachten terug. 'We zullen vrouw Taj nodig hebben,' zei hij, 'en die andere eekhoorn van Blankevleugel, Snipper, voor het geval ze iets weet. En Knibbel, omdat hij rechten en geschiedenis studeert; hij moet erbij zijn. Sepia, zou jij...' Maar toen hij zich omdraaide, zag hij tranen in Sepia's ogen, en hij knielde bezorgd voor haar neer.

'Sepia!' zei hij. 'Je bent zo moedig geweest en ik kijk niet eens naar je om! Ben je gewond?'

Sepia bracht haar poten naar haar keel.

'Kan niet...' fluisterde ze hees, en ze probeerde moeilijk te slikken, '...hij probeerde me te wurgen, en...'

'Kun je niet praten?' vroeg Padra.

'Zingen,' fluisterde Sepia, en ze snikte hartverscheurend tegen Padra's schouder.

De vergaderzaal was de laatste tijd nauwelijks gebruikt en hoewel iemand haastig een vuur had aangelegd was het er nog steeds afschuwelijk koud. De galerij die voor de Egelploeg was opgericht was opvallend nieuw en leeg. Stoflakens lagen over de stoelen die voor de kroning waren neergezet en over de nieuwe wanddoeken, maar één wanddoek van een jonge wijfjeseekhoorn met een gouden band om haar kop hing zonder hoes aan de deur, en zij keek hen kalm aan. Krispijns ogen schoten erheen toen hij in een lugubere ijzige stilte zijn plaats op de verhoging innam. Taj was gehaald en stond stijf rechtop met Snipper naast haar. Ze keek dreigend naar Vinlit, duidelijk geërgerd over zijn aanwezigheid. Knibbel stond twee stappen achter broeder Spar, aan de rechterkant. Padra en Sepia kwamen binnen. Sepia probeerde niet te huilen en Padra glipte met een strakke snuit en opeengeklemde lippen naar de verhoging om iets tegen Krispijn te fluisteren.

Voor de verhoging stonden heer Boomtand, Gruwer en Hakker, met geboeide voorpoten, elk vergezeld van een wacht met een getrokken zwaard. De dieren van de Kring stonden in een boog om hen heen. Moeder Knuffen, die de gewonden eerste hulp had verleend, nam haar plaats tussen hen in, en toen ze allemaal bij elkaar waren, nam Krispijn het woord.

'Gruwer,' zei hij langzaam, 'heer Boomtand, en de anderen die hun wapens tegen mij en mijn onderdanen opnamen, jullie hebben de vreedzame dieren van Mistmantel in gevaar gebracht. Gruwer, jij hebt geprobeerd onze jonge en trouwe Sepia te vermoorden. Je was een van onze meest betrouwbare dieren, je bent je hele leven door Mistmantel gekoesterd. Verklaar je nader.'

Gruwer schraapte zijn keel en richtte zich op.

'Met alle genoegen, Krispijn,' zei hij. 'Neem me niet kwalijk dat ik je niet met Majesteit aanspreek, maar dat ben je natuurlijk ook niet. Je bent niet meer dan een trillende staarteekhoorn. Volgens mij noemen ze die op sommige plekken boomratten.'

Padra's poot lag op zijn zwaard, maar hij keek naar Krispijn.

'Ga door, Gruwer,' zei Krispijn rustig.

'De ware koningen van Mistmantel zijn egels,' zei Gruwer. 'Generaties lang hebben we egelkoningen gekend en het eiland werd goed geregeerd. Koning Van Borstelen was de laatste. Zijn zoon werd door een eekhoorn vermoord. Wie hebben koning Van Borstelen ten val gebracht? Bast en Espen, eekhoorns. En,' hij verhief zijn stem en ging langzamer praten om zijn woorden meer nadruk te geven, 'Bast de eekhoorn heeft de koning aangemoedigd om de jongen te zuiveren! Bast de cekhoorn heeft ons ondergronds tot dwangarbeid gedwongen in de uithoeken van het eiland! Al onze ellende kwam door eekhoorns!'

'Mag ik daar even iets op zeggen?' vroeg broeder Spar minzaam. 'De ellende kwam door twéé eekhoorns, Bast en Espen. Krispijn de eekhoorn en Padra de otter hebben jullie bevrijd.'

'Ze deden niet meer dan hun plicht als kapitein,' zei Gruwer laatdunkend. 'Daar heb ik geen klachten over. Het waren bekwame kapiteins. Maar toen ze het eiland verlost hadden van een tirannieke, valse, moordzuchtige eekhoorn, zetten ze een andere eekhoorn op de troon.'

'Je vergist je,' klonk een heldere, strenge wijfjesstem, en Taj, met een frons die haar sterke donkere snorharen nog meer dan anders naar voren deed steken, stapte naar voren. 'Niemand heeft Krispijn koning gemáákt. Volgens de wet van Mistmantel was hij de troonopvolger. Of hij geschikt is voor het koningschap kan ter discussie staan, maar zijn recht op de troon kan dat niet.'

'Dank je wel, Taj,' zei Krispijn.

Gruwer wierp een geringschattende blik op Taj. 'Zoiets kun je verwachten van een otter,' zei hij minachtend. 'Otters zijn alleen geschikt om in beken rond te spartelen, net zoals eekhoorns alleen geschikt zijn om boodschappen te doen. Mollen zijn heel tevreden als je ze onder de grond houdt, en ze zeggen niet veel omdat geen enkele mol iets te melden heeft. Egels zijn schepselen van de aarde. Wij treden het leven in een verstandig tempo tegemoet. We bezitten waardigheid en begrip. Koning Van Borstelen was een rechtmatige koning, een goede koning. Wie kan er nou eerbied hebben voor een koning met...' hij proestte het uit, 'een ruige staart en kwastjes in zijn oren? Een koning die tegen bomen op rent? Zij die vandaag tegen Krispijn de eekhoorn hebben gevochten – ik, Hakker, Mepper, Blokker en onze aanhang – waren gezworen leden van een geheime broederschap van egels. Zelfs onze naaste verwanten en collega's wisten niets van onze plannen. Je moet niet denken dat de rest van de Egelploeg eraan te pas kwam. We vormden een heel select gezelschap, al met al niet meer dan tien, maar we hebben gezworen dat we niet zouden rusten voor er weer een egel op de troon zou zitten. We waren met weinigen, moedig, vastbesloten, en trouw aan onze soort. We zouden ons leven hebben gegeven voor onze zaak.'

'En wat hield die zaak precies in, Gruwer?' vroeg Spar.

'Gewoon, die omhooggevallen Krispijn doden plus iedereen die hem zou verdedigen,' zei Gruwer met een zelfgenoegzame grijns. 'Je gaf me de prachtigste gelegenheid, Krispijn, toen je me heer Boomtand liet bewaken, als groot heer onder de egels behandelde hij me als een broer. Hij vertelde over Blankevleugel, en dat de egels daar het respect krijgen dat ze verdienen. Ik heb een verbond met hem gesloten: ik zou koning van Mistmantel worden onder koning Zilverberk, en Mistmantel zou een verstandig, goed geregeerd eiland worden, net als Blankevleugel. We wilden zelfs slaven naar Blankevleugel sturen, als bewijs van onze trouw. Je had echt geen idee, wel, Krispijn? Het is trouwens allemaal je eigen schuld. Je liet me heer Boomtand bewaken. Ik was getuige van al je beraadslagingen. Je hebt me zelfs aangesteld om de opening onder de troonzaal te laten verzegelen!'

'We vertrouwden je,' zei Padra.

'Ja, dat kun je van een otter verwachten,' zei Gruwer. 'Het komt door al dat water dat naar je kop stijgt. Wat eekhoorns betreft, bij jullie zullen die dennenappels je brein wel hebben aangetast.'

Krispijn stond op en liep heel langzaam op Gruwer af, waarbij hij de egel recht aankeek. Zelfs Sepia, die van Krispijn hield en hem vertrouwde, werd bang.

'Gruwer,' zei Krispijn heel zacht, 'je hebt je eigen eilanders verraden. Je hebt onze goede en betrouwbare mollen de dood in gejaagd, en Krukel van de vallende sterren in een vijandelijke gevangenis laten zetten. Je hebt onze jongen kwaad gedaan en in gevaar gebracht. Je hebt de egelsoort verraden en je gezellen tot opstand aangezet. En alleen maar omdat je denkt dat egels superieur zijn, terwijl op dit eiland geen van de diersoorten superieur is. Als je in je opzet was geslaagd, hadden de dieren van Mistmantel generaties lang egels gehaat vanwege tien verbitterde egels die zelf de dienst wilden uitmaken.'

Gruwer probeerde Krispijn recht aan te kijken, maar het lukte hem niet. Krispijn kwam naderbij en Gruwer deinsde achteruit.

'Breng hem weg,' beval Krispijn, 'en Hakker en heer Boomtand ook. Stop ze in de cel en bewaak die goed.' De lijfwachten bogen en voerden de stoet naar buiten.

Bij de deur klonk een laatste kreet: 'Dood aan Krispijn!'

'Oh, hou toch je kop,' zei Padra vermoeid. Dokker bleef op wacht staan. Sepia bleef dicht bij Padra, en Spar zei iets tegen de jonge Knibbel. Snipper stond nog op haar plek naast Taj, ze stond heel stil en gespannen met grote ogen en gekrulde klauwen.

'We weten nog steeds niet hoe hun boodschap naar Blankevleugel is gebracht,' zei Padra. 'Er wordt geen mol vermist, helemaal niemand.'

'Behalve...' zei Krispijn.

'Juniper,' zei Padra. Sepia trok hard aan zijn poot en schudde haar hoofd.

'Ik hoop dat hij het niet was,' zei Padra. 'Maar we moeten er rekening mee houden.'

Snipper liep eindelijk bij Taj vandaan. Ze sprong verlegen naar voren, bleef op een afstandje van Krispijn staan, maakte een kniebuiging, en haalde diep adem.

'Majesteit,' zei ze. Ze stond een beetje te draaien, stak haar voorpoten toen resoluut achter haar rug en ging rechtop staan. 'Ik denk dat ik wel weet hoe ze dat hebben gedaan.'

'Ga door,' zei Krispijn vriendelijk.

'Majesteit,' zei ze ernstig, 'ik was op ons eiland de jongste eekhoorn aan het hof. Ik dacht dat het een hele eer was om met de afgezanten te worden meegestuurd, en ik was trots op mezelf dat ik tegen u had gelogen, al hield ik er rekening mee dat ik zou worden betrapt. Ik had gedacht dat u me in een of andere vreselijke kerker zou gooien, maar dat was dan in dienst van mijn eiland geweest! Blankevleugel lijkt niet op

Mistmantel. Als ik het had geweten, ik bedoel, als ik had geweten hoe jullie allemaal waren, en hoe Mistmantel was, dan had ik het niet gedaan, en ik wou dat u Krukel terug had, en ik heb vreselijk spijt van wat ik allemaal heb gedaan, maar ik dacht dat het het juiste was.

Heer Boomtand en de anderen waren allemaal vreselijk belangrijk, maar ik niet. Ik was... hoe heette het ook alweer? Ontbeerlijk. Ze hebben me niet precies verteld wat ze van plan waren, maar ik denk dat ik het nu wel weet.

Er was een egel op Blankevleugel die Kruiper heette, en hij was een spion. Er gingen allerlei geruchten over hem, en ik weet niet wat er allemaal van waar was, maar ze zeiden dat hij naar dieren toe kroop en ze doodstak of van de rotsen gooide. Hij was sterk, maar wat hem tot een goede spion maakte was dat hij heel klein was voor een volwassen egel, met fijne botten, en dat hij zichzelf klein kon maken in schuilplaatsen waar niemand zou gaan zoeken. Toen we hierheen kwamen met de boot stond heer Boomtand erop dat hij een hut alleen kreeg zodat wij ons met zijn drieën in een tweepersoonshut moesten persen. En toen zijn kist aan land werd gebracht, was hij heel kieskeurig over hoe die precies gedragen moest worden, en hij stond erop om hem zelf uit te pakken, hoewel hij meestal nooit iets voor zichzelf doet.'

'Ik heb ze de grootste moeite zien hebben bij het dragen van die kist, Majesteit,' merkte Dokker op.

'Ik denk dus dat Kruiper daarin zat,' ging Snipper door. 'Hij is dan speciaal meegegaan om verslag uit te brengen aan koning Zilverberk als er iets was wat die moest weten.' Snipper zweeg plotseling. 'Hij kon alleen niet terug.'

'Afgaande op wat jij vertelt, had hij door de mollentunnels kunnen kruipen,' zei Krispijn. 'Maar zonder dat onze mollen hem zagen? En op tijd om de koning te waarschuwen?'

'Neem me niet kwalijk, Majesteit,' zei Vinlit, 'maar er lag altijd een boot bij de waterval en die is er niet meer. Het spijt me, ik dacht dat het niet belangrijk was.'

'Daar was ook geen enkele reden voor, Vinlit,' zei Krispijn. 'Niemand zou daar iets van hebben gedacht. Heeft Kruiper dat hele stuk geroeid, in zijn eentje?'

'Ik weet zeker dat hij dat kon, Majesteit,' zei Snipper, en ze ging zenuwachtig door: 'Majesteit?'

'Ja, Snipper,' zei Krispijn.

'U hebt me goed behandeld, ook al wist u dat ik loog. Ik kreeg een mooie kamer, en soms mocht ik van u naar buiten in de zon, en Mistmantel zien. Op Blankevleugel is niets dat zo mooi is. Daar is de bodem hard en stoffig, het is er vreselijk. Niet zoals hier, waar dieren in watervallen kunnen spelen, waar ze het leuk vinden om wat voor werk dan ook te doen. Vrouw Taj kwam elke dag, en soms vertelde ze me alleen maar over de wetten, maar andere keren vertelde ze ook verhalen, en dat waren zulke mooie verhalen, zelfs... eh...'

'...zelfs de manier waarop Taj ze vertelde,' fluisterde Vinlit tegen Sepia.

'...nou, ja, ik weet niet of u me gelooft, en dat kan me ook niks schelen,' ging Snipper snel door. 'Ik heb nooit geweten dat er zoiets moois bestond als dit, zo groen, met zo veel bladeren aan de bomen, en vrij, ik heb nooit geweten hoe dat was. Ik zweer u, als ik had geweten wat ze van plan waren, had ik het u verteld.'

Ze stopte om op adem te komen en knielde neer.

'Ik zou graag hier willen blijven, Majesteit,' zei ze. 'Zelfs als u me voorgoed in een cel stopt. Ook al laat u me heel hard werken en moet ik op het eenzaamste, koudste plekje van het eiland blijven. Ik zal uw trouwste dienares zijn, maar laat me alstublieft blijven, Majesteit.'

'Ik zal erover nadenken, Snipper, alles op zijn tijd,' zei Krispijn. 'Voorlopig ga je terug naar je kamer.'

'Ja, Majesteit,' zei Snipper en ze werd weggevoerd, heel klein tussen twee grote otters. De meesten van de achtergebleven dieren mochten gaan. Krispijn liet iets te drinken halen en ging op de vloer zitten met Sepia, Padra, Vinlit, Dokker en Spar.

Sepia dronk van haar kruidenwijn, maar het slikken deed pijn en ze probeerde haar tranen in te houden. Ze wilde niet dat iemand dacht dat ze huilde om een zere keel.

'Sepia,' zei Krispijn, 'is er iets?'

'Gruwer heeft geprobeerd om de mooiste stem van het eiland tot zwijgen te brengen,' zei Padra kortaf.

'Zal ik er eens naar kijken?' bood moeder Knuffen aan, en ze nam Sepia mee de zaal uit. Krispijn draaide zich om naar Dokker.

'Je hebt tegen je kameraden gevochten om me te redden,' zei hij.

'Dat zijn mijn kameraden niet, Majesteit,' zei Dokker bars. 'De meesten van de Egelploeg zijn u trouw, Majesteit. Er zijn er maar een paar de verkeerde kant op gegaan.'

'Ik ken jou als een trouw dier,' zei Krispijn. 'We hadden al aan je gedacht voor de Kring. We nemen je erin op als Krukel terugkomt.'

'Oh, Majesteit!' zei Dokker en er verscheen een brede glimlach op zijn snuit. 'Mag ik dat aan Rafel vertellen?'

'Ga het maar vertellen, als je wilt,' zei Krispijn, en Dokker boog diep en haastte zich de zaal uit.

'Vinlit?'

'Oh, ja, hallo!' zei Vinlit.

'Goed gedaan, dappere otter,' zei Krispijn.

'Roept u maar, en niets te danken,' zei Vinlit. 'Mag ik nu gaan zwemmen?'

'Beetje meer eerbied voor de koning, Vinlit,' zei Padra zachtjes, maar Krispijn lachte.

'Ga maar een vis vangen, Vinlit,' zei hij.

Op het laatst waren alleen Krispijn, Padra en Spar nog over.

'Ik ben blij dat Juniper vrijuit gaat,' zei Krispijn. 'Van Snipper ben ik nog niet zo zeker. Spreekt ze de waarheid, of voert ze wat in haar schild?'

'Ik wou dat ik het wist,' zei Padra.

'Je moet haar tijd geven,' zei Spar, 'we komen er wel achter. Wat Gruwer en zijn maten betreft, die zijn tijdens hun lange slavernij verbitterd geraakt en hebben elkanders wrok aangewakkerd. Het was voor heer Boomtand een peulenschil om ze voor zijn karretje te spannen. Ze zochten een uitlaat voor hun wraakgevoelens, en dat werd jij, omdat je de koning bent.'

'Moge het Hart me vergeven,' zei Padra, 'maar toen hij er daar zo onverschillig en arrogant bij stond, kon ik hem wel aan mijn zwaard rijgen.'

'Maar geen van jullie beiden heeft hem aangeraakt,' zei Spar. 'Dat is klasse. De kans hebben om woedend toe te slaan en het niet te doen.' Hij smoorde een geeuw en hinkte naar het raam. 'Het is alweer donker. De lichten voor Krukel zijn ontstoken op het water. Hmm. Maanlicht, vuurgloed, het geheim.'

'Hebt u al enig idee, wat het betekent?' vroeg Padra.

'Nee,' zei Spar. 'Maar het komt steeds dichterbij.' Hij tuurde uit het raam. 'Goeie genade!'

Padra en Krispijn sprongen overeind. 'Wat is er?'

'Sneeuw,' zei Spar.

19

Prikkel arriveerde toen alles voorbij was. Krijspijn vertelde haar wat er was gebeurd en ze ging op zoek naar Sepia die net op weg was naar buiten. In de schemering trokken ze hun capes stevig om zich heen en bleven op de trap staan.

Sneeuw. Sepia had ook niets gezegd als ze wel had gekund. Ze voelde de toverkracht van sneeuw in haar hart en koesterde het. Uit een paarse lucht met mist en wolken dwarrelden zachte sneeuwvlokjes zoetjes naar beneden. Ze bleven liggen op vensterbanken en leuningen, zacht als een veertje, zo stil als een gebed. Ze beroerden pelzen, snorharen, poten en neuzen.

Arran liet de baby's opgerold in hun eigen warmte achter in het veilige nest en schommelde naar de Bronpoort. Ze lichtte haar kop op, snoof en keek naar de sneeuw. Padra, op de terugweg van de vergaderzaal, vroeg zich af waar hij moest beginnen om haar alles te vertellen. Hij stond stil in de vallende sneeuw, en zond een gebed op voor Krukel.

Achter een hoog raam drukte Snipper haar poten tegen de ruiten. Sneeuw op Mistmantel. Misschien mocht ze morgen even naar buiten. Op een eiland als dit mocht je vast wel in de sneeuw spelen. En misschien vond ze iets waarmee ze zichzelf nuttig kon maken. Het gaf niet wat, als ze haar maar lieten blijven en niet terugstuurden naar Blankevleugel. 'Oh, alsjeblieft, laat me blijven,' fluisterde ze, al wist ze niet tegen wie.

Appel had de dag samen met Kroosje doorgebracht, die nog steeds over Juniper kniesde. Nu rende Appel door het bos naar huis, ze trok haar oude groene cape om zich heen, hield haar kop naar beneden, dook in haar boomstronkhuis, legde met klapperende poten een vuur aan, en opende een fles wijn.

'Dat is goed, sterk, warm spul, al zeg ik het zelf, daar krijg je haar van op je oren,' mompelde ze tegen zichzelf. Ze deed de kurk weer op de fles 'Op het Hart, dat mijn Krukel thuis moet brengen, voordat het nog slechter weer wordt.' Starend in het vuur sloeg ze haar poten om zich heen en bad om warmte voor Krukel.

Met een lantaarn in zijn poot klopte Knibbel aan bij de torenkamer van broeder Spar, hij hoorde niets, en keek naar binnen. De priester lag languit op bed, vast in slaap, met zijn oude tuniek nog aan. Knibbel zocht een mantel en spreidde die zacht over hem heen. Elke dag keek hij uit naar zijn lessen; broeder Spar vertelde hem over het oude mollenkasteel, over hoe de oude wegen waren afgesloten en nieuwe waren gemaakt. Het zou nog spannender worden omdat hij zou vertellen over die zeldzame keren — zo zeldzaam dat de meeste dieren het nooit meemaakten — dat de mist veranderde en zich verplaatste, op zulke momenten gebeurden er allerlei wonderlijke dingen. Maar dat moest nu even wachten, het was een lange, onrustige dag geweest. Zo diep in slaap zag zelfs broeder Spar er kwetsbaar uit. Knibbel sprak stilletjes een gebed, liep op zijn tenen weer naar buiten, en glipte weer naar binnen voor zijn lantaarn, die hij had vergeten.

Brons leunde over de verschansing van het fort op Blankevleugel en hield Ceder in de gaten. Het viel niet mee om haar te bespioneren, omdat hij elke dag naar de mijnen moest terwijl zij binnen het fort een luizenbaantje had. Maar vroeg of laat zou ze een fout maken en net een keer te veel het gedrocht bezoeken. Zo veel wasbeurten had dat beest toch niet nodig? Als ze het weer probeerde, ging hij haar te grazen nemen.

Hij hoopte dat dat niet lang meer zou duren. Hij verlangde ernaar om haar neer te halen. Het zou alleen al de moeite waard zijn om haar in ongenade te zien vallen en gedood te zien worden. Voor je het wist was hij commandant Brons. Of heer maarschalk. Waarom niet?

Krukel had de hele dag opgesloten gezeten in zijn kale cel. Nu daarbinnen geen enkele gelegenheid meer was om een andere eekhoorn te verstoppen, verbleef Juniper bij de Lariksen. Voor Krukel duurden de eenzame dagen eindeloos. Ondanks de zilvervondst scheen de koning hem niet te kunnen luchten of zien, en ging hij meestal zonder Krukel naar de mijnen. Verveeld, rusteloos en alleen, had Krukel vierkanten op de vloer gekrast zodat hij Eerste Vijf kon spelen, zijn rechterpoot nam het op tegen zijn linker- en hij moest net doen alsof hij niet wist wat de volgende zet zou zijn. Het leidde hem in elk geval van het raam af. Vroeg of laat ging het sneeuwen en dan zou Rookkringel hem opeisen.

Het was Ceder gelukt om de koning ervan te overtuigen dat de getekende eekhoorn een kwetsbaar wezen was dat dood kon gaan van de kou, wat een vloek over het eiland zou leggen en Rookkringel zou beroven van het genoegen hem te doden, dus kreeg Krukel een vuur. Omdat hij het beu was het raam als een dreigend spook achter zijn rug te voelen, legde hij zijn kiezelstenen neer en liep naar de andere kant van de kamer. Als het sneeuwde, dan sneeuwde het maar. Misschien kwamen de Lariksen hem halen...

De deur vloog met een klap open. Krukel draaide zich pijlsnel om. Te laat, daar zijn ze.

'De getekende eekhoorn naar de koning!' schreeuwde Spoor, en Krukel werd naar de enorme, zilveren zaal gevoerd, waar brandende stammetjes in de haard het enige lichtpuntje vormden. Koning Zilverberk zetelde trots op zijn troon, met achter hem aan weerskanten, Rookkringel en Graniet. Het was een hele geruststelling om Ceder bij het vuur te zien staan, al had ze haar commandantenhelm op en durfde hij haar niet aan te kijken.

De wilde vreugde op de snuit van de koning was verrassend en ontstellend. Hij beende dramatisch naar het vuur, ontdeed zich met een zwaai van zijn mantel en liet zijn tanden blikkeren in een angstaanjagende lach.

'Het is je gelukt, gedrocht!' riep de koning. 'Wat een zilver!' Hij stormde op Krukel af en greep diens schouders, terwijl hij hem stralend aankeek. 'We hadden het bijna opgegeven, maar we bleven die ader volgen die jij had gevonden. Oh, fantastisch gedrocht dat je bent! Zulk mooi zilver! Zulk glanzend, glimmend, prachtig zilver, het beste en mooiste, en zo veel! Je moet het zien, Krukel, ik sta erop. Het is zo mooi!' Hij wenkte ongeduldig met een poot naar de bedienden. 'Haal wijn voor hem! Cake! Haal een mantel, haal edelstenen! Je moet het zien, dat prachtig mooie zilver. Het is nu te donker, veel te donker. Maar je zult het zien.'

Er klonk gerammel en gesis van Rookkringel.

'Oh, ja, Rookkringel, je mag hem hebben,' snauwde de koning. 'Hij heeft gedaan wat we wilden! Hij heeft al dat mooie zilver voor ons gevonden. Maar de sneeuw is nog niet gevallen, dus moet je nog even wachten!'

Krukel krulde zijn klauwen. Het was al erg genoeg dat ze hem wilden doden, zonder er ook nog eens over te kibbelen als twee kleine eekhoorns over een hazelnoot.

'Zal ik het zwaard voor je slijpen, Rookkringel, zodat je meteen aan de slag kunt als het zover is?' vroeg Graniet die Krukel van onder tot boven opnam. 'Of wil je een boogschutter?'

'We moeten hem eerder vroeger dan later doden,' gromde Rookkringel. 'Hij heeft gedaan wat hij moest doen.'

'We zouden hem op de verschansing kunnen laten bevriezen,' stelde Graniet voor. Hij deed een stap achteruit met zijn poten over elkaar en keek naar Krukel. 'Het is nog maar een onderdeurtje, dat zou voldoende zijn om hem te doden. Maar volgens mij vind jij het leuker om hem een mes tussen zijn ribben te steken, of heb je liever een dolk?'

Rookkringel siste zacht door zijn tanden. 'Ik heb zijn hart in zijn geheel nodig,' zei hij. 'Grote toverkracht.'

'Neem me niet kwalijk, meneer,' zei Graniet. 'Ik vergat even de grote toverkracht. Hebt u dat gehoord, oh, Zilveren Pracht. Hoe eerder Rookkringel zijn grote toverkracht voor elkaar krijgt, hoe eerder u Mistmantel kunt binnenvallen.'

Krukel hapte naar adem. Hij kreeg het warm en koud en probeerde te zeggen dat Mistmantel niet binnengevallen kon worden, maar zijn stem deed het niet. Dit was te vreselijk voor woorden.

'Mistmantel binnenvallen?' vroeg Ceder op scherpe toon bij de haard. 'Neemt u me niet kwalijk, Hoge Zilveren Pracht, hier wist ik niets van!'

'Oh, heer maarschalk!' pruilde de koning. 'Dat mocht ík zeggen! Maar nu ziet u het zelf, zelfs commandant Ceder wist er niets van, alleen jij en ik en die beste Rookkringel. Maar binnenkort weet iedereen het. Is het niet fantastisch?' Hij draaide zijn blinkende oogjes naar Krukel. 'Je zei zelf dat mijn eiland goede grond moest hebben en bomen, en al dat moois, en dat zal ik krijgen ook. Rookkringels toverkracht zal me naar Mistmantel brengen! Met een beetje hulp van jou.'

Krukel wilde zeggen dat hij Mistmantel en Krispijn tot aan zijn laatste adem zou verdedigen, maar Rookkringel siste hem toe: 'Ongelooflijk sterke toverkracht, van de getekende eekhoorn,' kraste hij. 'Van die pels, van die klauwen, van de botten, van het hart, sterk genoeg om die mist te doorboren, jazeker.'

Krukels klauwen strekten en krulden zich. Zijn haren gingen overeind staan. 'Je hebt het mis,' zei hij, en hij hoopte dat hij gelijk had. 'Jouw toverkracht is niet sterker dan het Hart dat ons de mist gaf.'

'Oh, wat jammer dat je er niet bij zult zijn om het met eigen ogen te zien,' zei de koning gillend van de lach. 'Is het niet kostelijk? Denk eens aan Krispijns snuit als hij de mist ziet scheiden en mijn schip op Mistmantel af ziet zeilen. En al mijn mollen zullen door de tunnels rennen… enigjes!'

'Al zou u door de mist heen kunnen breken,' zei Krukel, 'dan kunt u Mistmantel nog niet innemen. Elk dier op het eiland…'

'Zal mij steunen,' zei de koning. 'Volgens mij doen ze dat nu al. Kruiper heeft over Mistmantel zo'n interessant verslag uitgebracht toen hij me voor die kleine reddingsmollen kwam waarschuwen. Hij zei dat er egels op het eiland klaarstonden om tegen de koning op te staan en hem te doden.'

'Nee!' riep Krukel.

De koning gebaarde met een poot. 'Dat hebben ze nu waarschijnlijk al gedaan,' zei hij met een schouderophaal. 'Voer het gedrocht weg. Sluit hem op.'

'Ze zullen nooit tegen...' riep Krukel, maar hij werd terug naar zijn cel gesleept. Die was alweer prachtig gemeubileerd en hij gaf een schop tegen de kussens, stapte op het raam af en greep de tralies stevig beet, de dreiging van sneeuw trotserend. Misschien was er hulp van Krispijn onderweg, en Ceder zat ook niet stil. Er was nog hoop. Dat moest.

Natuurlijk zouden de egels van Mistmantel niet tegen Krispijn opstaan. Of wel? Er waren vast nog dieren op het eiland die Bast hadden gesteund. Krispijn kon wel dood zijn, of in groot gevaar verkeren, en hij zat hier in een torenkamertje, omgeven door kussens.

Graniet keerde terug naar zijn onopgesmukte kamer, waar zwaarden en dolken aan de muur hingen en de tafel bezaaid stond met lege flessen. Kruiper glipte naast hem mee naar binnen.

'Hebt u mij laten roepen, heer maarschalk?' fluisterde hij.

Graniet pakte een kleine dolk van de muur. 'Die is voor jou,' zei hij, 'en daar komt een fles goeie alcohol bij als het achter de rug is. Ik wil dat Brons vannacht uit de weg wordt geruimd. Je hebt alleen maar last van hem.'

De nacht op Mistmantel was stil en toegedekt met sneeuw, toen koning Krispijn aan de deur van Spars torentje klopte. Er kwam geen antwoord.

'Spar?' Krispijn klopte weer, hij was er absoluut zeker van dat Spar daarbinnen was, maar er kwam nog steeds geen antwoord. Behoedzaam opende hij de deur.

Het enige licht kwam van het vuur in de haard en er hing een zoete warmte van kruiden en appelhout. Het vuur wierp flikkerende, dansende lichtjes op de kale muren, op de eenvoudige tafel met de drinkbeker en het bord, op de lage krukken, op het keurig opgemaakte kleine bed, en op de gestalte van de priester bij het open raam. Hij leunde naar buiten in de nachtlucht en draaide zijn hoofd eerst naar de ene en dan weer naar de andere kant. Krispijn liep zachtjes naar binnen en deed de deur geluidloos achter zich dicht.

Spar sloot het raam en strompelde naar het volgende zonder te laten merken of hij Krispijn wel of niet had gezien. Hij leunde naar buiten om naar de sterren te kijken, scharrelde naar het volgende raam, en het raam daarnaast. Uiteindelijk sloot hij het laatste, knikte naar Krispijn, hinkte naar het vuur, waar hij in een pannetje wat bessenwijn opwarmde, en boog zich voorover om zijn poten te warmen. Hij pakte een tweede beker van de schoorsteenmantel.

'Ik wil u iets vragen over onze gevangenen,' zei Krispijn. 'Gruwer, Hakker, Mepper, Blokker en de rest. Wat is, denkt u, de beste manier om ze aan te pakken?'

'Hmm,' zei Spar, die aan heel iets anders leek te denken. 'Laat ze afkoelen.'

'En daarna?'

'Dan zien we wel.' Hij repte zich weer naar het raam, keek omhoog, glimlachte alsof hij een vriend had herkend en kwam

tellend op zijn klauwen weer terug. 'Een, twee, drie... vier...
vijf?' zei hij alsof hij hardop dacht. 'Nog vier of vijf nachten, en
dan krijgen we vallende sterren.'

Een rilling van hoop en vrees liep over Krispijns rug. Hoeveel van die nachten hij ook had gezien, hij vond ze nog steeds
aangrijpend en fascinerend. Maar betekenden ze iets goeds of
iets slechts? Het had geen zin om dat aan Spar te vragen, zelfs
die wist dat niet. Maar ze voorspelden altijd iets, en op dit moment was er zoveel waarvoor ze moesten vallen.

'Maanlicht, vuurgloed, en het geheim,' mompelde Spar, hij
knielde bij het vuur en schommelde zachtjes heen en weer
met zijn poten op zijn knieën en zijn ogen gesloten. Krispijn
wist niet of Spar over de woorden nadacht, ze in trance herhaalde, of dat hij gewoon naar een oude eekhoorn keek die op
een winteravond bij het vuur in slaap viel.

20

Weer wachtlopen op de verschansing. Iedereen, ook Graniet, vierde feest vanwege al dat zilver, en Brons moest de verschansing bewaken. Hij bewaakte liever het gedrocht voor het geval Ceder zou opduiken. Als ze dat niet deed, kon hij altijd nog buiten de celdeur rondstappen en het luid over sneeuw en roestige messen hebben, en er zo voor zorgen dat het gedrocht niet lekker zou slapen. Nu hij toch hier was, kon hij net zo goed kijken of het zou gaan sneeuwen.

De egel die hem moest aflossen, had al hier moeten zijn. Hij was te laat. Toen hij eindelijk aankwam, snauwde Brons hem toe: 'Je bent te laat, waardeloze leegloper van een schuurborstel,' zei hij.

'Mijn schuld niet,' gromde de schildwacht. 'Commandant Ceder liet bevelen uitvoeren voor het gedrocht.'

'Ceder!' zei Brons. Hij deed een stap naar voren. Zijn stekels jeukten.

'Ja,' zei de egel. 'Ik moest voor haar waarnemen terwijl zij zijn cel in ging.'

In wilde triomf duwde Brons hem opzij en haastte zich de

trap af. Hij zag de kleine gladde schaduw van Kruiper niet. Hij voelde een scherpe koude pijn in zijn nek en daarna een warme stroom bloed. Dat was het laatste wat hij voelde.

Buiten de celdeur liep Spoor ongeduldig heen en weer. Brons had hier samen met haar de wacht moeten houden, en waar was hij? Zij zat nu opgescheept met een oudere schildwacht die te veel had gedronken en moeite had om wakker te blijven. Toen commandant Ceder de gevangene kwam bezoeken, was ze niet vriendelijk gestemd.

'Het gedrocht moet een wasbeurt voor Rookkringel hem krijgt,' zei Ceder.

Spoor richtte zich op. Ze was groter dan de commandant.

'Ik heb orders om niemand binnen te laten,' zei ze. 'En als u hem meeneemt, mag u niet met hem alleen zijn. U moet begeleid worden.'

'Jij moet gedegradeerd worden,' zei Ceder, terwijl ze naar de slaperige bewaker knikte. 'Spoor, ik bewijs je een dienst. Als Rookkringel arriveert – en dat doet hij bij de eerste sneeuwvlok – en erachter komt dat het gedrocht niet is gewassen en gekamd, ben jij de volgende die onder het mes gaat. In elk geval kun je dan dag zeggen tegen de binnenwacht.'

Spoor aarzelde. 'Kunt u niet alles boven brengen en hem in zijn cel wassen?' vroeg ze. 'Ik kan iemand om een teil warm water sturen.'

In de cel stond Krukel met zijn oor tegen de deur gedrukt naar de woordenwisseling te luisteren en hij beet op zijn lip. Was er maar iets wat hij kon doen om Spoor de deur open te laten maken. Het vuur brandde nog in de haard. Met iets meer rook kon hij haar laten denken dat de cel in brand stond, dan moest ze naar binnen om hem te redden – maar dan zou ze waarschijnlijk ook de hele binnenwacht optrommelen. Ceder zou, als ze wilde, Spoor makkelijk kunnen overmeesteren, maar dat deed ze liever niet. Het hoorde natuurlijk bij haar plan om net te doen of het de bedoeling was dat ze Krukel zijn cel uit voerde zoals ze eerder had gedaan, dan zou niemand daar moeilijk over doen.

Ze waren nog steeds bezig, en het klonk alsof Spoor begon toe te geven. Als Ceder haar ervan probeerde te overtuigen dat Krukel moest worden gewassen, dan zou het helpen als hij eruitzag of dat ook nodig was. Hij keek oplettend zijn cel rond.

De as in de haard was misschien nog warm. Hij sprong naar het vuur en schraapte met een stuk hout een laagje naar buiten. Voorzichtig voelde hij eraan en het was warm, maar niet te heet. Hij begroef zijn poten erin, wreef het over zijn snuit, en op een wanhopige, smekende en dringende toon riep hij: 'Help!'

Het slot rammelde. Spoor en Ceder stormden naar binnen. Krukel stond voor hen: zwarte en grijze as in zijn pels, op zijn snuit, en aan zijn poten. Hij kuchte piepend.

'In het vuur gevallen,' bracht hij hijgend uit.

'Jij, leugenachtig stuk gedrocht, je probeerde te ontsnappen via de schoorsteen!' snauwde Ceder. 'Meekomen!' Ze greep hem in zijn nekvel en sleepte hem langs Spoor. 'Spoor, ik doe het zo snel mogelijk en ik zal zorgen dat hij weer terug is voor ze hem komen halen. Ruim jij ondertussen die troep op, dat vieze gedrocht heeft alles onder het roet gesmeerd. Als de koning dat ziet, wil hij jouw pels als vloerkleedje.' Nog voor ze was uitgepraat, waren ze de deur al uit.

Ceder had Krukel al halverwege de gang gesleept voor ze fluisterde: 'Goed gedaan.' Toen deed een geluid dat ze beiden het meest vreesden, hen stokstijf stilstaan. De deuren van de hoge zaal gingen open. Koning Zilverberk lachte.

'Rennen!' fluisterde Ceder. Ze stoof op een deur af, duwde Krukel erdoorheen, en sprong achter hem aan toen het geluid van poten en stemmen klonk op de trap.

In de audiëntiezaal van koning Zilverberk hadden zware zilvergrijze gordijnen de nacht buitengesloten. Vuur laaide hoog op in de haard, vlammen knetterden en sprongen omhoog en wierpen een luguber licht op de glanzende vloer en op de zilveren opsmuk van gewaden, meubels en bokalen. Toortsen wierpen licht en schaduw over koning Zilverberk die in zichzelf zat te praten en onrustig op zijn troon heen en weer schoof.

Een aantal oudere dieren zat te knikkebollen bij de resten van het feestmaal en de lege kannen. Maarschalk Graniet lag languit in een stoel, riep om meer wijn, en gaf de egel die het bracht een klap. Rookkringel zat met zijn poten om zijn knieën bij het vuur te mopperen. De bedienden hielden zich zo stil mogelijk. Als je 's avonds laat in het gezelschap van de krankzinnige koning, de kwaaie tovenaar en de bullebak Graniet verkeerde, verdiende het aanbeveling om niet op te vallen.

'Er iets mee bouwen,' mompelde de koning. 'Zo veel zilver! Ermee handelen, wapens kopen. Ja. Zwaarden smeden en kopen, dolken, stoelen, handboeien, helmen. Nee, te goed voor helmen en handboeien. Wilt u een wapenmagazijn, heer maarschalk?'

'Ik bén een wapenmagazijn,' gromde Graniet.

'Ik wil mijn nieuwe zilvermijn zien,' zei de koning weer. 'Kan me niet schelen of het te koud is om te werken. Ik wil hem gewoon zien. Ik wil hem aanraken.' Hij schoof ongeduldig heen en weer. 'Ik wil dat het dag is!' Hij sprong van de troon en beende naar het raam.

'Gordijn!' snauwde hij. Een eekhoorn sprong naar voren om de gordijnen te openen en de koning slaakte een vreugdekreet.

'Het sneeuwt!' riep hij. Met gespitste oren sprong Rookkringel overeind. 'Het sneeuwt! Graniet! Kom hier!'

Graniet sjokte met tegenzin naar het raam. 'Pest en vuur, het sneeuwt echt,' grauwde hij.

'De hemel brengt mij een saluut!' riep de koning. 'Ik ben de Zilveren Pracht, en de hemel zelf brengt mij eerbewijs!'

Botten rammelden toen Rookkringel aan kwam rennen. Hij keek met een wilde smeekbede op zijn snuit naar de koning.

'Luisterrijke Majesteit,' zei hij, op een toon die veel op kattengespin leek. 'U hebt het me beloofd. U hebt me beloofd dat ik hem mocht hebben als het ging sneeuwen. Ik heb zo lang gewacht.'

'Goed idee,' zei Graniet. 'Uwe Majesteit is niet veilig zolang dat gedrocht in de buurt is.'

'Oh, maar eigenlijk...' begon de koning.

'Uwe Majesteit is de Zilveren Pracht,' knorde Rookkringel, 'en met de toverkunst die ik van zijn hart en bloed kan maken, blijft u altijd wie u bent: de Eeuwigdurende Zilveren Pracht. De Onsterfelijke Pracht. Koning van Blankevleugel en Mistmantel voor altijd.'

'Was het maar zover,' zei de koning. 'Oh, maar ik vind het zo jammer om afscheid te nemen van dat kleine gedrochtje. Ik ben dol op hem geworden. Maar ik heb het beloofd.' Hij marcheerde naar de deur, en schaterde van het lachen toen de bedienden hem opengooiden. 'Volg mij!'

Met geestdrift en in snel tempo liep de stoet de trap op. Rookkringel bonkte met zijn staf op elke tree, en mompelde 'dood aan het gedrocht' op het ritme van zijn stap. De andere dieren namen het over, een zacht, dreigend spreekkoor. Ze waren dieren van het fort. Ze hadden de koning goed gediend en eisten nu het recht op een dood op. 'Dood aan het gedrocht! Dood aan het gedrocht!'

Spoor verscheen in de celdeur. Ze wreef de as van haar poten.

'Commandant Ceder heeft hem zojuist meegenomen voor zijn wasbeurt, o Hoge Zilveren Pracht,' zei ze met een buiging. 'Ze komt zo terug. Ze zei dat Rookkringel wilde dat hij gewassen werd voor het offer.'

Rookkringel zei niets, maar gaf een diepe, heftige grom en huiverde. Spoor durfde de koning niet aan te kijken.

'Ik wist het niet zeker,' zei ze zenuwachtig, 'maar zij is een commandant en ik moet haar bevelen opvolgen. En hij was zeker aan een wasbeurt toe.'

'Rookkringel,' snauwde de koning, 'heb jij bevolen het gedrocht te wassen?'

Rookkringel kwam weer bij stem, laag en dreigend als het gesis van een slang. 'Helemaal niet. Ik heb niets tegen commandant Ceder gezegd. Ik ruik verraad.'

De koning draaide zich pijlsnel om, zijn mantel ruiste en in zijn ogen lag een krankzinnige woede. 'Zoek hem!' gilde hij. 'Jullie allemaal! Zoek hem! En zoek Ceder! Breng haar bij mij! Ik verscheur haar met mijn eigen klauwen.'

Ceder sleepte Krukel voort door tunnels, hoeken om, en baande zich ondergronds een weg. Boven hen klonken rennende poten en geschreeuwde bevelen.

'De jacht is geopend,' zei ze ademloos. 'Maar onze route naar de kust is sneller dan die van hen. Blijf lopen.' Uiteindelijk kwamen ze in het ondergrondse vertrek uit waar Krukel de Lariksen had ontmoet. Daar stonden Lariks en Vlam met bleke, strakke snuiten, en Bul en Juniper, met hun mantels aan en reisvaardig.

Ceder gooide een mantel om Krukels schouders. 'Lichtgrijs als camouflage,' zei ze. 'We hebben een kleine boot voor jullie klaarliggen, naast het schip in de haven.' Ze gespte een zwaard rond zijn middel, en iemand hing een tas aan zijn schouder. 'De wind is gunstig, jullie hebben een snelle vaart naar Mistmantel, wij brengen je naar het strand.'

'Hoe komen we door de mist?' vroeg Krukel.

'We hebben gedaan wat je zei,' zei Ceder met een stralende lach. 'Een groep Lariksen heeft de zwanen bevrijd. Ze zwemmen tot de mist met je mee, en dragen je eroverheen.'

'Ceder en ik gaan in de tunnels voorop,' zei Lariks. 'Wij weten de weg. Daarachter Krukel en Juniper, en Bul en Vlam komen als laatsten.'

'En wij zullen u verdedigen, als het nodig is,' zei Bul. 'Heel goed, Majesteit.'

Ze renden achter Ceder en Lariks aan. Er werd weinig gesproken, behalve door Bul die kreten slaakte over de wijdte en de bouw van de tunnels en door de eekhoorns van Blankevleugel die uitlegden dat dit eigenlijk geen tunnels waren, maar burchten.

'Dan zijn het mooie burchten,' zei Bul en hij hield halt.

'Doorlopen, Bul,' beval Ceder.

'Stil!' zei Bul, en hij strekte zich op de grond uit, met zijn oor tegen de vloer en een ingespannen uitdrukking op zijn snuit. Hij krabbelde overeind en luisterde aan de wand. Krukel en Juniper wierpen een blik over hun schouder en krulden hun klauwen van ongeduld.

'Sta stil!' zei Bul fronsend, hij ging weer op zijn poten staan en begon te rennen. 'Er rennen mollen door die tunnels alsof Grijphals achter hen aan zit,' mompelde hij. 'Ik wou dat ik wist wat er aan de hand was.'

'Zitten ze achter ons aan?' vroeg Ceder hijgend.

'Nee,' zei Bul. 'Ze lopen naar het oosten. Naar Mistmantel.'

Juniper raakte achterop, zijn ademhaling raspte en floot. Krukel pakte zijn poot en trok hem mee.

'Koning Zilverberk stuurt de mollen,' hijgde hij onder het rennen. 'Hij wil Mistmantel.'

'Nou, krijgt hij mooi niet,' gromde Bul. 'Wij kunnen de koning waarschuwen. De mollen zijn wel onderweg, maar een boot is sneller.'

De gang liep wijd uit in een wirwar van boomwortels, waar de lucht frisser rook. Ze moesten vlak bij de oppervlakte zijn.

'Het is niet ver meer, Juniper,' fluisterde Krukel.

'Verspreiden,' zei Lariks. 'Het is veiliger om verschillende uitgangen te nemen. We blijven bij elkaar in de buurt. Snel!'

Krukel dook onder een boomwortel door en scharrelde vooruit. Achter zich hoorde hij Junipers moeizame ademhaling. Poot voor poot klauterde hij tussen de boomwortels door naar boven, hij draaide zich om om Juniper de helpende poot te reiken, en eindelijk kon hij staan. Hij bevond zich ver voorbij het fort, onder een ijzige hemel. Een bleke maansikkel hing hoog boven hen en het licht van de sterren schitterde op een bodem die oplichtte van sneeuw en zilver.

Voor het eerst drong het tot Krukel door dat het sneeuwde. Vlokken dwarrelden zachtjes naar beneden. Ze smolten op Ceders mantel toen ze uit het hol tevoorschijn glipte, op de snorharen van Vlam toen hij zijn snuit naar de hemel hief. Voortdurend om zich heen kijkend, met draaiende oren en trillende neuzen, repten Krukel en Juniper zich voort. Bul kwam achter hen aan en geleidelijk vormden ze weer een groep. Ze hielden hun mantels strak om zich heen geslagen voor de warmte en om niet op te vallen, en dribbelden in flinke pas naar de top van de duinen.

Vlakbij bewoog iemand. Krukel durfde zijn kop niet om te draaien, hij wilde geen aandacht trekken. Voor hem uit liep ook iemand.

'Er zijn andere dieren in de buurt,' fluisterde hij.

'Weet ik,' zei Lariks. 'Ze staan allemaal aan onze kant. Ze zullen zich achter ons scharen als het tot een gevecht komt. Sinds jouw komst hebben ze weer hoop. Dat komt ook door wat Ceder vertelde: dat jij had gezegd hoe jouw kapitein je aanmoedigde om met de andere dieren te praten en hun te vertellen wat er echt aan de hand was. Sindsdien hebben wij dat ook gedaan. Maar het komt vooral door jouzelf, Krukel. Nu iedereen weet dat er een getekende eekhoorn op het eiland is, krijgen ze moed, en helemaal nu ze weten dat hij misschien de zoon is van Kaars en Amandel. En niet alleen de Lariksen. De meeste dieren accepteerden Zilverberk en Rookkringel omdat ze doodsbang waren. Door jou hebben ze weer hoop.'

'Het wordt lichter,' zei Ceder. 'Vlugger!' Stil en gehaast hielpen ze elkaar de stenen en glibberige paden op, en kwamen met vereende krachten op de top van de duinen aan.

Bij het bleke, opkomende licht, keek Krukel naar de haven beneden en bedacht weer dat dit de mooiste plek op het eiland was. Een statig schip lag nog steeds voor anker, groot en indrukwekkend bij het aanbreken van de dag. De kleine boot lag op hen te wachten, heel stil op het water.

Onze boot! dacht Krukel met een golf van opwinding.

'We zijn er bijna!' zei Lariks en terwijl ze elkaars poten vasthielden stormden ze de duinen af naar de baai. Een ruk aan zijn poot gooide Krukel tegen de grond.

'Ze hebben ons gevonden!' bracht Juniper hijgend uit.

Ze lagen allemaal plat op het zand tussen het scherpe gras. Krukel keek op en zag gewapende dieren het strand op rennen, ze lichtten de bogen van hun schouders, spanden ze, zetten er pijlen op – hij drukte zijn kop in het zand.

'Kruip achteruit!' siste Ceder. 'Hol!'

Met zijn kop naar beneden kroop Krukel achteruit het eerste het beste hol in.

Zwermen pijlen zoefden door de lucht. Juniper en Vlam waren links en rechts van hem terwijl ze zo ver mogelijk naar achteren kropen in de beschutting van een ondiep, zanderig hol. Ceder prikte in de wanden op zoek naar een tunnel die ze niet vond.

'De weg naar buiten is de weg naar binnen,' zei ze. 'Blijf stilzitten en geef de moed niet op. Waar zijn Bul en Lariks?'

Vlam had zich plat tegen de zanderige aarde aan gedrukt. 'Ze schuilen in het kreupelhout tegenover ons,' zei hij. 'Ze zitten veilig.'

Stemmen riepen, kwamen naderbij, blaften bevelen, stelden vragen. Krukel trok zijn schouders in alsof hij zich daarmee klein genoeg kon maken om onzichtbaar te worden. Zonder een woord trokken ze hun zwaarden en drukten zich tegen de achterwand. Het kloppen van zijn hart en Junipers ademhaling klonken in Krukels oren als tromgeroffel. Juniper smoorde een kuch.

Terwijl allerlei dieren door de duinen zwierven, met hun

zwaard door het lange gras zwiepten en naar elkaar riepen, laaide de woede in Krukel op, een hulpeloze kokende woede om het oneerlijke van alles. Waarom lieten ze hem niet met rust? Hij had er nooit om gevraagd hier te komen. Het enige wat hij wilde was naar huis gaan!

Hij haalde diep adem. Het had geen zin om zo te denken. Het maakte niet uit of het eerlijk of oneerlijk was, het was nu eenmaal zo. Hij herinnerde zich levendig wat hij ooit tegen Prikkel had gezegd, op een ander strand.

'Ik moet nog meer doen. En ik moet nog meer zijn. Het is niet zo dat je door één bijzonder ding te doen klaar bent. Het hangt ervan af wat je verder bént.'

Hij was hier, daar kon hij niets aan veranderen. Hij had gezegd dat hij wilde dat hij het eiland kon helpen en Vlam had gezegd dat dat ook zou gebeuren als hij was voorbestemd. Misschien zag hij pas wat hij moest doen door hier te zijn, door zich te verschuilen en opgejaagd te worden. Zijn vader had zijn leven gegeven voor dit eiland. Misschien kon hij nu iets voor dit eiland betekenen, het werk voortzetten dat zijn vader was begonnen.

Boven hem klonken rennende poten. Hij hoorde wachten naar elkaar roepen.

'Als je de getekende eekhoorn vindt, moet je hem niet doden,' zei een stem. 'De koning wil hem aan Rookkringel geven, dan is de koning blij, Rookkringel blij, iedereen blij. Behalve de getekende eekhoorn. Oh, en commandant Ceder. De koning wil haar levend. En als die met haar klaar is, blijft er voor Rookkringel niks over.'

Krukel ging zitten en sloeg zijn poten om zijn knieën terwijl hij voor zich uit staarde. Er bleef maar één ding over. Hij stond op, deed zijn mantel af en veegde het roet uit zijn pels om zijn kleur goed te laten uitkomen.

'Duiken!' beval Ceder.

Krukel nam Junipers poot in de zijne. 'Dank je wel voor alles wat je voor me hebt gedaan,' zei hij. 'En dat je bij me bent gebleven. Ik wou dat je mijn broer was. Als iemand mijn broer is, ben jij het. Ceder, Vlam, dank voor alles.'

'We zijn nog niet verslagen,' zei Ceder. 'Ga zitten.'

'Ze komen eraan,' zei Krukel. 'Vroeg of laat vinden ze me, en dat betekent dat ze jullie ook zullen vinden. Rookkringel wil mij. Als ik mezelf overgeef, zullen ze misschien niet langer naar jullie zoeken.'

Juniper pakte Krukels poot. Zijn ogen glommen zo fel dat het Krukel verbaasde en beangstigde.

'Nee!' grauwde hij. 'Waag het niet! Ik ben die hele weg gekomen om je te redden, en nu denk jij dat je gewoon naar buiten kunt lopen en jezelf kunt laten doden?'

'Als ik echt voorbestemd ben om iets voor dit eiland te doen, dan is dit misschien de manier,' zei Krukel.

'Doe niet zo stom,' zei Juniper. 'Wie is hiermee geholpen?'

'Ik denk dat het helpt,' zei Krukel ellendig. Juniper maakte het moeilijker. 'Hierdoor krijgen jullie meer kans om weg te komen en Mistmantel te redden. De mollen van Zilverberk zijn onderweg. Als ik nu, uit vrije wil, naar de koning ga, kunnen jullie naar de baai glippen, de boot nemen, en vóór de mollen thuis zijn. Krispijn waarschuwen. Jij ook, Ceder, het is hier niet veilig voor jou. Ze zullen het zo druk hebben met mij naar Rookkringel slepen, dat ze zullen vergeten om jou te zoeken, in elk geval lang genoeg voor jou om weg te komen. Je mag mijn plaats in de boot. Vertel ze wat er met mij is gebeurd, en vertel ze over Blankevleugel. Doe iedereen de groeten – Krispijn, Padra, iedereen. Omhels Appel van me en bedank haar namens mij voor alles.'

Ceder keek smekend naar Vlam. 'Zeg hem dat hij ongelijk heeft!' zei ze dringend. 'Krukel, ik laat je niet gaan.'

'Je kunt me niet tegenhouden,' zei Krukel.

'Ik wel,' zei Juniper. Hij ging met vlammende ogen en uitgestrekte klauwen voor Krukel staan. 'Waag het niet één stap te doen. Ik heb die kerker gezien waar Rookkringel werkt, en het is walgelijk, ik laat je daar niet heen gaan. Stel dat hij echt kwade toverkunst van jou kan maken? Toverkunst die gevaar op kan leveren voor Mistmantel? Heb je daaraan gedacht? Vertel het hem, broeder Vlam!'

Maar de ogen van broeder Vlam stonden vol verdriet. Hij legde zijn magere poten op Krukels schouders. Hij zag er wijs en sterk uit, en hij deed Krukel aan Spar denken.

'Krukel heeft gelijk,' zei Vlam bedroefd. 'Ik wilde dat het niet zo was, maar hij heeft gezien wat hij moet doen, en doet dat. Waar Rookkringel ook toe in staat is, hij kan nooit kwade toverkunst van zo'n oprechte inborst maken. Het Hart is sterker dan alle toverkunst van Rookkringel bij elkaar; het Hart schept, het kwaad kan alleen maar vernietigen. Krukel, we geven Ceder en de anderen tijd om weg te komen, daarna zullen wij je bevrijden, als de Lariksen ons niet voor zijn. Misschien komen de eilanders hierdoor eindelijk in opstand tegen Rookkringel.'

'Dank u wel,' zei Krukel, maar hij had niet veel hoop. Hij liet zijn kop zakken. 'Wilt u mij zegenen?'

'Dat het Hart je moge behoeden, verwarmen, en ontvangen,' zei Vlam, 'en dat degenen van wie je houdt je voor eeuwig bij mogen staan, Krukel van de vallende sterren.'

Juniper omhelsde hem, daarna Vlam, en op het laatst omhelsde Ceder hem als een moeder voor ze onder haar mantel in haar tas greep.

'Je moeders armband,' zei ze. 'Wil je hem meenemen?'

Krukel keek naar de lichte cirkel in haar poot en raakte die zachtjes aan. Dit kleinood moest niet in de klauwen van Rookkringel vallen, maar het deed hem goed de armband nog eens te zien.

'Geef hem aan Krispijn, alsjeblieft,' zei hij. 'Vraag hem om de armband voor mij te bewaren.'

Het deed pijn dat hij niet meer kon zeggen, maar er was geen tijd voor, en er waren geen woorden om het uit te drukken. Juniper had ook toreneekhoorn kunnen worden, en dan hadden ze samen kunnen werken, elkaar nieuwe vaardigheden bijbrengen, steentjes kunnen keilen en op boten rondhangen. Dat kon nu allemaal niet. Hij schoof naar de ingang van het hol.

'Hart, bewaar me,' fluisterde hij toen hij het hol uit stapte. 'Vader, moeder, als jullie me kunnen zien, help me.'

Hij bleef dicht bij de grond tot hij op een veilige afstand was van het hol waar zijn vrienden schuilden. Toen stond hij op, rechtte zijn schouders, en hief zijn kop omhoog. Op het laatst liet hij zijn mantel op de grond glijden en wreef nog een keer over zijn pels, zodat iedereen die goed kon zien. Hij klom tegen het duin op en stak zijn poot op. Het fluiten van de pijlen stopte.

'Ik ben de getekende eekhoorn,' riep hij, 'Krukel van de vallende sterren, koningsgezel van Krispijn. Willen jullie me levend?'

21

Dicht bij de top van de duinen keerde Krukel zich om en keek om zich heen. Hij had verwacht dat hij op elk moment door poten vastgegrepen zou worden, maar niemand raakte hem aan.

Overal om hem heen staarden egels en eekhoorns naar hem. De dieren zonder helmen wierpen hem onzekere blikken toe en keken dan weer naar elkaar, alsof ze niet wisten wat hun te doen stond. Krukel vroeg zich af of dit een droom was en liep door. Hij wilde dat iemand wat deed. Ze leken te wachten tot zijn moed het zou begeven. Het was bijna een opluchting toen twee egels op hem af renden en hem bij zijn poten en schouders grepen, maar het leek alsof ze zich wilden verontschuldigen voor het feit dat ze hem aanhielden.

Ze voerden hem weg. Andere dieren sloten zich bij hen aan, maar het scheen Krukel of hij degene was die hen aanvoerde. Tot ze op het hoogste punt van de duinen waren, het punt waarvan hij het fort kon zien en daarachter de steile rotsen. Op deze kale winterdag tekende het fort zich duidelijker af dan ooit.

De egels die hem vast hadden werden steeds zekerder van hun zaak. Ze hadden de getekende eekhoorn aangehouden en hij stribbelde niet tegen en terwijl ze hem stevig bij zijn poten grepen voerden ze het tempo op. Boogschutters en soldaten die ook in de roem wilden delen, renden naar hen toe om te helpen. Poten graaiden naar Krukel, ze duwden elkaar met hun ellebogen opzij om bij hem te kunnen komen, ze trokken en duwden aan elkaar en aan hem.

'Op naar het fort!' schreeuwde er eentje die naar Krukels schouder greep. 'Vertel de koning dat we hem hebben!'

Krukel keek naar het fort terwijl hij door het landschap werd gevoerd. Het ochtendlicht verspreidde zich langs de hemel en legde een heldere gouden gloed over de kale bomen en de ruwe contouren van de vestingmuren. Daar stonden drie gestalten, en zelfs op deze afstand waren ze herkenbaar aan hun vorm, grootte en houding. Graniet, lang en breed in zijn wapenrusting, met zijn achterpoten uit elkaar en een voorpoot op zijn zwaard. De koning, met wapperende mantel en zijn klauwen tot vuisten geheven in triomf. Rookkringel, kromgebogen, springend en dansend. Hij was bijna potsierlijk, vond Krukel, als hij niet op het punt stond me te doden.

Even wilde hij dat hij dit niet had gedaan, maar toen schaamde hij zich voor die wens. Hij gaf zijn vrienden de kans om te ontsnappen en Mistmantel te waarschuwen, en als er iets de moeite waard was om voor te sterven, was dat het wel. Hij liep verder en bood geen tegenstand aan de egels die aan hem trokken. Zijn ogen waren nu gericht op de hemel achter de drie triomfantelijke figuren op de vestingmuur. Dit was zijn laatste zonsopgang, en hij was blij dat het een mooie was.

Rookkringel schreeuwde en sloeg met zijn staf op de vestingmuur. De anderen begonnen mee te stampen, en gewapende dieren en boogschutters klapten in hun poten en namen Rookkringels kreet over, harder en wreder. Het sloeg in golven over het eiland tot Krukel het duidelijk kon horen en het zware gestamp op de bodem kon voelen.

'DOOD! DOOD! DOOD!'

Wat heb ik gedaan! Wat heb ik gedaan, dat ze allemaal om mijn dood roepen? dacht Krukel, maar hij wist dat het niet ging om iets wat hij had gedaan. Het was uit een opwelling van begeerte en angst dat ze schreeuwden om zijn bloed. Maar toen hoorde hij ook andere stemmen en een andere kreet die moeilijk te verstaan was. Hij spitste zijn oren.

Hij kon zijn eigen naam horen. Iemand juichte, noemde zijn naam en juichte! Hij draaide en rekte zijn hals om over de dieren die hem voortsleepten heen te kunnen kijken, en worstelde om te kunnen zien wat er aan de hand was.

De Lariksen juichten hem toe. Hij herkende sommigen van het ondergrondse feest, maar het was wel duidelijk wie de Lariksen waren – en het werden er steeds meer – door de manier waarop ze met geheven poten stonden, enkelen brachten een groet, en allemaal riepen ze zijn naam: 'Krukel! Krukel de getekende eekhoorn! Krukel!'

'DOOD! DOOD! DOOD!' klonk de andere kreet.

Rennen, Ceder, rennen, Juniper, dacht Krukel en hij bad uit alle macht voor hun ontsnapping. Leef. Ga naar Mistmantel. De dieren die hem beet hadden, renden nu voorwaarts, steeds sneller in hun verlangen hun buit naar het fort te krijgen, en er was nauwelijks tijd om iets te zien van wat er gebeurde, maar hij zag genoeg. Onder kreten als 'Krukel van de vallende sterren!' kwamen de Lariksen aangerend om hem te helpen. De dieren die hem voortsleepten keerden zich om, klaar om zich te verdedigen, vastbesloten om hun buit te behouden toen de

Lariksen wederom zijn naam riepen en naar voren stormden. Ze hebben eindelijk de moed, dacht Krukel in een opwelling van vreugde. Ze komen in opstand tegen de koning! Maar meteen daarna kwam er een vreselijke gedachte bij hem op: ze gaan vechten, de lijfwacht van de koning zal hen neerslaan, er komt een bloedbad, en allemaal vanwege mij.

Pijlen floten, zwaarden flitsten, en van het fort klonk de kreet luider, hoger en wilder. Het stampen ging zo hard, zo ritmisch, zo wild, dat de aarde schudde. Toen Krukel opkeek leek het fort te bewegen.

Er klonk een geluid als van onweer, maar dat kon niet. Het kwam van onder de grond. Toen volgde er zo'n geweldig gesplinter en gekraak dat Krukel wegdook en op de vlucht wilde slaan. Iedereen keek in paniek omhoog naar het fort. De kreten en het gestamp waren opgehouden. De egels die Krukel hadden vastgehouden lieten los en renden ervandoor.

'De bomen vallen!' gilde iemand. De winterbomen rond het fort helden stijf over, schokten, en zwiepten van de ene naar de andere kant alsof ze pijn leden. Dieren zochten een veilig heenkomen. Van het fort klonk geschreeuw, deuren werden opengesmeten, dieren met de doodsschrik op het lijf renden en verdrongen elkaar om weg te komen. Op de zwaaiende vestingmuren klemden de koning en Rookkringel zich aan elkaar vast. Graniet probeerde over de zijkant naar beneden te klimmen, maar het fort slingerde. Toen drong een ontstellend hard gekraak pijnlijk in Krukels oren, en met zijn poten over zijn kop stoof hij terug de duinen op. Er klonk gerommel, geknars, gegil, en een hevig oorverdovend gekraak dat overging in gebrul en gedonder van vallende stenen. Toen was het voorbij, op wat diep, grommend gerommel van onder de grond na en stof dat opwolkte. Krukel tilde zijn kop op.

Hij kuchte en kneep zijn ogen tot spleetjes. Zijn mond zat vol stof en het prikte in zijn ogen. Grote stofwolken daalden langzaam neer rond de lege plek waar het fort had gestaan. Het stof bedekte de pelzen van de dieren die met ontzag op hun snuiten toekeken. Het drong in Krukels keel en hij moest ervan kuchen tot zijn ogen traanden toen hij naar het hol klauterde en probeerde Ceder en Juniper te roepen.

'Krukel!'

De hese roep klonk tussen alle andere kreten van bange dieren. Juniper kwam snel op hem af terwijl hij met een poot het stof uit zijn ogen wreef.

'Juniper!' riep Krukel en hij strompelde naar voren. 'Alles goed met je? Alles goed?"

'We zijn er allemaal,' zei Ceder en haar ogen zagen rood van het stof of van de tranen. Ze zagen er allemaal zo uit toen ze naar het strand strompelden: Juniper, Ceder, Vlam, Bul, en Lariks.

'We moeten niet wachten,' zei Lariks. 'Er kunnen nog meer bevingen komen. We moeten iedereen naar het strand halen. Als een dier hulp nodig heeft om daar te komen, help het dan.'

Ze kuchten, wankelden en gleden naar het strand beneden. Onderweg hielpen ze dieren overeind of reikten hun een poot als ze gewond of bang waren. Toen ze eindelijk het strand bereikten begon iedereen elkaar te omhelzen en de wapens neer te gooien, en Krukels kop tolde. Was hij echt vrij? Was het fort echt verdwenen? Het enige wat helder voor hem was, was de stem van kapitein Bul.

'Zei ik het niet!' zei die kuchend. 'Te veel tunnels en te veel mijnen. Dat zat er vroeg of laat in. De duinen zijn de volgende keer aan de beurt.'

'We moeten terug voor de gewonden,' zei Vlam schor.

'Nog niet, broeder, dat zou ik u niet aanraden,' zei Bul. 'Laat alles even tot rust komen. We willen niet dat u in een scheur valt, daar hebben ze u te hard voor nodig. En de dieren kijken allemaal naar elkaar uit.'

Steeds meer dieren haastten zich naar het strand, degenen die konden lopen ondersteunden de gewonden. Lariks ging van de ene groep naar de andere en gaf bevelen – 'Wil iemand even naar die eekhoorn kijken, ik denk dat hij een gebroken poot heeft. Jij, jij, en jij, draag die egel eens naar beneden' – terwijl ze Ceder en Vlam hielp de gewonden te verzorgen. Juniper en Krukel liepen met hen mee om wat voor hulp dan ook te bieden, en Bul regelde dat de niet-gewonde dieren water gingen halen bij de meest nabije bron. Juniper en Krukel bespraken net de mogelijkheid dat de meeste aanhang van koning Zilverberk in het fort moest hebben gezeten toen de stemmen rondom hen wegstierven en zwegen. Alle dieren staarden hem aan.

Een oude egel met een grijze snuit kwam naar voren en zei met een diepe krachtige stem: 'Gegroet, getekende eekhoorn, verlosser van Blankevleugel. Wordt u onze koning?'

'Natuurlijk niet!' zei Krukel snel. 'Ik bedoel, het zou natuurlijk een grote eer zijn, maar jullie hebben al een koningin. Koningin Lariks.'

De oude eekhoornsnuit begon langzaam te stralen van vreugde. Zijn ogen begonnen te glimmen.

'Is het waar?' vroeg hij, en zijn stem beefde van opwinding. 'Is het waar wat ze zeggen? Leeft ze, en is ze op het eiland? Kleine Lariks?'

Krukel ging op zijn achterpoten staan om over de menigte heen te kunnen kijken, omdat Lariks zo klein was dat ze niet opviel. Hij zag haar het stof van een jonge egel af wassen.

'Daar is ze,' zei hij. 'Ze zorgt voor die kleine egel. Dat is koningin Lariks. En jullie hebben een priester én de dieren die hen al die jaren verborgen hebben gehouden.'

Er was een drukte en geklets van belang, terwijl iedereen naar Lariks wees en fluisterde en het met elkaar eens was dat ze trekken had van de oude koninklijke familie, en ja, hoor, dit was absoluut Lariks. En was dat nou broeder Vlam? We hebben ons altijd afgevraagd wat hem overkomen was. Nog onder het grijze en witte stof, kuchend en wel, knielden egels en eekhoorns neer. Op het zanderige strand, op de besneeuwde hellingen, in het stof, riepen gekneusde en gehavende dieren Lariks tot hun rechtmatige koningin uit.

'Is het voorbij?' vroeg Krukel. 'Zijn ze echt dood?'

'Alles is ingestort,' zei een ademloze en erg stoffige eekhoorn, die zich door de menigte wrong. Ze wreef in haar ogen en knipperde aan één stuk door. 'Ze stonden allemaal op het dak. Ik zat in de top van een boom. Iedereen schreeuwde en stampte, en toen stortte alles in, en ze verdwenen gewoon, en alles viel boven op hen... en ik ben weggerend, meneer. Wat gaan we nu doen?'

'Vraag maar aan je koningin,' zei Krukel. 'Ik heb een koning naar wie ik toe moet, en mijn eigen eiland heeft me nodig. Ik moet naar huis.'

Het sneeuwde niet meer, maar takjes en stof zweefden nog door de lucht en kwamen op het strand neer. Juniper en Krukel baanden zich een weg door de menigte naar Ceder.

'Jullie moeten nu gaan,' zei ze, 'als je het tij mee wilt hebben. Ze willen het vieren en festivals gaan houden ter ere van jou en de hemel mag weten wat nog meer als je langer blijft.' Krukel sprong overeind. Het enige wat hij wilde was zo snel mogelijk naar huis gaan, maar de kleine boot aan de steiger leek nog kleiner dan daarvoor.

'Bul moet ook met de boot mee,' zei Krukel. 'Hij kan niet door de tunnel, nu de grond zo onvast is. En dan heb je nog de zwanen. Kunnen we allemaal in die boot?'

'Waarom zou je de kleine nemen?' vroeg Lariks. 'Neem het grote schip! Voor de bemanning zul je aan vrijwilligers geen gebrek hebben.'

'Maar er is een probleem met de zwanen,' zei Vlam, 'iets waaraan we niet hebben gedacht. Omdat ze hun hele leven aan de ketting hebben gelegen, zijn hun vleugels niet sterk. Ik weet niet zeker of ze over de mist heen kunnen vliegen, laat staan met iemand op hun rug.'

'Ze kunnen het proberen!' zei Krukel. 'Tegen de tijd dat we bij de mist zijn, hebben ze in elk geval hun vleugels getraind! Ze kunnen altijd een boodschap naar Krispijn brengen!'

'En Bul is niet over water vertrokken,' zei Juniper. 'Dus als de rest van ons niet door de mist komt, kan hij de reddingssloep laten zakken en proberen erdoorheen te roeien. Maar laten we alsjeblieft geen tijd verspillen door dat allemaal hier te bespreken.'

Krukel staarde omhoog naar het schip. Zoals het daar trots en sierlijk op het water lag, leek het net zo mooi als een betoverd schip uit een sprookje.

'We zullen het schip terugsturen,' zei hij enthousiast, 'met een lading Mistmantelgrond om jullie eiland weer een kans te geven groen te worden, volgens jullie wens. En...' Hij aarzelde. Omdat hij wist hoe graag Ceder naar Mistmantel wilde, zou hij haar willen uitnodigen, maar daarvoor was eerst toestemming van de koningin nodig. 'Ceder heeft altijd naar Mistmantel gewild.'

'Ik kan nu niet weg,' zei Ceder, al had Krukel haar ogen weemoedig naar het schip zien dwalen. 'Jullie zijn nog maar net veilig, en er is zoveel te doen.'

'Ceder,' zei Lariks, 'je hebt me veel bijgebracht en je kent de bekwaamheid van de Lariksen. Vlam en ik kunnen het hier wel aan.'

'En,' zei Krukel opgewekt, 'als Bul niet door de mist kan komen, dan kun jij dat misschien wel. Misschien ben jij wel de enige die erdoorheen kan om Krispijn te waarschuwen, en hem te vertellen waar wij zijn, dus we kunnen niet zonder je.'

'Hij heeft gelijk,' zei Juniper. 'We hebben je nodig. Als er een opstand tegen Krispijn is uitgebroken, kunnen we jou aan onze kant goed gebruiken.'

'Juist,' zei Lariks. 'Dit is een koninklijk bevel. Ga, Ceder, voor jullie het tij missen.'

Ceder wisselde nog een paar woorden met Lariks en Vlam, terwijl Krukel verlangend naar het sierlijke schip keek. Er lag nog sneeuw op de mast en op de vastgesjorde zeilen. Met zo'n schip zeilen moest bijna net zo fijn zijn als vliegen met een zwaan.

'Toe dan, jonkies,' zei een stem achter hen. 'Even doorbijten. De tijd en het tij wachten op niemand.'

'Graag, Bul,' zei Krukel, hij draaide zich om en bleef stomverbaasd staan. Hij had Bul nog nooit zo zorgelijk zien kijken.

'Wat vind je?' vroeg Juniper. 'Recht naar boven via de zijkant?'

Krukel en Juniper sprongen op de steiger en berekenden de afstand. Toen sprongen ze tegen de zijkant van het schip op, klauterden naar boven en tuimelden op het dek.

Op bevel van Lariks begeleidden de dieren van Blankevleugel Ceder naar het schip. Een erewacht stofte zich snel af en stond in een rij op de steiger. Op het dek vonden Juniper en Krukel mantels om zich in te wikkelen en ze wreven hun poten tegen elkaar van de kou.

'Dat het Hart jullie moge vergezellen!' riep Vlam. 'Moge het Hart jullie allen naar Mistmantel brengen!' Twee zwanen die hun vleugels uitprobeerden, vlogen naar de mast en cirkelden eromheen.

'Zie je wel!' zei Krukel tegen Juniper. 'Ze leren het al.'

'We hebben meer ballast nodig,' zei een van de egels van de bemanning, waardoor Krukel op zijn lip beet van ongeduld. 'Zonder zijn we te licht. Het wordt nu geladen.'

'Houdt het dan ook op met slingeren?' mopperde Bul. 'We zijn nog niet eens onderweg. Mollen horen niet op boten thuis.' Hij snoof, en snoof nog eens. 'Ik ruik dat spul tegen luizen.' Hij deed een stap bij Krukel vandaan. 'Je hebt hier toch geen luizen gekregen, of wel?'

'Allicht niet!' zei Krukel. Ceder had hem gewaarschuwd dat het een tijdje zou duren voor je het niet meer rook, en hij hoopte dat hij er niet naar zou stinken als hij thuiskwam. Hij wilde niet dat Krispijn en Padra zouden denken dat hij een luizenbol was.

Vanaf de voorplecht keek hij voor het laatst naar het eiland waar zijn ouders elkaar hadden ontmoet, waar zijn vader was gestorven. Eindelijk was de ballast geladen, het anker werd gehesen, daarna de zeilen, en het schip kwam in beweging. 'We zullen om de beurt de bemanning aan de riemen helpen,' zei Ceder. Er stroomde helder, diep water tussen het schip en de kust van Blankevleugel, dieren wuifden, eekhoorns zongen, en zilverstof legde zich schitterend neer in de zon. De zwanen verhieven zich in de lucht. En toen Krukel niets meer van Blankevleugel kon zien, wendde hij zijn snuit naar de horizon, drukte zijn voorpoten tegen de reling en bad voor een veilige tocht van het schip naar Mistmantel en naar Krispijn.

De zeebries was snijdend koud en liet zijn mantel wapperen. Hij voelde iemand aan zijn zij en toen hij zich omdraaide zag hij Ceder met het kleine kistje in haar poten. Zijn hart bonkte, en hij strekte zijn linkerpoot uit.

'Wil je hem heel vast om mijn poot snoeren, alsjeblieft,' zei hij. 'Zodat ik hem nooit kan verliezen.' En toen Ceder de armband stevig om zijn pols had gebonden, vouwde hij zijn andere poot eroverheen en drukte het kleinood stevig tegen zijn borst onder zijn mantel. Niemand kon de armband nu nog van hem afpakken.

Een gure wind met gemene ijsregen vergezelde hen, maar duwde hen ook snel naar Mistmantel. 's Nachts voeren ze op de sterren en overdag op goed geluk, maar hartje winter waren de dagen kort en de nachten lang. Ze hielpen bij het roeien, maakten vruchtenwijn voor zichzelf en de bemanning, en sliepen om beurten in nesten onder het dek. Zelfs in hun nest hielden ze hun mantels om zich heen gewikkeld, en gedurende de nachtwacht aan dek zagen Juniper en Krukel de rijp op elkanders snorharen zitten. Wanneer Krukel sliep, in elkaar gedraaid tot een vast bolletje, droomde hij van laaiende vuren in de Mistmanteltoren. Hij en Juniper spraken over hun kindertijd, en Krukel merkte dat er iets niet klopte in Junipers verhaal. Toen hij dacht dat ze elkaar goed genoeg begrepen, maakte hij er een opmerking over.

'Je bent niet zoveel jonger dan ik,' zei hij, 'en de zuivering begon pas toen Sepia werd geboren. Volgens mij ben jij ouder dan Sepia. Dus heeft Kroosje jou verstopt voor de zuiveringswet van kracht werd, nog voor het echt nodig was.'

Juniper keek een tijdje over de zee. Toen zei hij: 'Dat weet ik. Daar heb ik over nagedacht. Kroosje moet mij om een andere reden hebben verstopt, maar als ik haar daarnaar vroeg, ging ze over op een ander onderwerp. Ik kan haar toch moeilijk dwingen het me te vertellen?'

Ze praatten ook veel over wat ze zouden doen als ze bij de mist kwamen. De zwanen leerden hun vleugels gebruiken, maar de mist was dik en het zag er niet naar uit dat ze er al helemaal overheen zouden kunnen vliegen, laat staan met een passagier op hun rug. Ze hoopten dat tenminste Bul en Ceder er dan doorheen konden. Als het de rest van hen niet lukte, en als er op Mistmantel geen zwaan was om hen te halen, zat er niets anders op dan weer naar Blankevleugel te gaan en via de tunnels terug te keren. Daar was niemand voor, behalve Bul en zelfs die moest toegeven dat het een enorme omweg zou zijn.

'We zouden in de mast kunnen klimmen,' stelde Juniper voor. 'Dan komen we niet over water. Dan hangen we erboven.'

'Ik denk toch dat dat hetzelfde is,' zei Krukel. 'Maar als de mist dient om het eiland te beschermen, zou die ons door moeten laten.'

'Vuurgloed, maanlicht, het geheim,' zei Juniper.

'Ik neem aan dat je niet weet wat het betekent?' vroeg Krukel.

'Geen idee,' zei Juniper met een schouderophaal. 'Maar ik denk dat het iets te maken heeft met onze terugkeer. En ik voel me kiplekker.' Bul trippelde stilletjes naar de reling. 'Ik denk dat ik me beroerd zou voelen als de mollen Mistmantel waren binnengevallen. Vuurgloed, maanlicht, het geheim.'

Als de zeilen gehesen of gereefd moesten worden, klommen de eekhoorns om beurten in het want. Krukel merkte dat Juniper er meer moeite mee had dan hij, niet vanwege zijn ver-

schrompelde poot – daar scheen hij nooit last van te hebben –
maar omdat hij snel buiten adem raakte. Krukel wist dat Juniper zijn gezondheid had opgeofferd door hem naar Blankevleugel te volgen. Hij riep omhoog naar Juniper dat ze van
plaats konden wisselen als hij wilde, maar Juniper riep naar
beneden dat hij net zo goed kon klimmen als Krukel, en trok
zich meteen daarop omhoog in het kraaiennest.

De reis was moeilijker voor Bul, die zich zo goed mogelijk
hield, hoewel hij de hele tijd zeeziek was. Hij bleef de boeg van
het schip 'het puntige eind' noemen, het achterschip 'het
stompe eind,' de mast 'dat omhoogstekende stuk' (tenzij de
zeilen gehesen waren, dan noemde hij het 'de was'), en de
boegspriet 'dat ding dat er uitsteekt'. Stuurboord en bak-
boord waren wat hem betrof één pot nat als hij eroverheen
hing.

Op de derde nacht was de hemel zo bewolkt dat het moeilijk
was om te navigeren, maar de wind scheen hen nog steeds be-
stendig naar Mistmantel te duwen. Met een enorme gaap,
wrijvend in zijn ogen, en weggedoken in zijn mantel, dribbelde Krukel over het dek om Ceder af te lossen. Hij hield een
beker hete vruchtenwijn in zijn poten.

'Het wordt maar niet licht,' zei Ceder, terwijl ze haar poten
warm wreef tegen de kou. 'Dat gebeurt vaker als je erop staat
te wachten, maar vannacht lijkt het wel heel lang te duren.'

'M…midwinter,' stamelde Krukel met klapperende tanden. 'Bul heeft de kachel aan en Juniper maakt wijn warm.'

'Warme vruchtenwijn!' zei Ceder, en ze stoof ervandoor.
Ze had gelijk. Krukel stond voor zijn gevoel al uren aan het
roer, en het was nog steeds donker. De vruchtenwijn was snel
afgekoeld, en zijn warme binnenste – van de wijn – was al een

stuk minder warm geworden toen hij zag dat de hemel wat bleker en grijzer leek dan daarvoor, maar toen Juniper hem af kwam lossen was er nog geen sprake van een horizon. Krukel was door en door koud.

'Het is nog steeds grijs,' zei hij huiverend.

'Achter ons is het helderder,' zei Juniper, en hij zette zijn haren overeind voor de warmte toen hij zich bij Krukel aan dek voegde.

Krukel keek achterom. Achter hen was de hemel lichtblauw en waren de koppen van de golven goed zichtbaar.

'Maar verderop is het mistig,' zei hij, en plotseling sprong hij over het dek, struikelde over zijn verkleumde poten, en zwaaide met zijn staart toen hij naar het benedendek sprong, en riep: 'Ceder! Bul! We zitten in de mist!'

Ze stonden allemaal aan dek, met glanzende ogen en gespitste oren, en keken naar de witte muur van mist. Bul rekte zich op de toppen van zijn klauwen, en tuurde met trillende neus vooruit. Ceder boog zich over de voorplecht met haar kin omhoog en tranen in haar ogen.

'Ik heb de mist gezien,' zei ze met trillende stem. 'Al kom ik nooit in Mistmantel, de mist heb ik gezien. Ik weet dat het daarachter ligt.'

Juniper pakte haar poot. 'Het Hart zal ons doorlaten,' zei hij. 'Er is vast een manier.'

'Oh, gelukkig,' zei Bul, niet overtuigd. 'Je weet zeker niet hoe? Ik had via de tunnels moeten gaan. Dan was ik misschien door mollen in mootjes gehakt, maar altijd beter dan op een boot. Nooit meer.'

'Maar we gaan vooruit,' zei Juniper. 'We zijn in de mist en we gaan nog steeds vooruit. Tot nu toe gaat alles prima.'

22

In de ateliers van de Mistmanteltoren zat Prikkel stilletjes te borduren. Ze maakte een nieuwe tuniek voor Spar ter gelegenheid van de kroning, in de hoop dat er echt een kroning zou komen. Voor haar lag een stapeltje kiezelstenen. Het was Hoop niet gelukt om de Hartensteen te vinden maar hij had genoeg mooie kiezels gevonden om aan zijn moeder en zijn vrienden te geven. Prikkel borduurde handig een bladerpatroon rond de zoom van de tuniek, maar op deze winterdag was er niet veel licht en het werd tijd om te stoppen.

'Je zit te turen,' zei Rafel. 'Je hebt voor vandaag genoeg gedaan. Hup, naar buiten.'

Hogerop, in het torentje van Spar, keek Padra uit het raam naar beneden met zijn zoon Tij in zijn armen. Spar zat op een kruk bij het vuur met de meisjesbaby op zijn schoot. Helderbruine ogen keken naar hem op.

'Ze heeft jouw ogen,' zei hij. 'Je zou denken dat ze altijd zal lachen.'

'Dat klopt,' zei Padra. Zijn dochter hoorde zijn stem, piepte van plezier en kronkelde toen haar vader zich met Tij naar het raam keerde. 'Kijk, Tij,' zei Padra, 'daar ligt de Uitkijkheuvel. Nee, niet daar, dat is broeder Spar. Ze maken een brandstapel voor de vallende sterren.'

'Heeft deze jongedame al een naam?' vroeg Spar.

'We vonden Zwaan leuk, omdat Krukel en Krispijn zo naar huis zijn gekomen,' zei Padra, 'maar zo noemen we haar niet, want ze is geen zwaan, ze is een otter. Toen dachten we aan Zwanenvleugel. Daarna aan Zwanenveer. Dat vonden we ook wel leuk.'

'Hmm,' zei Spar. 'Zwanenveer van Mistmantel.'

'Het klinkt beter dan Kronkel, zo noemen we haar nu,' zei Padra, 'omdat ze de hele tijd niks anders doet.' Hij liep naar het volgende raam. 'Ze maken ook een brandstapel op het strand. Ze gaan er een geweldige nacht van maken.' Met een zucht ging hij tegenover Spar zitten. 'Het zit gewoon zo, broeder Spar, dat het hele eiland toe is aan een feest. Eigenlijk willen ze de kroning. Het was een lange, harde winter, en die is nog niet afgelopen, en ze moeten iets te vieren hebben, in plaats van in de mist turen en uit te kijken naar Krukel en Juniper. En Bul mag dan een taaie ouwe rakker zijn, hij is niet onoverwinnelijk. Vrouwe Hol en de familie zijn heel dapper, maar mijn hart gaat uit naar die twee kleinzoons.'

'Snip en Snap,' zei Spar. 'Ja.'

'Ze hangen altijd rond bij de boten, wachten tot ze mee mogen, en als iemand van ons hen meeneemt, willen ze zó graag zo ver mogelijk kijken, dat ze bijna in het water vallen. Ze willen zó graag dat hij thuiskomt. Wat zullen de vallende sterren ons brengen, broeder Spar?'

'Vraag het maar aan juffrouw Zwanenveer,' zei Spar, 'die weet er net zoveel van als ik.'

'Kijk eens!' piepte Hoop op het strand. 'Ik klim op de brand-stapel!'

'Wat ben jij een grote dappere egel!' zei Sepia. In werkelijk-heid was hij op de stapel brandhout geklommen die klaarlag voor de toren, maar ze had de moed niet om hem dat te ver-tellen.

'Daar komen Prikkel en jouw mama,' zei Vinlit, en hij tilde Hoop naar beneden. Hoop liep de verkeerde richting op, hoorde Rafels stem, draaide in haar richting en stootte toen ergens tegenaan. Hij hield stil om het te onderzoeken.

'Is het de Hartensteen?' vroeg hij hoopvol.

Prikkel slenterde naar hem toe om te kijken. Het viel niet mee om enthousiast te blijven over de zoektocht naar de Har-tensteen.

'Nee, het is een roze schelp, maar dat geeft niet,' zei ze. 'Het is een mooie om aan je mama te geven. We gaan straks het vuur aansteken. Knapper zegt dat ze hete soep en kruidencake gaan maken.' Knapper, die in de keuken had gewerkt, kwam bij hen staan.

'Krukels lichten zullen zo wel aangaan,' zei Rafel.

'Ik vind het eigenlijk helemaal niet fijn meer als Krukels lichten aangaan,' zei Knapper. 'Ik zie ze elke avond en hij komt maar niet.'

Krukel en Juniper stampten met hun poten om het warm te krijgen en keken naar de mist.

'We komen dichterbij,' zei Juniper. Bul tuurde zo ingespan-nen in de mist dat hij vergat om zeeziek te zijn. Ceder leunde over de reling alsof ze voorbij de mist wilde reiken.

'We gaan heel langzaam vooruit,' zei Krukel.

'Maar we gaan vooruit,' zei Juniper. 'Wat gebeurt er als we

er niet doorheen komen? Blijven we hier dan liggen?'

'Ik heb over schepen van Blankevleugel gehoord die er niet doorheen kwamen,' zei Ceder. 'Het schip gaat steeds langzamer en stopt uiteindelijk. Dan gaat het niet meer vooruit, zelfs al staat er een storm en roei je uit alle macht. Het kan dan alleen nog maar omdraaien en teruggaan.'

'Als dat gebeurt,' zei Krukel, 'laten we de sloep zakken met jou erin, en bidden we dat jij erdoorheen komt.'

'Ja,' zei Juniper. 'Bidden.'

'Wat denk jij eigenlijk waar ik mee bezig ben?' zei Bul.

'Bid om een wonder,' zei Juniper. 'Je weet maar nooit. Misschien zeilen we er met zijn allen doorheen. De wijze waarop het Hart dingen doet, gaat ons verstand vaak te boven.'

'Je klinkt als broeder Spar,' zei Krukel.

Ze baden. Ze keken. Ze renden de mast op en neer om warm te blijven en om te zien of het uitzicht al beter werd. Ze maakten vruchtenwijn warm en aten voedsel dat nog steeds de metalige smaak van Blankevleugel had. Het werd donker. Ze hingen lantaarns aan de boeg, aan het achterschip, en in het kraaiennest.

'Zou het helpen als wij daar ook gingen zitten,' vroeg Juniper. 'Ik blijf denken dat als we minder dicht bij het water zijn, we er misschien doorheen komen.'

'Als we plotseling stil blijven liggen en niet meer vooruit komen,' zei Bul, 'ga ik met jou daar bovenin zitten om te kijken of het werkt. Maar alleen als het moet. Pest en luizen, wat ik allemaal niet voor Mistmantel over heb. En over luizen gesproken, ik kan je nog steeds ruiken.'

Het schip voer langzamer. Krukel en Juniper klommen in de mast en gingen in het kraaiennest zitten. Ze keken neer op Ceder die op een boegbeeld leek met de sluiers mist die om haar heen slierden.

'We gaan nog steeds vooruit,' zie Juniper, 'en nog steeds in de goeie richting.'

De mist vormde kleine druppeltjes op pels en snorharen. Witte mist omhulde Ceder en Bul tot Krukel hen bijna niet meer kon zien. De lantaarns gloeiden zacht door lagen van wit. Krukel drukte zijn ijskoude poten tegen zijn snuit om ze te verwarmen. Een sneeuwvlok landde op zijn neus.

Werd de mist dunner? Misschien verbeeldde hij het zich, en al snel kon hij het niet meer zien, want de sneeuw werd dichter, viel sneller in dikke, rondtollende vlokken op het dek. In het kraaiennest strekten ze hun poten uit naar de sneeuw.

'Het is net of we vliegen!' fluisterde Juniper. 'Ik wilde graag met zwanen vliegen, maar dit is toverachtig!'

Krukel lachte naar de hemel. Toen snakte hij naar adem.

'Wat was dat?' vroeg hij.

'Er bewoog iets in de sneeuw!' riep Ceder naar boven.

Krukel keek. Voorbij de mist dansten sneeuwvlokken in een dieppaarse lucht en daartussen raasde iets van zilver. Met grote ogen van ontzag kon hij nauwelijks een woord uitbrengen.

'Een ster,' fluisterde hij.

'Vallende sterren!' riep Juniper, en de zwanen verhieven zich in de lucht van vreugde. 'Krukel, het is een nacht van vallende sterren! Ze brengen ons naar huis!'

Ceder bracht iets uit wat het midden hield tussen een snik en een kreet. Krukel sprong via de mast naar beneden, rende balancerend over de boegspriet, en stond stil in het licht van de scheepslantaarn. Hij klemde zich vast met zijn achterpoten en strekte zijn snuit en voorpoten uit naar de neerstromende hemel.

De sneeuw op Mistmantel bleef op de boomtoppen liggen en wierp een witte deken over het Anemonenwoud. Op de Uitkijkheuvel en op de rotsen boven de waterval warmden dieren hun poten aan de vuren en hieven hun snuit naar de hemel. De jonge dieren mochten laat opblijven om de sterren te zien, maar op het strand werden de sterren vergeten en hadden de dieren genoeg aan de sneeuw die stil naar beneden kwam en smolt in de zee of in de gloed van het vuur. Padra, met zijn dochter in een omslagdoek gewikkeld, keek naar de kleine eekhoorns en egels die over de rotsblokken sprongen en de sneeuw probeerden te grijpen voor die smolt. Ze hielden hun kop achterover om de vlokken op hun tong te vangen. Kroosje stond met haar cape om zich heen een beetje achteraf in gezelschap van Sepia die haar poot vasthield.

'Hebt u het koud, vrouw Kroosje?' vroeg Padra. 'Wilt u niet een beetje dichter bij het vuur komen?'

'Dank u, kapitein Padra, maar de rook prikt in mijn ogen,' zei ze. 'Juffrouw Sepia houdt me gezelschap.'

Broeder Spar hinkte over de rotsen. 'Vrouw Kroosje, mag ik u in mijn toren uitnodigen voor een beker vruchtenwijn?' bood hij aan, en hij hield haar zijn poot voor. 'Het is de beste plek van het eiland om naar de sterren te kijken, veel chiquer dan het strand in een sneeuwstorm. De jonge Sepia mag ook mee als ze wil, hoewel ik denk dat ze liever bij haar vrienden blijft.'

Sepia keek omhoog naar de toren. Krukel had haar verteld dat de sterren prachtig waren vanuit Spars toren. Ze zouden adembenemend dichtbij lijken.

'Zal ík dan maar de snelste weg nemen?' vroeg ze schor. 'Dan kan ik de lampen vast aansteken.'

Ze sprong tegen de muur op en stopte af en toe bij een vensterbank om op adem te komen voor ze over een besneeuwde bloemenbak bij Spars raam naar binnen klauterde. Tegen de tijd dat ze de lampen had ontstoken, hoorde ze zijn voetstappen op de trap, en uit de achter hem klinkende stemmen maakte ze op dat Rafel en Hoop er ook bij waren. Terwijl Kroosje zich warmde, stond Sepia bij het raam, hield Hoop bij een poot vast en keek naar de sterren. Ze dansten groot en helder in de lucht en boven de donkere zee, en door de opgetogen kreten van Hoop wist ze dat hij ze ook kon zien. Toen suisde een zwerm sterren in een vloed op de toren af, zo wild en snel dat ze weg wilde duiken, maar ze bleef staan. Als de sterren de top van de toren hadden neergemaaid en haar mee hadden genomen, had ze tussen de sterren kunnen dansen. Maar ze raasden voorbij en alles was weer stil.

'Dat was het voorlopig, lieverd,' fluisterde ze. Hoop zei iets en wees, maar Rafel informeerde naar haar keel en ze wendde zich tot Rafel om te zeggen dat het veel beter ging, dank u wel, maar ze mocht niet te veel praten en ze kon nog steeds niet zingen.

'Daar is nog een ster,' zei Hoop.

'Ik denk van niet, schat,' zei Sepia en ze keek naar buiten.

'Maar ik zag er een,' zei Hoop.

'Dan blijven we kijken,' zei ze en ze ging naast hem zitten. 'Oh!'

Er bewoog iets in de mist, een mat glanzend licht. Op het moment dat ze het zag was het alweer verdwenen, maar terwijl ze keek verscheen het weer, gloeiend als een vlammetje. Ze zag er nog een, lager. Toen verdwenen ze, en verschenen weer.

Spar keek ook. En Rafel. En Kroosje.

Op de Uitkijkheuvel draaiden dieren hun kop om het licht

te volgen. Het gekeuvel op het strand verstomde. Dieren liepen naar de vloedlijn, Krispijn en Padra stonden naast elkaar. Padra gaf Zwanenveer aan Appel. Arran stopte Tij in Motjes poten en glipte naar Padra en Krispijn.

'Een schip,' fluisterde Padra. 'Lichten aan de boeg, het achterschip en in de mast.'

'Wat hebben de vallende sterren ons gebracht?' vroeg Krispijn.

'Moeten we de jongen en ouden naar de toren brengen?' vroeg Padra. 'Voor het geval er gevaar is? Het voelt alleen niet als gevaar.'

'Nee,' zei Krispijn, 'dat doet het inderdaad niet. Blijf op je post, Padra. Arran, waarschuw Dokker en Knuffen voor het geval we toch iemand naar de toren moeten brengen. Laat Robin en Dop hier komen.'

'Ecn ster!' riep een jonge eekhoorn. Eén, twee, drie grote sterren raasden langs de hemel, en even was die stralend verlicht. Maar niemand wist zeker wat ze hadden gezien.

'Iets lichts, als maanlicht,' zei Padra.

'Een pels van een dier,' zei Arran, 'vuurrood.'

'Er zat iemand in de mast,' zei Krispijn. 'Kijk!'

Het kwam dichterbij. In het flauwe licht werden nauwelijks waarneembare vormen tot gedaanten. Een schip kwam tevoorschijn, zijn lichten schenen door de ijler wordende sluiers mist, sterren dansten eromheen, vergezelden het, en brachten het naar de kust. Het zeilde naderbij. Groot en mooi, de mist achter zich latend, zeilde het door sneeuw en sterren naar Mistmantel. Was dat een donkere eekhoorn, in het kraaiennest? Op de boegspriet balanceerde, met uitgestrekte poten, een gedaante zo bleek als maanlicht. Op het dek vlamde iets van vuur, maar dat kon ook de vuurrode pels van een eekhoorn zijn. Het schip was nu op gelijke hoogte met de kleine boten die uiteengingen om het door te laten.

Over het hele eiland keken glanzende ogen toe. Dieren vonden hun stem weer.

'Krukel!' zei Krispijn.

In de toren van Spar wreef Kroosje in haar ogen. 'Juniper!'

'Krukel! Juniper!' riep Sepia, en ze sprong uit het raam naar beneden.

'Krukel, Krukel, Krukel!' piepte Hoop.

'Mijn vader!' zei Motje, en ze gaf Tij een knuffel.

'Grootvader!' gilden twee jonge mollen, en ze holden met vreugdekreten naar het strand.

'Het is mijn Krukel,' zei Appel tegen Zwanenveer, en ze veegde haar ogen af met een punt van de omslagdoek.

'Krukel! Juniper! Bul!' De kreten klonken over het hele eiland. In de toren herhaalde Spar met glanzende ogen zijn voorspelling en viel op zijn knieën om dank te zeggen. Toen hinkte hij achter Rafel, Hoop en Kroosje aan de trap af.

Het schip voer verder tussen de lichten van de bootjes en haar eigen lichten, die allemaal in het water werden weerkaatst. Dieren renden op de steiger af. Prikkel omhelsde haar moeder, haar broertje, Knapper, iedereen. Sepia sprong wild heen en weer, haalde haar koor bij elkaar, en dreef ze naar de hoogste rots die ze kon vinden. En nog steeds wervelden sneeuw, sterren en zwanen rond de top van de mast waarin Juniper zijn poten uitstrekte van vreugde, en rond de voorsteven, waar Bul hevig stond te zwaaien en zijn ogen afveegde, en Krukel salto's maakte voordat hij weer over de boegspriet rende voor het touw, en Ceder keek alleen maar.

Padra zag Arran naast zich, ving haar blik, en grinnikte.

'Ben je er klaar voor?' vroeg hij.

'Het is ijskoud,' zei ze. Ze gooiden hun mantels af en stortten zich in het water toen Krukel het meertouw gooide.

'We hebben meer warme mantels nodig,' zei moeder Knuffen. 'En ook een voor dat warhoofd Vinlit, want die gaat er zeker achteraan.'

'Ik kom!' gilde Vinlit toen hij de zee in plonsde.

Padra's kop verscheen boven het water, zijn snorharen dropen, zijn ogen lachten.

Overlopend van vreugde omhelsde Krukel Ceder en Bul, en rende tegen de mast op om Juniper te omhelzen.

'We kunnen de sterren bijna aanraken!' riep hij.

'We raken ze aan!' zei Juniper.

Toen hoorden ze het gezang van Sepia's koor, hoge, lieflijke stemmen versmolten met de ijskoude lucht zodat Ceder naar adem snakte toen ze het hoorde. Ze waren nu vlak bij de steiger, en Krukel sprong van het ene rondhout op het andere naar beneden. Krispijn gooide zijn mantel op de steiger, sprong op het strakke touw en roetsjte eroverheen, draaiend met zijn staart terwijl het touw onder hem heen en weer zwaaide, en hij klauterde over de zijkant van het schip omhoog om Krukel in een stevige, warme omhelzing te trekken, en om ten slotte langs hem heen naar Ceder te kijken.

'Dit is Ceder,' zei Krukel, 'en ze is fantastisch. We hebben alles aan haar te danken. Onze levens, alles.'

Krispijn viel op een knie voor Ceder en kuste haar poot.

'Mevrouw,' zei hij, 'u bent welkom op Mistmantel en we zullen u alle eer brengen die het u kan bieden.'

'Neem me niet kwalijk, Majesteit, maar er is een egelopstand en een kleine invasie mollen in aantocht,' zei Bul. 'Ik regel het wel, zo gauw ik van deze boot af ben.'

23

Krukel begon Krispijn te vertellen over de egelopstand in Mistmantel, maar toen hij hoorde dat die al voorbij was, rende hij van opluchting en dankbaarheid over het touw naar de steiger. Sepia en Prikkel waren het eerst bij hem, maar Appel gaf Zwanenveer aan Sepia om Krukel krachtig te omhelzen. De tranen in haar ogen deden Krukel pijn omdat ze hem vertelden van haar lange, bezorgde wachten op hem, en hij probeerde zich te verontschuldigen dat hij om te beginnen was ontvoerd, maar het had geen enkel effect. Appel praatte zo druk en zo snel dat hij er geen woord tussen kon krijgen. Samen met Juniper en Kroosje werd Krukel naar de warmte bij het vuur gesleept, waar hij door de rook in zijn ogen moest wrijven en zoveel als hij wilde naar de Mistmanteltoren kon kijken die door het vuur en het licht van de sterren tegen de donkere nacht stond afgetekend. Ze werden in warme, droge mantels gewikkeld en iemand bracht bekers hete, dikke soep die naar Mistmantel smaakte, en niet naar grijze stof. Bul was, omhelsd door zijn vrouw en dochters en met in iedere arm een kleinzoon, tussen een stapel mollen verdwenen. Krukel keek om zich heen naar Ceder en zag dat Krispijn haar en de bemanning van het schip af begeleidde. Prikkel bracht hem walnotenbrood, en Spar kwam hinkend op hem af.

Krukel was de wijsheid en goedheid op de snuit van de oude priester vergeten. Vreugde en liefde straalden uit zijn oude ogen.

'Ik stel voor dat jullie, heldhaftige reizigers, allemaal naar mijn toren komen,' zei hij. 'Hmm. Het zal er een beetje vol zijn. Maar de nacht is bijna voorbij, en ik denk niet dat iemand van ons zal slapen.'

Toen ze samengepakt in Spars torentje zaten, voelde Krukel eindelijk dat hij thuis was, en daar zou blijven. Stammetjes appelhout lagen op het vuur en de oude steelpan stond in de haard. Krukel zat ingeklemd tussen Padra aan de ene kant en Juniper aan de andere.

'Je ruikt naar Appels vruchtenwijn,' fluisterde Padra. 'Heeft ze het al aan je opgedrongen?'

'Nee, en ik heb ook geen luis, als u dat van plan was te vragen, kapitein,' fluisterde Krukel terug.

'Luizen gaan ervan op de loop,' zei Padra. Krukel krulde zich op met zijn poten rond zijn knieën. Hij was weer onder dieren die je omhelsden en dicht tegen je aan kwamen zitten en er niet zoveel om gaven waarnaar je rook.

Terwijl de sterren verbleekten en de hemel lichter werd, vertelden Krukel, Juniper, Ceder en Bul hun verhaal en Prikkel, Padra en Arran vertelden alles wat er op Mistmantel was gebeurd. Hoe meer Krukel hoorde, hoe meer hij besefte hoe lang hij was weggeweest en hoeveel hij had gemist. Geen wonder dat hij zijn ogen niet open kon houden... Ceder vertelde over haar hoop voor de toekomst van Blankevleugel en Krispijn keek naar haar... Oh, ja... ik weet aan wie ze me doet denken... natuurlijk... Zijn ogen vielen dicht. Had Padra het nou over baby's? Wat voor baby's? Jeetje.

Toen het definitief ochtend was en Krukel zoveel had gesoesd dat hij weer klaarwakker was, ging hij terug naar het strand. Padra, Krispijn en Ceder praatten met de scheepsbemanning en bespraken de terugreis van het schip met een lading Mistmantelgrond, iets wat erin kon groeien, en vergezeld van iedereen die liever op Blankevleugel woonde dan op Mistmantel. Krukel kon zich niet voorstellen waarom iemand liever op Blankevleugel zou willen wonen dan op Mistmantel.

'Toch wel, als Blankevleugel het enige thuis is dat je ooit hebt gekend,' zei Krispijn, 'en als je hele familie en al je vrienden daar wonen.' Ceder zei niets.

Verschillende dieren lusten de ballast van het schip en speelden ermee, bij Vinlit ging dat met veel geplons gepaard. Hoop scharrelde rond en koos kiezelstenen uit voor Rafel. Spar en Prikkel kwamen naar beneden en Spar glimlachte breed.

'Jouw vriendin van Blankevleugel is een vakkundig genezer,' zei hij. 'Misschien is zíj in staat om die arme Sepia te helpen.'

'Ze heeft mij genezen,' zei Juniper. 'Daar moet ik met u over praten, broeder Spar.'

Hoop trippelde met een kiezelsteen op Krukel af.

'Die is voor u,' zei hij, en hij rende weer weg, maakte een boog om Arran heen, botste tegen een rotsblok aan en maakte het zijn verontschuldigingen.

'Eentje voor kapitein vrouwe Arran, eentje voor Sepia...'

'Ik weet nu weer aan wie Ceder mé doet denken,' zei Krukel toen hij naar haar keek. 'Ik wist het niet tot ik haar met Krispijn zag, ze lijkt heel erg op Fluister.'

'Oh ja?' zei Arran ineens geïnteresseerd.

'…en eentje voor broeder Spar… oeps…'

Prikkel hapte naar adem. Ze knielde bij Hoop neer.

'…oeps, ik liet hem weer vallen…' zei Hoop.

'Spar!' schreeuwde Prikkel. 'Broeder Spar!'

'Het is wel een mooie,' zei Hoop.

Spar kwam aanhinken met Juniper naast zich.

Voor de eerste en enige keer van zijn leven hoorde Krukel broeder Spar schreeuwen.

'Majesteit! Krispijn! Hier!'

Juniper schepte de kiezelsteen op en liet hem in Spars poten vallen. Daar bleef hij rustig liggen, licht van kleur, roze en oranje gevlekt en met een streepje goud. Krispijn en Padra staarden ernaar. Dieren kwamen aanrennen om te zien wat er aan de hand was.

'Wat is dat?' vroeg Ceder.

'Dit is de Hartensteen van Mistmantel,' zei Spar ernstig. 'Heel goed, Prikkel, dat je bent blijven zoeken. Goed gedaan, kleine Hoop.'

'Heb ik de Hartensteen gevonden?' vroeg Hoop. 'Waar is mijn moeder, mag ik het haar vertellen?'

'Ja, Hoop,' zei Prikkel. 'Betekent dit dat we nu eindelijk een kroning krijgen?'

'We zullen eerst de komst van de Blankevleugelmollen afhandelen,' zei Krispijn.

'Kroon hem meteen daarna alstublieft, broeder Spar, en snel, voordat hij weer wat anders bedenkt,' zei Padra.

'Mag ik dat ook aan mijn moeder vertellen?' vroeg Hoop.

'Vertel het maar aan iedereen!' zei Krispijn.

'Dat verklaart waarom er in het verleden zo veel schepen uit Blankevleugel kwamen,' zei Spar. 'Hmm. Nu begrijp ik het.

Bast moet de Hartensteen met kistje en al bij de ballast hebben gegooid waardoor hij van het eiland werd weggevoerd. Maar de steen probeerde terug te komen. Van Blankevleugel moet hij op een schip zijn geladen dat naar Mistmantel voer, maar vervolgens, omdat hij in een andere ballasthoop lag, is hij weer onopgemerkt weggevoerd. Dat moet meerdere keren zijn gebeurd. Dat is het geheim, snap je. Het geheim dat jullie naar huis bracht.'

'Er zijn dingen van Mistmantel die Bast nooit heeft begrepen,' zei Krispijn.

'Mijn beste koning, er zijn dingen van Mistmantel die niemand van ons begrijpt,' zei Spar. 'We hoeven het niet te begrijpen om ervan te kunnen houden. Hmm! Beste vrouw Ceder, als u blijft voor de kroning, zult u misschien wel iets geschikts willen om aan trekken.'

'Mijn moeder maakt wel iets voor u,' bood Hoop blijmoedig aan, en hij pakte Ceders poot. Krispijn keek toe hoe Hoop haar naar de toren leidde.

Tegen de middag was Krukel de uitputting nabij. De meeste jonge eekhoorns wilden naar de Uitkijkheuvel om in de sneeuw te spelen, en ze kregen te horen dat ze mochten doen wat ze wilden zolang ze zich gedroegen en alles gereed hadden voor de kroning, als het zover was. Prikkel had het naaiwerk waar ze zo veel belang aan hechtte, eindelijk af. Krukel meldde zich bij Padra.

'Ik ben vergeten hoe ik je opdrachten moet geven,' zei Padra. 'Ga namens mij maar sneeuwballen gooien naar Vinlit.'

Ondanks zijn vermoeidheid bracht Krukel een heerlijke middag door met de anderen, hij gooide sneeuwballen en maakte glijbanen en sneeuweekhoorns met ogen van kiezelstenen en een staart, die steeds afbrak. Zelfs Sprokkel deed mee, hoewel ze het niet kon laten om Prikkel mee te delen dat wie die Ceder ook was, ze zich niet kon meten met vrouwe Espen, en toen Prikkel een sneeuwbal naar haar gooide, klom ze een boom in en ging daar zitten mokken. Toen het te donker werd om verder te spelen, beseften ze allemaal hoe nat en koud ze waren, en ze gleden en tuimelden en sprongen in de richting van hun huis. Na een haastig avondmaal in de toren rende Krukel door de vertrouwde gangen naar de Bronpoort en naar de kleine kamer naast die van Padra, naar het uitzicht waarvan hij op Blankevleugel zo vaak had gedroomd.

Het kleine, eenvoudige bed stond stond voor hem klaar. Het vuur was aangestoken. Krukel staarde in de vlammen. Er bestond nergens ter wereld iets mooiers dan dit, met buiten het ruisen van de zee en Padra en Arran in de kamer ernaast. Uiteindelijk verliet hij het vuur en krulde zich op, schikte de dekens tot een nest om zich heen en probeerde wakker te blijven. Hij had hier zo naar uitgekeken, dat hij er niet doorheen wilde slapen. Maar terwijl de warmte zich door zijn lichaam verspreidde, kon hij wel even zijn ogen sluiten.

Padra en Arran liepen op hun tenen Krukels kamer binnen.

'Wat heeft hij doorgemaakt?' zei Padra. 'Zullen we het ooit allemaal te weten komen?' Hij boog zich voorover. 'Hij draagt een armband. Wat denk je dat dat voorstelt? Een meisje?'

Arran bestudeerde de armband zorgvuldig en schudde haar hoofd.

'Deze is heel oud. Hij is van kleur verschoten en gedragen. En het haar dat erin zit is van zijn eigen kleur.'

'Ik ben benieuwd of hij het ons zal vertellen,' zei Padra.

In de loop van de morgen trof Krukel Krispijn, Padra en Spar in de troonzaal, en vertelde hun over zijn ouders. Ze luisterden in stilte, het kwam hem voor alsof ze luisterden zoals ze naar een volwassen dier zouden luisteen, en hij was nog maar een jonge schildknaap. Toen verontschuldigde Spar zich omdat hij, zoals hij zei, bezoek verwachtte in zijn torenkamer.

Ceder kwam als eerste.

'Ik heb Sepia onderzocht,' zei ze, terwijl ze op de lage kruk ging zitten die Spar haar aanbood. 'Misschien kan ik haar helpen. Maar ik heb uw gebed daarbij nodig, omdat ik niet zeker weet of ik het kan. Soms genees ik hen niet echt; wanneer het buiten mijn vermogen ligt, denk ik dat het Hart hen geneest, als ze ervoor openstaan. Zo ging het ook met Juniper. Hij is buitengewoon ontvankelijk, vindt u niet? Hij is zich van dingen bewust op een niveau dat de meesten van ons niet in huis hebben. Vlam en ik hebben veel met hem gepraat in de tijd dat hij bij ons was. Hij was zich bewust van gevaar toen het schip van Blankevleugel de haven van Mistmantel binnen liep, en bij Rookkringel, en ik denk dat Rookkringel zich ook bewust was van hem en zich daar ongemakkelijk over voelde, alsof Juniper hem bedreigde. Juniper heeft iets bijzonders.'

'Hmm,' zei Spar. 'Ik denk dat Rookkringel ook ontvankelijk was, maar dat hij zijn talent heeft gebruikt om er zelf beter van te worden in plaats van het aan het Hart aan te bieden. Ja, Juniper heeft grote mogelijkheden. Hij is betrouwbaar en hij heeft een sterk karakter, hij heeft meer dan waar hij zich bewust van is, denk ik. Gelukkig heeft zijn hart een hang naar het goede en het ware, anders zou ik me grote zorgen maken. Maar goede wil is niet voldoende, hij moet worden opgeleid. Heel belangrijk. Hij moet bij ons alle twee in de leer.'

'Bij ons alle twee?' vroeg Ceder, en ze liep naar het raam en keek naar beneden, naar het bos en de kale bomen. De hoop in haar hart was misschien te mooi om waar te zijn. 'Betekent dat dat ik mag blijven?'

'Lieve kind,' zei Spar, 'als jij denkt dat koning Krispijn jou weg zal sturen, vergis je je behoorlijk.' Toen ze weg was grinnikte hij zachtjes in zichzelf bij het idee dat Krispijn zou willen dat ze wegging.

Zijn volgende bezoeker was Juniper, die zenuwachtig met zijn poten stond te draaien.

'Het is een beetje vreemd geval, broeder Spar,' zei hij en hij draaide zijn zwakke poot om zijn goede en wenste dat hij niet was gekomen. 'Weet u dat ik op Blankevleugel bijna ben gestorven?'

'Ja, dat weet ik.'

'Nou, ik... ik... ik denk dat ik ook écht gestorven ben.'

'Ja,' zei Spar zonder verwondering. 'En toen?'

'Ik zag dingen,' zei Juniper die weer moed kreeg. 'Dingen die ik was vergeten. Ik herinnerde me iets over mijn moeder, tenminste, ik neem aan dat zij het was; ik zag een eekhoornsnuit. Ik viel heel lang en er klonk een gil. Ik hoorde een stem. En dat is het, dat is wat ik me herinner. Van daarna herinner ik me dat ik warm was, dat alles rondom me veilig aanvoelde, en dat Ceder bij me was. Maar daarvoor – ik weet dat het stom klinkt – denk ik dat mijn hart gestopt is. Daarna was ik niet bang meer voor Rookkringel, maar ik denk dat hij wel bang was voor mij.'

'Ja, ik snap het,' zei Spar.

'Ik wist niet wat ik ervan moest denken, broeder Spar,' zei Juniper. 'Maar nu Krukel weet wie zijn ouders zijn...'

'Ja?'

Juniper beet op zijn lip en probeerde niet te wriemelen.

'Nou, hij weet nu wie zijn ouders zijn en ik nog steeds niet, en... nou ja, ik kon er niks aan doen dat ik een beetje jaloers werd, broeder, toen hij het wist, en toen dacht ik, waarom zou ik niet achter die van mij kunnen komen? En dat ben ik nu van plan.'

'Het is misschien niet mogelijk,' zei Spar.

'Ik ben niet dom, broeder,' zei Juniper. 'Ik ben niet veel jonger dan Krukel. De wet op de zuivering was er nog niet door toen ik een baby was. Ik denk dat Kroosje dus een andere reden had om me te verstoppen. Ze wil die niet vertellen, maar ik dacht dat u het misschien wist.'

'Beste Juniper,' zei Spar, 'ik weet net zo min iets van jouw oorsprong als jij. Is het al bij je opgekomen dat je het antwoord misschien niet zo leuk zult vinden?'

'Ja,' zei Juniper, 'maar ik moet het toch weten.'

'Hmm,' zei Spar, 'juist, ja. Als je vastbesloten bent om erachter te komen, zal dat niet meevallen, en het zou wel eens een droevige onderneming kunnen worden. Maar het kan zijn dat je je verleden moet kennnen om voorwaarts te kunnen gaan naar je toekomst, en je toekomst is van belang. Ik zie grote mogelijkheden voor jou, Juniper. Ik hoop dat je bij mij in de leer wilt komen.'

'Maar ik heb nog nooit iets geleerd!' riep Juniper.

'Dan kunnen we er maar beter snel mee beginnen,' zei Spar. 'Ceder zei ook dat je veel talent hebt, maar je moet het trainen en leren beheersen, anders wordt het een bende. Je talent voor ontvankelijkheid is op zichzelf niet goed of slecht, het gaat erom wat je ermee doet. Je kunt heel belangrijk worden voor het eiland, of je kunt jezelf en de anderen om je heen vernietigen. Wil je mijn leerling zijn? Wil je opgeleid worden om je talenten waar te maken?'

'Oh, ja, broeder Spar!' riep Juniper.

'Als priester?' vroeg broeder Spar.

Juniper was even stil. Toen zei hij zachtjes: 'Als u denkt dat dat mijn roeping is, broeder Spar, dan wil ik niets liever. Maar ik denk dat ik niet goed genoeg ben.'

'Daar mag je het Hart voor danken,' zei Spar.

Toen Juniper weg was, ging Spar bij de haard zitten en had genoeg aan de warmte en de gloed van het vuur. Vuurgloed en maanlicht, iedereen kon zien dat dat op Ceder en Krukel sloeg. De Hartensteen was het geheim. Het ware, dat was die goeie ouwe Bul. Dus het heilige sloeg natuurlijk op de enige die overbleef. Ja. Moge het Hart me laten leven tot hij zover is om mijn plaats in te nemen.

Padra rende de trap af en zag een rozemarijnstruik de trap op komen. Maar de rozemarijnstruik droeg Appels hoed, en had Appels poten die eronder uitstaken, en bleek helemaal geen struik te zijn, maar een hoop takken.

'Voor de vergaderzaal, kapitein Padra,' zei Appel. 'De mollen zijn ergens anders bezig met mollendingen, ik weet niet wat, en de eekhoorns zijn aan het repeteren, of wat dan ook, en nu zijn we met minder om het werk te doen en wat vond ik het leuk om uw kleine meisje vast te houden, een echte kleine wriemelkont, Hart lof, is ze niet geweldig?'

'Dat is ze zeker,' zei Padra. Hij hielp Appel haar vrachtje naar de vergaderzaal brengen en ze bleven in de deuropening staan. Krispijn en Ceder stonden bij een raam te praten. Appel liet haar stem dalen tot een vertrouwelijk gefluister.

'Ik kan het maar beter hier neerleggen en de rest gaan halen,' zei ze. 'Hij kan zijn ogen niet van haar afhouden, het Hart zegene hem, en dat is maar goed ook. We hebben hem nauwelijks gekroond of we moeten ons alweer opdoffen voor een grote bruiloft.'

'Geef ze tijd,' fluisterde Padra terug, 'ze is er nog maar net.' Ze werden onderbroken door Krukel die de trap op rende en voor hen boog.

'Ik kom me bij u melden, kapitein Padra,' zei hij.

'Krukel,' zei Padra, 'ik heb de volgende opdrachten voor je: probeer zo lang op het eiland te blijven dat je je opleiding kunt afmaken. Vraag in de tussentijd aan de koning een paraaf om aan de Blankevleugelbemanning te geven als uitnodiging om de kroning bij te wonen, en eentje voor Snipper, zij moet er ook bij zijn. Maar, Krukel,' Padra wierp een blik op Ceder en Krispijn en legde een poot om Krukels schouder. 'Nu nog niet.'

'U moet het ergste van me weten,' zei Ceder. 'Ik deed of ik de koning diende terwijl ik op een gelegenheid wachtte om La riks op de troon te zetten. U zou kunnen zeggen dat ik net zo'n gemene verrader ben als die Graniet van u.'

'Niemand zou jou een verrader noemen,' zei Krispijn. 'Je hebt op de best mogelijke manier en met gevaar voor eigen leven je ware koningin en je eiland gediend. En als trouwe onderdaan van Blankevleugel mag je me vertellen wat ik met al die mollen van Blankevleugel aan moet. Omdat Buls troepen hen stonden op te wachten, hebben we nu een gevangenis vol. En de scheepsbemanning. En heer Boomtand. En Snipper, natuurlijk. Ik zou Snipper hier een kans willen geven.'

'Ik neem aan dat ze uiteindelijk allemaal naar huis moeten worden gestuurd,' zei Ceder nadenkend. 'Wat de bemanning en Snipper betreft, is dat geen enkel probleem. Maar heer Boomtand en de soldaten worden wel een probleem en dat zijn ze niet waard. Lariks is nog maar net tot koningin uitge-roepen, en ze moet al zoveel regelen.'

'Dan hou ik ze nog een tijdje langer hier onder bewaking,' zei Krispijn. 'Als we haar schip terugsturen met een lading Mistmantelgrond, zal ik een boodschap meegeven waarin ik Hare Majesteits toestemming vraag om haar onderdanen hier te houden tot ze manieren hebben geleerd.'

'Ja, de soldaten zullen haar waarschijnlijk wel snel gehoor-zamen als ze eenmaal weten dat zij nu de koningin is,' zei Ce-der. 'Over heer Boomtand ben ik minder zeker. Hij zou wel eens een heuse bedreiging voor haar kunnen vormen.'

'In dat geval hou ik hem hier tot ze om hem vraagt,' zei Kris-pijn. 'Hij zal het er niet mee eens zijn, ongeacht wat we doen, dus voor mij maakt dat weinig verschil. De tirannie van Blan-kevleugel is voorbij, jullie hebben gewonnen, de strijd is ge-streden. Ik hoop dat je van je vrijheid kunt genieten en geluk-kig zult zijn op Mistmantel.'

O, ja, alsjeblieft, dacht Ceder. Ze durfde niet te vragen hoe lang ze mocht blijven, maar ze staarde over Mistmantel alsof ze de zuiverheid van het eiland in zich kon opzuigen.

Alsjeblieft.

24

De vergaderzaal zat zo stampvol dieren, dat Krukel zich afvroeg of de kleinere wel lucht kregen. Elke richel, stoel en
vensterbank was bezet. Er zaten zelfs eekhoorns in de lam-
penhouders, en de nieuwe galerij was zo afgeladen dat Krukel, met een dieprode mantel en een zwaard aan zijn zij, het
niet kon laten er af en toe een blik op te werpen voor het geval het bouwsel in zou storten. Als dat gebeurde zouden een
groep egels, de bemanning van de Blankevleugelschepen,
Snipper, Appel, Kroosje en een aantal kleine mollen boven op
de otters terechtkomen. Bosjes rozemarijn en hulsttakken vol
helder gekleurde bessen hingen bijeengebonden met gouddraad aan de muren, en vanaf het plafond kronkelden slingers
naar beneden. De capes hadden felle kleuren, en mutsen en
hoeden waren getooid met linten en loof. Appel had haar hoed
versierd met veren, die de zwanen van Blankevleugel hadden
afgestaan. Koren zongen. Iedereen zong. Toen Padra, als oudste kapitein, en Spar, in een nieuwe tuniek met borduursel,
Krispijn tot koning uitriepen, weergalmde en donderde het
gejuich dat het een aard had en leek de zaal te klein om het te
bevatten.

De Hartensteen lag in zijn kistje zodat Prikkel hem naar Spar kon dragen. Krispijn had Prikkel hiervoor uitgekozen, omdat ze er zo lang naar had gezocht. In Krispijns poot glansde de steen zo vredig dat het werkelijk leek alsof hij was thuisgekomen en nooit meer weg wilde. Krukel wist hoe dat voelde.

Snipper was er ook, heel kleintjes tussen twee grote eekhoorns geperst. Haar ogen glommen terwijl ze naar de ceremonie keek. Ze droeg een kleine, elegante hoed, waarschijnlijk een cadeautje van Rafel, dacht Krukel. Zo was Rafel.

Rechtop en eenzaam zat Krispijn op zijn troon, maar Padra stond aan de ene kant en Bul aan de andere, met daarachter Arran. De otters droegen hun turkooisblauwe en zilveren mantels. Bul droeg een dieprode, en Krispijn was gekleed in een groene mantel die zo druk bewerkt was met gouden bladeren en spinnenwebben en kleine diertjes, dat Prikkel haar ogen er bijna niet van af kon houden.

Spar tilde met zijn oude, knokige poten de kroon hoog op. Dieren rekten hun halzen om hem te kunnen zien en fluisterden onder elkaar over het vakmanschap. Eikenbladeren en eikels waren tot een krans geweven, en klein, maar duidelijk zichtbaar in het handwerk, zaten sterren en een zwaan van wit parelmoer verwerkt. Er liep een rilling over Krukels rug. Sterren en een zwaan. Hij was erbij geweest.

Er werden gebeden gezegd. Krispijn legde zijn geloften af tegenover de eilanders, en hoofden bogen toen de dieren hun geloften tegenover hem aflegden. En Krukel, die zich met zijn poot aan zijn zwaard bij hen voegde, herinnerde zich dat deze koning de jonge eekhoorn was die hem op de ochtend van zijn geboorte had opgeraapt van het strand. Hij keek over zijn schouder even naar het wanddoek met het portret van een andere vuurrode eekhoorn.

Nu is het goed, vrouwe Fluister, dacht Krukel. Nu komt het allemaal goed met hem.

Toen Spar de kroon over Krispijns oren drukte, leek het alsof er een zucht van opluchting door de vergaderzaal ging. Te midden van opbollende capes knielde elk dier neer. En een zoete, zuivere stem zong betoverend mooi van de galerij.

'Ziehier Krispijn,
Zwaanridder Krispijn,
Zing voor de koning van de mist en het getij…'

Dat was Sepia. Krukel zocht naar Ceder en ving haar blik.

'Dank je wel,' fluisterde hij, en ze lachte.

Toen de stoet de vergaderzaal had verlaten, volgde Krukel Padra en Krispijn naar het zijvertrek. In de vergaderzaal werden tafels neergezet voor het feest. Zelfs in hartje winter was de vergaderzaal vochtig en warm geworden, en Krukel zette een raam open om de frisse lucht binnen te laten. Het sneeuwde weer en de witte pracht zou tot de volgende ochtend blijven liggen.

Er moest nog één ding gebeuren. Terwijl Krukel Padra en Krispijn in hun ambtsgewaden hielp, vertelde hij hun wat het was.

'Het zwaard dat de afgezanten je aanboden?' voeg Krispijn. 'Het ligt nog in de troonzaal. Wil je het hebben?'

'Nee,' zei Krukel ernstig. 'Nee, ik wil het niet. Het was bedoeld om me te misleiden, en het is tegen u gebruikt. Maar ik wil ook niet dat het hier blijft, en omdat het mijn zwaard is, vind ik dat ik er iets aan moet doen. Alles wat er gebeurd is, Blankevleugel en de rest, is niet afgehandeld zolang ik dat niet heb gedaan. En ik zou er graag een getuige bij hebben, alstublieft.'

Later die avond, toen Sepia en Prikkel dansten op het feest, schommelde een kleine boot over de donkere golven naar de mist. Toen de boot ver genoeg van de kust was verwijderd, haalde Padra de riemen in.

Krukel hief het zwaard in het maanlicht. De afwerking bleef prachtig, maar het patroon van krullen en knopen deed hem denken aan bedrog en gevangen zijn, en aan de verleiding van zilver. Hij duwde zijn mantel naar achteren, ging er goed voor staan zodat hij ver kon gooien, en wierp het zwaard in de richting van de mist. Eén keer draaide het blinkend om zijn as, en daarna viel het met een zachte plons in het water.

Toen kwam er een enorme rust over Krukel, die hem van top tot teen vervulde en hem een warm gevoel gaf, alsof hij bemind werd. Zachtjes, zoals hij ook in zijn cel had gedaan, fluisterde hij: 'Goedenacht.'

Toen nam hij zijn plaats in naast Padra, en samen roeiden ze terug naar Mistmantel.